ullstein

Teagan Hunter

Hot Kisses, Cold Feet

Roman

Aus dem Amerikanischen
von Pia Götz

Ullstein

Besuchen Sie uns im Internet:
www.ullstein.de

Deutsche Erstausgabe bei Forever
1. Auflage Juni 2021

Titel der amerikanischen Originalausgabe: *Can't text this* (Teagan Hunter 2018)
Umschlaggestaltung: zero-media.net, München
Titelabbildung: © FinePic®, München
Gesetzt aus der Quadraat Pro powered by peyprus.com
Druck und Bindearbeiten: CPI books GmbH, Leck
ISBN 978-3-548-06439-0

Eine Nacht mit seinem Python war nicht genug

Teagan Hunter

Für Teagan's Tidbits.
Danke, dass Ihr immer da seid und mir den
Tag versüßt.

EINS

MONTY

»Aua!«

»Scheiße. Alles okay?«

»Nichts passiert. Hab mir nur den Kopf am Seifenspender gestoßen. Hör nicht auf.«

Der Fremde lacht leise. »Hatte ich auch nicht vor, Monty.«

Ich muss kichern, wenn er meinen Namen sagt. Das liegt zum einen daran, dass ich etwas beschwipst bin, zum anderen, weil ich an vorhin denken muss, als er meinen Namen das erste Mal sagte.

»Hallo, ich bin Monty.«

»Hi, Monty. Willst du meinen Python sehen?«

Mit diesen Worten und seinem kecken Grinsen war es um mich geschehen.

Zu meiner Verteidigung, das war wirklich die beste Anmache heute Abend, die ich von all den Typen hier zu hören bekommen habe. Außerdem habe ich mir für meinen Neustart in dieser fremden Stadt fest vorgenommen, Spaß zu haben. Und so sitze ich auf dem Waschtisch auf der Toilette vom *Lola's*, einem Abschleppschuppen, mit einem Kerl, den ich gerade eben erst getroffen habe.

Er ist ein neues Abenteuer, und ich genieße die Entdeckungsreise.

Seine Berührung ist sanft und gleichzeitig fest, genau die richtige Mischung. Seine großen Hände umfassen meine Taille, fest genug, dass ein roter Abdruck bleibt, aber keine blauen Flecken. Es ist sexy, und ich fühle mich sicher, warm, *lebendig*.

Und seine Lippen streifen über mein Kinn, seine Bartstoppeln kratzen sanft über meine Haut. Ich lebe für diesen Moment.

Ich bin die Erste, die zugeben würde, dass das nicht *ich* bin. Ich bin nicht dieses Mädchen, das mit einem Fremden rummacht. Verflixt noch mal, ich schleppe auch keine Typen in Bars ab. Ich bin eigentlich das brave Mädchen von nebenan.

Ich weiß das und stehe dazu.

In mir steckt auch kein Funke von kecker Verführung. Da war etwas an der Art, wie die Augen dieses Mannes über mich glitten, das mir das Gefühl gab, seiner Küsse würdig zu sein.

Oder liegt es am Alkohol?

Ja, es könnte tatsächlich am Alkohol liegen.

Seine Lippen wandern meinen Nacken runter und ich lehne mich an ihn. Ich genieße den Körperkontakt mehr, als ich sollte. Seine Küsse sind langsam und feucht und perfekt. Seine Hand fährt mir den Rücken hoch und er greift mir ins

Haar. Sanft zieht er daran, bis mein Kopf sich nach hinten biegt, genau, wo er ihn will.

Mit seiner Nase fährt er meinen Nacken entlang und ich verliere fast den Verstand, so heiß finde ich das alles.

»Du riechst nach Bier, Schweiß und Blumen.« Ein sanfter Kuss. »Warum Blumen?«, murmelt er.

Ich antworte ihm nicht.

Ich kann nicht.

Er erobert wieder meinen Mund mit seinem.

Seine Lippen berühren meine sanft, neugierig und neckend. Er erkundet, wie weit er gehen kann und wie wir zusammenpassen.

Die Hand aus meinen Haaren legt sich jetzt an mein Gesicht und der feste Griff am Kiefer ist ... *heiß*. Kein bisschen zu viel und doch nicht genug.

Seine Zunge findet den Weg in meinen Mund und es zerreißt mich fast.

So gewandt. Sicher.

Dieser Kerl *kann* küssen.

Okay, ich habe bisher nur drei Männer in meinem Leben geküsst. Ich bin mir trotzdem sicher, dass er der beste Küsser auf der ganzen Welt ist. So wie er meine Haut zum Lodern bringt, da kann es keinen besseren geben.

Seine Lippen lösen sich von meinen und finden den Weg zurück zu meinem Hals. Diesmal wandert er hinauf zu der Stelle genau hinter dem Ohr.

Ich muss dabei kichern, und er lacht. Das Vibrieren auf meinem Nacken lässt mich erzittern.

»Sei still. Es ist bei mir schon ein Weilchen her.«

»Ach ja? Das ist aber nicht der Grund, warum du so reagierst«, antwortet er.

»Stimmt. Ich steh total auf dich, weil ich dich ja so gut kenne.«

»Ist das etwa Sarkasmus, den ich hier raushöre? Da hat jemand eine große Klappe.« Seine Lippen streifen mein Ohr. »Das gefällt mir.«

Ich will ihn wegdrücken und gleichzeitig ganz nah ranziehen.

Weg, weil ich das hier einfach nicht bin. Das passt so gar nicht zu mir. Ich kontere nicht mit frechen Worten und ich knutsche erst recht nicht mit Fremden auf Toiletten rum.

Ran, weil ich mir nicht vorstellen kann, dass Küssen jemals besser werden kann als in diesem Moment.

Und dann ist da auch eine kleine Portion Schamgefühl.

»Ich bin normalerweise nicht so … direkt mit Männern.«

Seine Hand fährt mir über den Pulli, greift sich den Kragen meiner weißen Bluse darunter und zieht etwas daran. »Kann ich mir gar nicht vorstellen.«

»Machst du dich etwa lustig über mich? Ich sitze hier beschämt und du findest das lustig?«

Er rückt von mir ab, und sofort vermisse ich das Gefühl seiner Nähe. Ich wickle meine Arme fest um mich, ein Versuch, etwas von der verlorenen Wärme zurückzubekommen.

»Du schämst dich?«

Seine dunklen Brauen sind zusammengezogen. Er steht da, seine Hände ruhig neben mir, und wartet auf meine Antwort.

Unter dem gelben Licht der Lampe über uns kann ich mir diesen Mann, der eben noch zwischen meinen Beinen stand, genau anschauen.

Seine karamellbraune Haut ist von oben bis unten mit Tattoos übersät, und ich meine wirklich jeder Zentimeter bis zum Nacken. Ich kann zwar nicht alle ganz genau ausmachen, aber sie sehen wunderschön aus.

Und dann hat er diese köstlichen Bartstoppeln, die sein markantes Kinn bedecken und seine vollen Lippen umrahmen. Ich kann seine Augenfarbe nicht genau erkennen, aber im Moment hat er diesen glasigen Blick. Er hat auch ein paar Drinks zu viel gehabt.

»Es gibt nichts, wofür wir uns hier schämen müssten. Wir sind beide erwachsen und genießen die Zeit zusammen. Was wäre daran falsch?«

Ich winde mich unter seinem forschenden Blick.

»Aber vielleicht macht dir das hier ja gar keinen Spaß ...«

»Doch, doch«, antworte ich etwas zu schnell.

Ein weiteres Grinsen. »Ach ja? Wo ist dann das Problem?«

Ich schüttle den Kopf. »Es gibt keins. Ich stelle mich blöd an.«

Er drückt sich vom Waschbecken ab und es knarzt unter der Gewichtsverschiebung.

Das wäre die andere Sache: Er ist ganz schön groß. Ein Hüne mit wahnsinnigen Muskeln, und ich bin mir ziemlich sicher, dass sich unter seinem grauen T-Shirt ein Sixpack versteckt.

Ich habe noch nie einen echten Waschbrettbauch gesehen und allein der Gedanke daran überwältigt mich. Es juckt mir in den Fingern, ich will ihn berühren. Und bevor ich michs versehe, zieh ich ihn zurück zwischen meine Beine. Meine Hände fächern sich über seiner Mitte auf und er schüttelt den Kopf.

»Was machst du, Monty?«, flüstert er, während seine Lippen sanft über die meinen streichen.

»Bauchmuskeln.«

»Hm?«

»Du hast krasse Bauchmuskeln. Lass mich raten. Acht?«

Er zieht abrupt die Luft ein, als meine Hände auf nackte Haut treffen. Ich liebe dieses Geräusch. Es sagt mir, dass auch er nicht genug von unseren Berührungen bekommen kann.

Meine Finger fahren über seine Muskeln.

»Eins ... zwei ...«

Sein Brustkorb fängt an, sich schneller zu bewegen.

»Drei ... vier ...«

Er greift meine Hand und stoppt meine suchenden Finger, während sein Blick meinen festhält. Ich kann ihn fast nicht sehen, zu viele Schatten fallen zwischen uns. Und genau das macht diese Begegnung so verführerisch.

»Sechs. Es sind sechs, Monty.«

Ich hebe die Augenbrauen. »Du hast die Überraschung vermiest.«

Er presst seine Lippen auf meine und ich keuche bei dem Kontakt. Die Bewegung ist so abrupt, ich rutsche nach vorne, sodass mein Hinterteil nur noch an der Kante balanciert. Meine Beine schlingen sich um seine Hüften und suchen dort Halt. Ihm auf die Toilette zu folgen, war die beste Entscheidung, die ich diesen Abend getroffen habe.

Sein harter Schwanz reibt über *all* die richtigen Stellen und es fühlt sich wie der Python an, von dem er mir erzählt hat.

»*Fuuuuuck.*«

Mir sind schon einige Schimpfwörter zu Ohren gekommen. Ich habe nichts dagegen, aber aus meinem Mund hören sie sich einfach nicht richtig an. Deshalb benutze ich sie nicht.

Aber das Wort aus *seinem* Mund? Das hörte sich nach keinem Fluch an. Es klang nach einem Gebet. Und ich bete mit ihm zusammen.

Seine Hände gleiten entlang meiner nackten Waden unter meinen knielangen Rock. Ich halte ihn nicht auf, als er meinen Oberschenkel erreicht. Auch nicht, als er am Rand meines Slips ankommt.

Ich bin viel zu sehr im Moment verloren, um zu realisieren, dass ich das nicht mit einem Fremden tun sollte. Zu verloren, um mir Gedanken zu machen, als seine Finger entlang des Stoffs meines Slips fahren, und erst recht, als sie meine prallen Schamlippen streifen.

Er vergräbt sein Gesicht in meinen Nacken, während seine Finger immer wieder über den Rand gleiten. Er ist unsicher, ob er weiter gehen darf oder nicht.

Ich bin es aber nicht.

»Du darfst mich berühren, Robbie.«

Ein weiteres Stoßgebet, und sein Mittelfinger fährt unter den Slip und findet den Weg in meine Mitte.

»Du bist so feucht«, flüstert er, bevor sich sein Mund wieder auf meinen senkt.

Seine Worte lassen mich ganz heiß werden – oder sind es seine Küsse? Ich kann nicht mehr klar unterscheiden, aber ich weiß sicher, dass ich nicht gewohnt bin, solche Worte zu hören.

Ein weiterer Finger kommt dazu, und ich verliere jede Fähigkeit, mich zu bewegen. Er lässt seine Finger rein- und rausgleiten, und ich keuche erschrocken auf, als sein Daumen auf meine Klitoris drückt.

Was zur Hölle …

»Mach das noch einmal.«

Meine Anweisung entlockt ihm wieder ein tiefes Lachen und er folgt meiner Bitte. Sein Daumen kreist und neckt meine Nervenknospe mit genau der richtigen Portion Druck.

»Noch mal.«

Er gehorcht.

»Nicht aufhören.«

Er macht weiter, und ich brenne.

Ich kann es nicht anders beschreiben. Seine Berührung lässt mich zerspringen, ich löse mich auf, meine Beine zittern, mein Atem stockt, und meine Augen rollen nach hinten.

Ich habe in den Zeitschriften meiner Schwester gelesen, dass es das euphorischste Gefühl der Welt sei … und ich muss gestehen, sie lagen nicht falsch.

Ich klammere mich an Robbie, während ich von dem

Hoch herunterkomme, mein Atem sich langsam wieder normalisiert und seine Finger sanft über meine Klitoris fahren.

»Alles okay?«, fragt er mich leise.

»Ich …«

Ein Hämmern an der Tür reißt mich aus meinem vernebelten Zustand und klärt meine Gedanken wie auf Knopfdruck.

Oh Gott.

Was habe ich nur getan? Ich bin auf einer *öffentlichen* Toilette mit einem *Fremden*! Und ich habe ihm erlaubt, mit mir … schmutzige Dinge zu tun!

Mein Herz rast, und diesmal aus völlig anderen Gründen. Ich kann kaum atmen.

Ich drücke gegen die Muskelwand, die mir den Weg versperrt, und hopse vom Waschtisch, während er mich stirnrunzelnd ansieht.

»Monty?«

»Ich … Das … Wir …« Ich ärgere mich über mich selbst, weil ich anscheinend nicht die richtigen Worte finde. »Ich kann einfach nicht glauben, dass ich … *das* eben zugelassen habe.«

Er schmunzelt, und ich hasse, wie sexy er dabei aussieht. Mit zwei Schritten ist er wieder nah bei mir und seine Hände umfassen mein Gesicht. Ich keuche bei der Berührung und es macht mich wütend, dass ich überhaupt reagiere.

Seine Lippen streifen mein Ohr. »Berühren, Monty. Ich habe dich berührt. Meine Finger sind in dich gedrungen und haben deine süße kleine Klitoris so lange gestreichelt, bis du gekommen bist. Das ist, was ich mit dir gemacht habe.«

Er lässt seine Lippen über mein Gesicht gleiten, bis sie auf meinem Mund landen und er mich wieder innig küsst.

Und ich lasse es zu. Ich lasse zu, dass er mich konsumiert, die Kontrolle übernimmt und seine Lippen über meine bewegt, wie es ihm gefällt. Ich verstehe nicht, was in mich gefahren ist, aber in diesem Moment ist es mir egal.

Bis es ein weiteres Mal an der Tür hämmert.

»Nein. Das bin ich nicht. Du … du kannst das nicht verstehen.« Ich lache humorlos. »Wie auch? Wir kennen uns gar nicht.«

Er stöhnt entnervt und ich kann es ihm nicht verübeln. Ich bin gekommen, während er mit seinem mächtigen Steifen vor mir steht. »Ich dachte, wir hätten das vorhin geklärt?«

»Haben wir … aber ich … ich kann einfach nicht. Das bin nicht ich.«

»Das sagst du schon die ganze Zeit, aber was meinst du damit?«

Ich zeige auf meinen Körper. »Schau mich an. Mein Outfit. Das schreit bestimmt nicht *Sex auf dem Klo*.«

Seine harten Augen erforschen mich, und ich spüre die Lust auf meiner Haut. Es ist eine langsame, bewusste Prüfung von Kopf bis Fuß. Sein Blick fährt über die vielen Sommersprossen auf meinem Gesicht, die perfekt zu meinen langen roten Haaren passen, über meinen schwarzen Kaschmirpullover mit der weißen Bluse darunter bis hin zum knielangen geblümten Rock, den ich trage, und zu den weißen Keds.

Ich sehe nicht so aus, als gehöre ich in diese Toilette, geschweige denn in diese Bar oder zu einem Kerl, wie er es ist. Und wir beide wissen das.

Er sagt nichts, und ich deute dies als Zeichen, zu gehen.

Eilig rücke ich meine Kleidung zurecht und drehe mich zur Ablage, um meine Umhängetasche zu finden, die ich trug, als wir hier reingestolpert sind. Ich erhasche mein Bild im Spiegel und bereue es.

Meine Lippen sind geschwollen, meine Wangen gerötet, der Blick benebelt und meine roten Haare sind ein totales Durcheinander.

Ich sehe aus, als hätte ich etwas richtig Verbotenes angestellt – was auch der Fall ist.

Als ich meine Tasche entdecke, öffne ich sie schnell, um sicher zu sein, dass nichts rausgefallen ist, und dabei bemerke ich einen Stift.

Eine Seite von mir will sofort aus diesem Klo rennen und Robbie nie wiedersehen. Ich schäme mich so, wie schnell ich mich ihm hingegeben habe. Gleichzeitig erschreckt es mich, wie verletzlich ich mich in so kurzer Zeit mit ihm fühle.

Eine andere Seite von mir will ihm meine Nummer geben, damit er mich küssen kann, wann immer er dazu Lust hat.

Und auch das passt so gar nicht zu mir.

Was ist nur mit mir geschehen? Alkohol.

Das muss es sein. Es liegt alles am Alkohol. Ich trinke wirklich selten und heute Abend hatte ich schon drei Shots intus, bevor Robbie überhaupt in der Bar aufgetaucht ist. Das muss auch der Grund sein, warum ich getanzt und mit so vielen Typen gequatscht habe. Nur so kann ich mir erklären, wie ich meine Hemmungen verloren habe.

Alkohol macht mich mutig.

Und Alkohol lässt mich dumme Dinge tun.

Bevor sich ein weiterer Gedanke in meinem Kopf formen kann, mache ich etwas, was ich in tausend Jahren nicht für möglich gehalten hätte.

Ich schreibe meine Nummer auf ein Stück Papier, drücke es ihm in die Hand und renne raus.

ZWEI

ROBBIE

Es ist der vierte Morgen in Folge, an dem ich mit knallharten Eiern aufwache. Langsam habe ich die Schnauze voll.

Und das alles wegen ihr.

Monty.

Sie fiel mir sofort ins Auge, als ich reinkam. War ja auch nicht schwer, mit ihren strahlenden roten Haaren. Ich wollte einfach näher ran. Nun, eigentlich stehe ich nicht so auf Rothaarige. Normalerweise mag ich Frauen mit dunklen Haaren, großen Busen und noch größeren Ärschen. Das ist mein Beuteschema, und Monty passt da so gar nicht rein.

Und trotzdem. Etwas zog mich zu ihr und ich konnte es nicht lassen.

Von Weitem war sie hübsch. Von Nahem? Wunderschön.

Ihre porzellanweiße Haut war übersät mit Sommersprossen. Ihre Augen waren weit vor Staunen, grün wie das Meer, und funkelten im Rausch.

Als mein Blick an ihr runterglitt, musste ich mir ein Lachen verkneifen. Sie passte wirklich nicht ins *Lola's*. Sie gehörte an einen behaglicheren Ort, wie eine Bibliothek oder so was, aber sicher nicht in diese Kellerbar.

Sie wirkte viel zu ... *unberührt.*

Mir war klar, dass so jemand wie ich nichts für sie ist. Das hielt mich aber nicht davon ab, sie anzumachen. Wir haben uns sofort verstanden, die Unterhaltung war leicht und lustig. Wir tauschten Namen aus, nicht mehr.

»Ich werde direkt sein und ich bitte dich jetzt schon um Verzeihung – aus mir spricht der Alkohol, das bin nicht ich.«

Sie saugte an ihrem Strohhalm, der in diesem blauen Drink steckte, und wartete meine Antwort nicht ab.

»Ich habe noch nie in meinem Leben solche Kusslippen gesehen wie deine und ich muss sie einfach schmecken.«

Ich nahm ihre Hand und führte sie nach hinten zur Frauentoilette – das Männerklo war keine Option. Dort hob ich sie auf die Anrichte vom Waschbecken.

»Du willst mich küssen?« Sie nickte. »Dann küss mich, Monty.«

Fuck, und wie sie mich geküsst hat.

Ich war überrascht, dass sie es zuließ, sie zu berühren. Noch überraschter war ich, als sie dann einfach rausrannte und mich mit einem krassen Steifen stehen ließ.

Mein Blick fällt auf den Papierfetzen auf meinem Nachttisch.

Der, den sie mir in die Hand gedrückt hat, auf den sie hastig ihre Nummer gekritzelt hat.

Bis jetzt habe ich nicht darauf reagiert. So wie ihr Abgang war, bin ich mir auch nicht sicher, ob ich sollte, auch wenn meine blau angelaufenen Eier mir seit Tagen etwas anderes sagen.

Ich kann nicht aufhören, an sie zu denken. Dieses Bild von ihr – Kopf nach hinten gebogen, das lange Haar durcheinander, wie meine Finger sie zum Zerfließen bringen –, ich kriege es nicht aus meinem Kopf.

Bei dem Gedanken daran zuckt mein Schwanz und ich greife unter die Decke, um ihn zurechtzurücken.

Denk an was anderes, Robbie. Was auch immer es sein mag.

Das Letzte, was ich momentan brauche, ist ...

»Paaaapa!«

Genau das.

Das ist das Letzte, was ich jetzt brauche.

Mein siebenjähriger Sohn platzt in mein Schlafzimmer, und ich werfe schnell ein Kissen auf meine Morgenlatte.

»Junge, hast du noch nie von Anklopfen gehört?«

Ich sehe, wie seine kleinen Schultern runtersacken. »Och Mist. Hab ich vergessen.«

Er geht gleich wieder aus dem Raum, schließt die Tür und keine drei Sekunden später höre ich ihn an die Tür klopfen.

»Wer ist es?«, sage ich, sein Spiel mitmachend.

»Xavie. Dein Sohn. Ich habe Hunger.«

»Komm herein.«

Die Tür wird aufgeschmissen, und er rennt geradewegs aufs Bett zu, springt rauf und macht es sich zwischen den Decken gemütlich, die ich in der Nacht von mir gewühlt habe.

»Ich will was zu essen.«

Ich rolle auf die Seite und starre die Miniversion von mir

an. An manchen Tagen kann ich es immer noch nicht fassen, dass ich Vater bin. *Ich.*

Kinder waren eigentlich für viel später in meinem Leben angedacht, vielleicht in zehn oder zwölf Jahren, wenn ich bereit war, mich dauerhaft an einem Ort niederzulassen. Es war sicher nicht etwas, das ich mit neunzehn Jahren geplant hatte, ein Alter, in dem ich noch nicht einmal legal Alkohol trinken durfte oder bevor ich die Phase des Lebens erreicht hatte, in der nach Lust und Laune gefeiert werden sollte. Geschlafen habe ich tatsächlich wenig, allerdings um Windeln zu wechseln, statt Party zu machen.

Das kommt davon, wenn man sein Hirn ausschaltet und ohne Gummi vögelt. Da kann es schon mal passieren, dass du eine Frau schwängerst und sich dein Leben auf einen Schlag ändert.

Ich gebe zu, hätte ich die Chance, zurück in der Zeit zu reisen und Dinge zu ändern, würde ich sie ergreifen. Ich würde mich anders verhalten, klügere Entscheidungen fällen. Ich würde es sofort tun. Ich kenne ein paar Leute, die sich in ähnlichen Situationen wiedergefunden haben und denen es genauso geht. Aber unterm Strich heißt das nicht, dass ich Xavier – oder Xavie, wie ich ihn am liebsten nenne – nicht mit meinem ganzen Herzen liebe. Er ist mein Ein und Alles, und ich bin so dankbar, dass er in meinem Leben ist, egal ob geplant oder nicht.

»Ach, du willst was essen?« Er nickt enthusiastisch. »Aber mir hat keiner gesagt, dass ich dich füttern muss.«

Seine Augenbrauen ziehen sich zusammen. »Spielzeug,

Liebe und Essen. Das sind die Dinge, die jeder Papa seinen Kindern zu geben hat.«

Ich schmunzele. »Ist das so?«

»Jap. Mama hat das gesagt.«

»Hat sie das mit dem Spielzeug gemeint, oder hast du das erfunden?«

Er grinst breit, zuckt mit den Schultern und krabbelt vom Bett. »Hat sie so gesagt. Komm schon!«

Xavie rennt aus dem Schlafzimmer, sein Lockenschopf mit ihm hüpfend.

Ich rappele mich auf und geh ins Bad. Ich kicke die Spielsachen auf dem Boden beiseite und nehme mir vor, Xavie daran zu erinnern, dass er seinen Kram aufräumen muss, bevor er später zu seiner Mutter geht.

»Kommst du?«

Ich schüttle meinen Schwanz ab, wasch mir die Hände und versuche ein müdes Stöhnen zu unterdrücken. Wer in der Menschheitsgeschichte jemals behauptet hätte, Kinder seien nicht anstrengend, der ist ein bodenloser Lügner.

Xavie ist das Anstrengendste, was mir je passiert ist. Er ist fordernd, frech und kann so was von nervtötend sein.

Aber er gehört zu mir und ich würde für ihn durchs Feuer gehen.

»Jetzt halt mal die Füße still«, rufe ich ihm zu, während ich die Hände abtrockne.

»Geht nicht. Sie sind außer Rand und Band!«

Ich schlendere durch meine kleine Wohnung in die Küche, wo er schon am Tresen sitzt, absolut bereit, zu frühstücken.

»Was willst du denn, Xavie?«

»Waffeln ... Bacon ... Würstchen ... Und Pancakes!«

Ich hebe eine Augenbraue, und er kichert.

»Okay, okay. Dann bitte nur Waffeln.«

»Mit Erdnussbutter und Erdbeeren?«

Er nickt enthusiastisch. »Ja bitte!«

»Kommt sofort.«

Ich öffne das Tiefkühlfach, greife mir die Tüte mit Fertigwaffeln und fange an, sie zuzubereiten. Es gab eine Zeit, da habe ich meine Sonntagabende vor der neuesten Spielekonsole verbracht, einen Burrito in der einen Hand, einen Joint in der anderen. Heute nutze ich meine Hände, um Essen auf den Tisch zu bringen und Pausenbrote zu schmieren.

Vater zu sein verändert dich auf die seltsamste Weise.

Es klingelt an der Tür. Xavie hüpft vom Barhocker und rennt, so schnell ihn seine kurzen Beine tragen können, zur Wohnungstür. »Ich mach auf!«

»Vergiss nicht, durchs Guckloch zu schauen. Wir wollen keine Verbrecher reinlassen.«

Eines der Verkaufsargumente für diese Wohnung war, dass sie so kinderfreundlich ist. Es gibt in der Haustür einen normalen Spion und darunter einen zweiten für Kinder. Wie großartig ist das denn?

»Ist Onkel Zach ein Verbrecher?« Ich kann in der Kinderstimme die Aufregung förmlich hören. Mein Junge ist vernarrt in meinen besten Freund.

Wie der Zufall es so wollte, habe ich Zach in der gleichen

Nacht kennengelernt, in der ich meine Ex geschwängert habe.

Ich bin ihm damals draufgefahren, als er an der Ampel vor einem Stripclub in seinem viel zu teuren Schlitten zum Stehen kam. Anstatt sauer zu sein, hat mich Zach in den Stripclub eingeladen und mir einen Lapdance spendiert. Er meinte, er hätte einen guten Tag gehabt.

Es war einer dieser 18+ Clubs, und weil es erst vier Uhr nachmittags an einem Donnerstag war, ließ das Angebot durchaus zu wünschen übrig. Wir verbrüderten uns an diesem Tag wie sonst was. Kaum zu glauben, was Titten so alles ermöglichen. Und ich habe es nie bereut.

Xavie wäre ohne ihn nicht hier. Nicht nur weil Zach die beste Unterstützung war, die ich mir jemals hätte erträumen können, sondern auch weil der Lapdance, den er mir spendierte, zu wildem Sex mit Xavies Mutter führte.

Das Leben ist seltsam.

»Er ist der größte Verbrecher der Welt! Lass ihn nicht rein.«

»Ich bin kein Verbrecher, ich bin großartig!«, sagt Zach zu Xavie, als dieser die Tür öffnet. »Na, Kumpel, was geht ab?«

Ich muss jedes Mal lachen, wenn Zach das sagt. Er hört sich genauso an wie Pauly Shore in diesen 90er-Komödien. Irgendwann, wenn er älter ist, werde ich meinem Sohn diese Filme zeigen und ihm den Schauspieler vorstellen, der der Held meiner Kindheit war. Dann wird er auch verstehen, warum Onkel Zach einerseits der coolste, andererseits der peinlichste Typ ist, den wir kennen.

»Irgendwie fühlt es sich schon komisch an, dir nicht mehr hinterherräumen zu müssen, Kleiner. Du solltest Delia und mich bald wieder besuchen kommen. Dann hat dein Vater auch mal eine Pause von dir.«

Er hat nicht unrecht. Es sind zwar einige Monate vergangen, aber ich muss mich noch immer ans Alleinwohnen gewöhnen. Immerhin lebten wir bis vor Kurzem in einer Art Wohngemeinschaft, bis Zach seine Traumfrau kennenlernte und seine erste große Liebe – mich – vor die Tür setzte.

Ich mach nur Scherze ... größtenteils.

Ich will ehrlich sein: Als ich gemerkt habe, dass Zach mit Delia den nächsten Schritt machen wollte, habe ich vorgeschlagen, auszuziehen. Außerdem war es auch für mich höchste Zeit. Ich hatte schon viel zu lange bei ihm gewohnt. Ich musste dort raus, wenn ich es mit dem Erwachsenwerden ernst meine.

Und so bin ich hier: Sechsundzwanzig, und zum ersten Mal in meinem Leben wohne ich in einer eigenen Wohnung, zwei Zimmer, und das mit meinem siebenjährigen Sohn. Es funktioniert irgendwie und ich mache einen verdammt guten Job ... an den meisten Tagen.

Ich meine, ich hatte vor vier Tagen beinahe Sex mit einer Fremden auf der Damentoilette.

Das nennt sich Balance.

»Ich bin nicht so anstrengend«, meint mein Sohn.

»Oh, ich wage, zu widersprechen«, sage ich.

»Mach weiter so, und ich ziehe zu Onkel Zach.«

Als sie in die Küche schlendern, nehme ich die Waffeln aus der Mikrowelle und arrangiere sie auf dem Teller, dann hole ich die Erdnussbutter und die Erdbeeren aus dem Kühlschrank. Samt einem Messer trage ich sie zum Tresen und deute mit dem Finger auf sie: »Mach keine Versprechen, die du nicht halten kannst.«

»Schlimmster. Vater. Aller. Zeiten«, sagt Zach und setzt sich neben Xavie. »Ich nehme zwei, bitte.«

»Mach dir deine eigenen Waffeln.«

»Komm schon, sei kein Spielverderber.«

»Ja, Dad. Onkel Zach ist den ganzen Weg hierhergefahren, um mit uns zu frühstücken, und du willst ihm nichts geben? Ich dachte, Väter wären genau dafür da – Spielzeug, Liebe und Essen.«

»Für Kinder, ja.«

»Onkel Zach ist das größte Kind, das ich kenne.«

Zach und Xavie geben sich ein *high five*. »Genau richtig, kleiner Mann. Genau richtig.«

Ich starre meinen besten Freund mit offenem Mund an. »Du bringst meine eigene Brut gegen mich auf? Alter, das ist heftig.«

Er zuckt nur mit den Schultern und greift über den Tresen, um sich zwei Waffeln zu schnappen.

»Würdest du mir freundlicherweise die Erdnussbutter reichen?«

»Ich hasse dich«, grummle ich und schiebe ihm das Glas rüber.

Er öffnet den Deckel und fängt an, die cremige Masse auf die Waffeln zu schmieren. »Ich liebe dich auch.«

»Ohhhh«, neckt Xavie. Ich werfe ein Handtuch nach ihm.

Er kichert und widmet sich seinem Frühstück.

»Na, wie läuft's denn so? Wir haben ein paar Tage nichts mehr voneinander gehört, Mann.«

»Wenn ich ehrlich bin …«, setze ich an und ich sehe Monty vor meinem inneren Auge.

Ich sollte mit ihm über sie reden. Zach ist ein Frauenflüsterer oder so was in der Richtung. Dafür, dass er eigentlich ein krasser Nerd ist, hat dieser Kerl echt geschmeidige Skills, wenn es um Frauen geht.

»Xavie, wie wäre es, wenn du mit den Waffeln ins Wohnzimmer gehst?«

Seine kleinen Augen werden fast doppelt so groß. »Das Wohnzimmer? Mit Essen? Und Fernsehen?« Seine Stimme steigt mit jedem Satz eine Oktave höher. Ich lasse ihn sonst nie beim Frühstück fernsehen.

Aber heute mache ich eine Ausnahme. Ich brauche Hilfe, um eine gewisse Rothaarige aus dem Kopf zu kriegen. Und dafür brauche ich meinen besten Freund.

Das Letzte, was mir fehlt, ist, dass mein Sohn mitbekommt, was ich am Wochenende so getrieben habe, als er bei seiner Mutter war.

»Ja. Auch Fernsehen. Aber nur dieses eine Mal.«

»Darf ich Saft haben?«

Bei Saft ziehe ich die Grenze. »Im Wohnzimmer? Niemals. Saft bleibt in der Küche.«

Ich hole einen Becher aus dem Schrank und Orangensaft aus dem Kühlschrank und gieße ihm ein. Xavie stürzt den Saft hinunter.

»Danke. Wenn ich mehr brauche, komm ich wieder.«

Er nimmt seinen Teller und verzieht sich ins Wohnzimmer. Ich glaube, ich habe noch nie ein Kind so vorsichtig mit seinem Teller gehen gesehen. Er weiß wohl, dass er besser nicht krümelt.

Zach lacht in sich hinein. »Du hast den Kleinen gut erzogen.«

»Einer muss es ja tun.«

»Okay, was geht. Warum hast du ihn aus dem Zimmer geworfen?«

»Also …«, ich reibe mir den Nacken und versuche, die richtigen Worte zu finden.

»Du hast wieder eine Frau geschwängert!«

Ich starre ihn an und verschränke die Arme vor der Brust. »Nein. Hör auf, du Arsch.«

Er bemüht sich sichtlich, ein Lachen zu unterdrücken. »Okay, okay. Tut mir leid. Was ist denn dann los?«

»Ich habe jemanden kennengelernt.«

»Was ist mit Holly?«

Bis vor zwei Monaten war ich mir sicher gewesen, dass Xavies Mutter die Frau für mich sei. Ich habe mein Leben endlich im Griff und die eigene Wohnung war das Sahnehäubchen, das noch fehlte. Wir würden endlich mit diesem Hin und Her aufhören und eine richtige Familie für unseren Sohn sein. Vielleicht würden wir uns sogar ineinander verlieben und schließlich heiraten.

Aber es kam anders und ich habe es aufgegeben, es weiter zu versuchen.

Holly und ich gehören einfach nicht zusammen und ich bin endlich an dem Punkt angekommen, das zu akzeptieren.

Sosehr ich mir wünschen würde, dass mein Sohn in einer intakten Familie aufwächst, es bringt nichts, Dinge zu erzwingen, die nicht sein sollen. Das wäre am Ende nur schlimmer für ihn. So machen wir das Beste daraus.

Wir haben versprochen, dass wir zusammenhalten. Wir haben das Sorgerecht Hälfte-Hälfte, und bis jetzt läuft alles richtig gut.

»Es ist ein für alle Mal aus zwischen uns.«

Zachs Mundwinkel zucken und dann kann er sein Grinsen nicht mehr verbergen. »Mensch, bin ich froh, das zu hören.«

Er war nie ein Fan von Holly. Die Dinge standen nicht gut, als Xavier geboren wurde. Wir waren so jung und hatten keine Ahnung, wie wir miteinander umgehen sollten. Zach hat ihr das nie richtig verziehen, ein wenig eigenartig, denn er ist wirklich nicht nachtragend.

Es liegt an seiner Liebe für meinen Sohn, der für ihn wie ein Neffe ist, und für mich, weshalb er bis heute nicht gut auf sie zu sprechen ist. Irgendwie liebe ich den Volltrottel dafür. Gleichzeitig wünsche ich mir, dass er Frieden mit ihr schließt, denn sie ist und bleibt Teil unseres Lebens.

Er nimmt einen Bissen von seiner Waffel und sagt: »Diese Frau, was ist mit ihr?«

»Wir haben … rumgemacht.«

Er murmelt etwas, aber da ist einfach zu viel Waffel in seinem Mund.

»Auf der Toilette im *Lola's*.«

Er prustet und verschluckt sich fast am Frühstück. Lautes Husten erfüllt die Küche, und ich hole schnell eine Flasche Wasser aus dem Kühlschrank und schiebe sie ihm rüber.

Er nickt dankend, öffnet sie und nimmt einige Schlucke.

»Stirbt Onkel Zach?«, ruft Xavie aus dem Wohnzimmer.

»Hoffentlich! Wir werden im Testament erwähnt.«

»Super! Geld!«

Zach muss lachen und spuckt dabei Wasser über den Tresen.

»Was um Himmels willen bringst du deinem Kind bei?«

Ich zucke nur die Schultern, greife mir ein Handtuch und wische alles auf. »Keine Ahnung, von wem er das hat.«

»Na klar«, Zach nimmt noch einen Schluck. »Okay, ich will Details. Ich brauche Einzelheiten.«

Ich lehne mich an den Küchentresen und beuge mich vor, damit wir leise weiterreden können, ohne dass kleine Kinderohren alles mithören.

»Ein Anmachspruch, das war genug. Es hat gefunkt. Sie sagte, sie wolle mich küssen und dann hab ich sie mit aufs Klo genommen ... und, na ja, da sind wir uns nähergekommen.«

Zach kneift die Augen zusammen und fragt: »Was soll das denn genau heißen? *Uns nähergekommen.*«

»Es heißt so viel wie ...« Ich weiß noch genau, wie ihre Beine um meine Hüfte geschlungen zitterten, als sie kam. Oder wie sie die Augen dabei geschlossen hatte – einfach alles. Ich kriege es nicht aus meinem Kopf. »Es heißt, du weißt schon, wir haben rumgemacht und so.«

Er wirft einen Blick über seine Schulter in Richtung des Wohnzimmers, um sicherzugehen, dass Xavie nicht in Hörweite ist. Als er sich wieder zu mir dreht, mimt er einen Blowjob.

Ich muss laut loslachen und schüttle den Kopf.

Dann streckt er seine Zunge raus und bewegt sie chaotisch hin und her. Es ist ekelig und gleichzeitig ziemlich komisch.

»Wenn *das* deine Version von dem ist, was ich glaube, was es sein soll, dann tut mir Delia echt leid.«

Er grinst. »Nee, sie liebt es. Aber ist es das, was bei euch lief?«

»Nein.« Ich hebe meine Hand und bewege meine Finger in seine Richtung.

»Faustfick?« Flüstert-schreit er mit großen Augen und offenem Mund und lehnt sich zu mir.

Ich schüttele ungläubig meinen Kopf und drücke ihm lachend meine Hand aufs Gesicht und schubse ihn von mir weg.

»Ich kann es nicht fassen, dass wir Freunde sind. Natürlich nicht, du Idiot.«

»Hm.« Er lehnt sich zurück und zieht seine Augenbrauen konzentriert zusammen. »Oh! Finger-Vögeln, hm? Das macht beim ersten Date mehr Sinn als gleich die ganze Faust.«

»Oder jemals mit der ganzen Faust.«

Ich sehe, wie ein wehmütiger Blick über sein Gesicht zieht. »Ich erinnere mich an das eine Mal mit Delia ...«

»Nope. Nein. Auf keinen Fall. Ich will nichts über euch zwei und Fisting wissen.«

»Nein, nicht Fisting. Fing-«

»Ich will es trotzdem nicht hören.«

Er verdreht die Augen. »Von mir aus. Aber sag schon, was war los? Warum erzählst du mir diese Geschichte erst jetzt? Wir haben die ganze Woche zusammengearbeitet und du hast kein Wort darüber verloren? Was geht?«

»Seit ich diese Frau getroffen habe, wache ich jeden Tag mit einer krassen Morgenlatte auf. Nachdem sie heftig gekommen ist, ist sie einfach abgehauen.«

»Und du bist gefrustet, weil du nicht auf deine Kosten gekommen bist?«

»Ich … hm. Shit.« Ich kratze an meinem Eine-Woche-Bart. Heute sollte ich mich mal wieder rasieren. »Kann sein. Das könnte tatsächlich der Grund sein, warum ich sie nicht aus dem Kopf kriege.«

»Sie ist davongekommen.«

»Könnte man meinen.«

Sein Blick heftet sich an mich. »Was soll das heißen?«

»Sie hat mir ihre Nummer dagelassen.«

»Und du hast sie nicht angerufen, weil …?«

»Weil … sie ist anders.«

»Na und? Dann ist sie nicht dein typisches Beuteschema. Ist doch egal. Ruf sie trotzdem an.«

»Zach, Alter, ich meine …«

»Ja, ja, schon gut. Hab's verstanden. Sie ist anders. Aber was meinst du damit?«

»Monty ist … unschuldig. Sie hat diese Ausstrahlung … sie sieht aus wie das nette Mädchen von nebenan, brav und ordentlich. Fast ein wenig spießig.« Ich präsentiere meine tätowierten Arme. »Und das bin ich nun wirklich nicht.«

Zach starrt mich an und ich frage mich, was ihm gerade durch den Kopf geht.

Uns ist beiden klar, dass ich normalerweise nicht auf Frauen stehe, die mehr Zeit in ihren sicheren kleinen Schlafzimmern verbracht haben als in wilden Kneipen.

Aber vielleicht liegt er gar nicht mal so falsch. Vielleicht komme ich nicht von Monty los, weil wir das, was wir angefangen haben, nicht zu Ende gebracht haben. Vielleicht liegt es daran, dass ich nicht erfahren konnte, wie es sich anfühlt, wenn sich unsere nackten Körper berühren. Und ich *muss* es herausfinden … quasi zu Recherchezwecken. Für die Wissenschaft.

Genau. Das ist der Grund.

»Hol dein Handy raus.«

Meine Aufmerksamkeit wird schlagartig zurück zu Zach und seinem harten Blick geholt. »Äh, was?«

»Hol dein Handy. Du schreibst ihr jetzt.«

»Nein.«

»Doch. Du wirst diese Monty auf 'ne heiße Runde einladen, ob du willst oder nicht. Handy. Jetzt.«

Ich schüttle den Kopf. »Nein, Mann. Sie ist nicht ohne Grund weggerannt.«

Auf seinem Gesicht macht sich sein allwissendes Grinsen breit, und am liebsten würde ich diesem charmanten Nerd-Gesicht mit Brille eine schmieren. »Sie hat dir ihre Nummer nicht *ohne Grund* dagelassen.«

Er hat nicht unrecht.

Ich hole mein Handy aus der Hosentasche.

ICH: Hi. Robbie hier. Der vom Lola's.

»Geschmeidig«, raunt Zach.

»Halt 's Maul.«

Behutsam falte ich den Zettel mit ihrer Nummer wieder zusammen und stecke ihn zurück in meine Schlafhosentasche. Keine Ahnung, warum, aber ich will dieses Stück Papier aufheben, auch wenn ich die Nummer jetzt im Handy habe. Es fühlt sich irgendwie ... altmodisch an. Und ich mag das. Keiner schreibt mehr die Nummer auf ein Stück Papier. Das macht mich fast ein bisschen nostalgisch.

Wie zwei Verrückte starren wir auf mein Handy und leiden jedes Mal, wenn diese drei Punkte zu sehen sind und dann wieder verschwinden.

»Hättest du was Besseres geschrieben, hätte sie vielleicht längst geantwortet.«

»Ich habe meinen besten Anmachspruch schon verspielt, als wir uns kennengelernt haben.«

»Welchen denn?« Zach ringt nach Luft. »Du hast doch nicht etwa den mit dem Engel gebracht? Der ist *grauenvoll!*«

»Nein. Ich hab sie gefragt, ob sie meinen Python sehen will.«

Zach fällt vor Lachen fast vom Stuhl. Ich liebe die Tatsache, dass ich ihm nichts weiter erklären muss.

»Das ist einfach genial«, sagt er und nimmt die Brille ab, um sich die Tränen aus den Augen zu wischen. »Selbst ich wäre dir aufs Klo gefolgt mit dem Spruch.«

Ich grinse. »Bei dir bräuchte ich gar keinen Anmachspruch.«

»Ich bin zu leicht zu haben.«

»Und ich wette, Delia liebt das an dir.«

Schnaubend steht er auf und bringt seinen Teller in die Spüle. Er lässt kurz Wasser drüber laufen und packt ihn in die Spülmaschine, wie es sich für einen braven Hausgast gehört.

Daraufhin dreht er sich zum Kühlschrank, öffnet die Tür und nimmt die Pizzabox vom gestrigen Abend raus, klappt den Deckel auf, nimmt ein Stück und stopft es sich in den Mund.

»Na klar, bedien dich.«

»Danke.« Zumindest glaube ich, das ist, was er gesagt hat. Ich kann ihn mit vollem Mund nicht verstehen.

Mein Handy vibriert auf dem Tresen und ich erstarre.

Dann schreite ich zur Tat. Ich schnappe es und meine Finger tanzen über den Screen, um meine PIN einzugeben, gespannt, was sie geantwortet hat.

MONTY: Oh.

»Was zur ...?«

Ich zeige Zach die Nachricht und er zuckt mit den Schultern.

»Keine Ahnung, was das soll, Alter.«

Ich antworte schnell.

ICH: Ich bin mir nicht so sicher, ob das ein gutes »Oh« oder ein schlechtes »Oh« sein soll.

MONTY: Es ist ein überraschtes »Oh«.

ICH: Eine gute Überraschung?

MONTY: Gut.

MONTY: Glaube ich zumindest.

ICH: Ich wollte eigentlich anrufen ...

MONTY: Ich wäre nicht drangegangen.

ICH: Hm. Okay.

MONTY: Das hört sich unhöflich an. Tut mir leid. Ich meine nur, ich hätte nicht geantwortet, weil ich beim Telefonieren kotzen möchte. Ich komm damit einfach nicht klar.

ICH: Diese Antwort gefällt mir viel besser.

MONTY: Mir auch.

»Sieh an, du musstest nur das Eis brechen. Jetzt seid ihr am Chatten und nun kannst du elegant einfließen lassen, dass du sie gern mal flachlegen würdest und so. Das wird super.«

Ich starre ihn ausdruckslos an. »Wie um alles in der Welt hast du es geschafft, dir eine Freundin zu angeln?«

»Achtung, Achtung! Sogar eine Freundin, die bei mir eingezogen ist.«

Ich versuche, nicht über seinen Enthusiasmus zu lachen. »Stimmt. Sorry. Hatte ich vergessen.«

»Es war mein Knackarsch. Damit hab ich sie am Ende überzeugt.«

»Papa, Onkel Zach hat Arsch gesagt. Du hast gesagt, ich darf nicht Arsch sagen. Warum darf er es denn dann?« Er kommt zurück in die Küche, setzt seinen Teller neben die Spüle und krempelt seine Ärmel hoch. Dann macht er sich daran, den Teller kurz abzuwaschen, bevor er ihn in die Spülmaschine packt. Er weiß, dass ich mich immer um ihn kümmern werde, aber er muss auch seinen Teil im Haushalt beitragen. Wir sind ein Team.

Zach schaut mich mit gespielt unschuldigen Augen an und sein Gesicht wird rot, weil er sich das Lachen verkneift.

»Hinfort mit dir, du Wüstling! Warte mal. Wieso bist du überhaupt hier?«

Er zuckt mit einer Schulter. »Ich war in der Gegend. Hatte mich mit einem Kunden zu einer verdam-«

»Hey!« Xavie springt von seinem Tritthocker und tut so, als wolle er Zach in den Bauch boxen.

»Ich wollte *sehr* sagen, du kleiner Quälgeist. Beruhige dich.« Der Junge nimmt ein paar Schritte Abstand, bereit, wieder vorzupreschen, falls nötig. »Wie ich eben sagen wollte, ich traf mich mit diesem Kunden zu einer *sehr* frühen Stunde und wusste, du würdest schon auf sein und Xavie für den Tag fertig machen. Also dachte ich, ich schau vorbei und sag Xavie Hallo. Ich habe ihn seit einer Ewigkeit nicht mehr gesehen.« Mit einer Kopfbewegung Richtung Handy fährt er fort: »Und mir scheint, es war mal wieder höchste Zeit. Vielleicht war es auch mein Bester-Freund-Instinkt. Oder dachtest du etwa, ich wäre hier, um deine hässliche Visage zu sehen?«

»Halt 's Maul«, erwidere ich und wende meine Aufmerksamkeit wieder auf mein vibrierendes Handy.

MONTY: Also, Robbie vom Lola's. Dann erzähl mal, warum hast du dich gemeldet?

ICH: Du gehst mir nicht aus dem Kopf.

MONTY: Wow. Direkt auf den Punkt.

ICH: Ich komm gern gleich zur Sache. Ist mein Stil.

MONTY: Gut zu wissen.

MONTY: Wenn ich ehrlich sein soll – und ich merke, wie mir schon beim Schreiben die Röte ins Gesicht steigt, dir das zu gestehen –, ich musste auch an dich denken.

»Mit wem schreibst du, Papa?«

»Arbeit.«

»Arbeit?«

»Ja. Es geht dich nichts an.«

Er stemmt seine Hände in die Hüften und verzieht sein Gesicht. »Das ist nicht sehr nett.«

»Okay. Es ist der Weihnachtsmann. Er hat mir eben geschrieben. Er meint, wenn du nicht gleich losmachst und dir die Zähne putzt und dich anziehst, werden Weihnachten keine Geschenke unterm Baum liegen.«

Er zieht die Augenbrauen hoch. »Der Weihnachtsmann ist alt. Bis Weihnachten hat er das schon längst wieder vergessen. Es ist doch erst Juli, Papa.«

»Tja, vielleicht vergisst er es. Ich aber nicht. Los jetzt!«

Der kleine Klugscheißer stöhnt, aber gehorcht und schlurft den Flur entlang, um sich für den Tag fertig zu machen.

Mit Xavie aus dem Zimmer, rutscht Zach an meine Seite und fragt: »War sie das?«

»Ja. Ich weiß nicht, was ich ihr antworten soll.«

»Hab ich doch schon gesagt. Sag ihr, du willst mit ihr vögeln.«

»Bitte geh einfach.«

Er lacht, packt mich an den Schultern und schüttelt mich.

»Dir wird schon was einfallen. Sag Bescheid, wenn du Hilfe brauchst. Ich werde mich von dem Teufelsbraten verabschieden. Wir sehen uns später im Büro.« Ich höre, wie er den Flur entlang und dann in Xavies Zimmer schlendert. »Ich hau ab, Kleiner. Hier sind fünf Dollar fürs Reinlassen. Sag deinem Vater, du willst dir damit ein Eis oder so was kaufen.«

»Du bist der Beste, Onkel Zach!«

»Ich weiß.« Ich kann mir genau vorstellen, wie Zach sich dabei lässig die Schultern seiner Lederjacke abstaubt. Das wäre so typisch für ihn.

Er winkt mir kurz zu. »Komm nicht zu spät! Dein Boss kann so ’nen Scheiß nicht leiden«, ruft er, bevor die Tür ins Schloss fällt.

»Onkel Zach hat Scheiß gesagt! Du hast gesagt, Scheiße gehört zu den bösen Wörtern!«, höre ich Xavie kreischen.

Ich seufze und mache mir eine mentale Notiz, Zach in den Hintern zu treten, wenn ich ihn später in der Arbeit sehe.

»Ich weiß. Zieh dich fertig an. Wir reden später darüber, wenn wir auf dem Weg zur Schule sind.«

Ich räume das Durcheinander vom Frühstück auf und schnappe mir Xavies Rucksack. Ich bin im Papa-Modus und schmiere sein Pausenbrot, inklusive einer kleinen Notiz, die ich immer dazulege. Dann sammle ich die restlichen Schulsachen zusammen, die überall in der Wohnung verteilt sind. Dieses Kind ist so *unordentlich*.

Ich gehe zurück in mein Schlafzimmer und beeile mich beim Umziehen. Gott sei Dank ist Zach locker drauf und zwingt uns nicht, im Anzug zur Arbeit zu kommen. Ich bevorzuge meine Jeans und ein einfaches Polohemd.

Pünktlich auf die Minute treffe ich Xavie im Flur. Ich schnappe mir seinen Rucksack, er packt das Pausenbrot ein, dann schlüpfen wir in unsere Schuhe und los geht’s.

Unsere morgendliche Routine läuft mittlerweile wie am Schnürchen. Als Holly und ich uns darauf geeinigt haben, dass wir uns jede Woche mit Xavie abwechseln werden, war ich anfangs nervös. Es mag sich vielleicht etwas komisch anhören, aber ich war einfach daran gewöhnt, ihn nur jedes zweite Wochenende und donnerstags bei mir zu haben. Eine Woche am Stück ist einfach was anderes.

Aber wir haben uns schnell eingespielt und jetzt hätte ich ihn am liebsten jeden Tag im Jahr bei mir. Nicht nur, wenn mir das Gericht es erlaubt.

Im Auto schnallen wir uns an und fahren los. Es sind knapp dreizehn Kilometer bis zu seiner Schule, wo er beim diesjährigen Sommercamp mitmacht. Einerseits finde ich es super, andrerseits finde ich es einfach doof. Doof, weil es weniger Zeit zusammen bedeutet. Super, weil er bei mir ist *und* ich mir nicht extra freinehmen muss.

Ich bin erleichtert, dass er die Scheiß-Nummer von Zach schon wieder vergessen hat. Wir hören laut Parkway Drive und fetzen dazu ab. Was soll ich sagen. Mein Junge steht auf Metal.

Ich parke vor der Schule, springe raus und öffne Xavies Tür.

»Sei lieb. Sei klug. Sei freundlich.«

»Sei lieb. Sei klug. Sei freundlich«, wiederholt er.

Wir machen einen doppelten Faustcheck und ich sage: »Ich hab dich lieb. Bis später um drei.«

»Ich hab dich auch lieb.«

Er läuft zu seinen Freunden, und ich mach mich auf den Weg zur Arbeit.

Es fühlt sich immer noch komisch an, nicht zu Zach nach Hause zu fahren, wo wir unser Hauptbüro für eine lange Zeit hatten. Ich stelle das Auto auf meinem eigenen

Parkplatz vor unserem Geschäftssitz von Embody Positivity ab und dabei überkommt mich ein gewisser Stolz auf das, was wir erreicht haben.

Delia steigt zeitgleich aus ihrem Wagen und nimmt zwei Kartons mit Donuts und Kaffee mit.

»Hey!«, ruft sie mir zu. »Hab gehört, du hast eine Frau in einer Kneipe abgeschleppt und ihr habt auf dem Klo rumgemacht.«

»Ich hasse deinen Freund.«

Sie wirft mir diesen Blick zu, der klar sagt, dass sie mir kein Wort glaubt.

»Schreibt ihr zwei euch noch? Du weißt schon, das ist eigentlich Zachs und meine Sache.«

In dem Moment realisiere ich, dass ich Monty noch nicht zurückgeschrieben habe. Ich hole mein Handy aus der Hosentasche und sehe vier ungelesene Nachrichten.

MONTY: OH GOTT. Das war voll peinlich. Tut mir leid. Jetzt hab ich dich in Verlegenheit gebracht. So sorry.

MONTY: Keine Ahnung, warum ich mich entschuldigt habe ... ZWEI MAL.

MONTY: Ich bin ein Idiot.

MONTY: Ignoriere mich einfach. Tu so, als würde ich nicht existieren. Wir vergessen die ganze Geschichte und was da letztens passiert ist und leben einfach glücklich und zufrieden weiter. Auf drei und dann ADIEU FÜR IMMER, Robbie. Drei, zwei, eins ... Tschüss.

DREI

MONTY

Seit ich aus der Toilette gerannt bin, kann ich nicht aufhören, an Robbie zu denken.

Ich lief sofort zu meiner Zwillingsschwester Denny und bestand darauf, dass wir gehen. Sie fragte nicht nach, griff ihre Handtasche und organisierte uns ein Taxi. Ich erwähnte Robbie kein einziges Mal auf dem Heimweg.

Als wir zurück in unserer Wohnung waren, ging ich direkt ins Bad unter die Dusche und dann ins Bett. Keine drei Stunden später wurde ich von dem wohl heißesten Traum geweckt, den ich je hatte, und ich spürte ein Ziehen zwischen meinen Beinen.

Und dieser Traum läuft seit Tagen auf Wiederholungsschleife.

Ich könnte mir in den Hintern treten. Zum einen, weil ich seine Nummer nicht habe. Zum anderen, weil ich nicht hätte wegrennen sollen.

Gestern habe ich schließlich Denny doch alles erzählt.

Und die Unterhaltung verlief genau so, wie ich es mir gedacht hatte.

Sie hat mir nicht geglaubt.

Ich kann es ihr nicht verübeln. Wir reden hier immerhin über *mich*. Ich bin nun nicht unbedingt bekannt dafür, dass ich mit Unbekannten in Bars rumknutsche, geschweige denn … na ja, du weißt schon … ihn *ranlasse*.

Es dauerte gut zwanzig Minuten, sie von dem Wahrheitsgehalt meiner Erzählung zu überzeugen. Ich musste letzten Endes sogar meine Hose runterlassen und ihr den langsam verblassten blauen Fleck an meinem Po zeigen.

Das Ergebnis war eine Schimpftirade, und ich brauchte weitere fünf Minuten, um sie wieder zu beruhigen. Der blaue Fleck war schließlich nicht von Robbie, sondern dem harten Waschbecken.

Als Robbie auf mich zukam, war ich bereit, ihn allein wegen seines Aussehens abblitzen zu lassen. Er ragte so hoch über mir, es war etwas beängstigend. Und seine Tattoos ließen ihn … bedrohlich aussehen.

Aber dann schenkte er mir dieses breite, strahlende Lächeln und ich schmolz dahin. Und diese tiefe, bassige Stimme erst. So einnehmend und … *sexy*. Ich glaube, ich habe noch nie jemanden mit so einem Bariton gehört. Warm und einladend, gleichzeitig mit einem Hauch von Autorität. Auf einem ganz anderen Level *hot*, wenn er seine großen muskulösen Arme um mich schlang.

Ich höre Lärm vor meiner Tür und stecke den Kopf raus, um zu sehen, was vor sich geht.

Eine Gruppe Vorschulkinder rennt mit Mr Donahue im

Schlepptau vorbei, oder Brandon, wie wir Kollegen ihn nennen. Sie sind auf dem Weg zu einer sicherlich sehr kreativen Aktivität, die er sich für die Gruppe ausgedacht hat.

»Oh, hi, Fräulein Andrews. Was machst du heute hier? Es sind doch noch Sommerferien und die Schule fängt erst in vier Wochen wieder an.«

Er stellt sich neben mich und ich komm nicht drum rum, ihn mit Robbie zu vergleichen, dem letzten Mann, der mir so nah gekommen ist.

Die beiden sind so unterschiedlich wie Tag und Nacht. Und ich meine nicht nur vom Äußeren.

Was ich in den wenigen Wochen von Brandon mitbekomme, seitdem ich die Lunch-Treffen für neue Lehrer besuche, ist, dass er sich zu sehr bemüht, gemocht zu werden. Er hat auch kein Gefühl für adäquaten Abstand, er kommt einem gern zu nah. Und es scheint, dass er sich ziemlich stark in mich verschossen hat.

Auch wenn Brandon genau der Typ Mann ist, für den ich mich interessieren *sollte* – gut gekleidet, Manieren, als hätte er den Knigge studiert, und er würde sicherlich keine fremde Frau mit auf die Toilette nehmen und sie an ihren intimsten Stellen berühren , lässt er mich kalt.

Der letzte Mann, der genau »mein Typ« war, hat sich allerdings als das Schlimmste entpuppt, was mir jemals widerfahren ist.

Ich trete einen kleinen Schritt zurück und hoffe, er bekommt es nicht mit, und lächele höflich. »Ich mache nur ein paar Fotos von dem Raum. Dann kann ich mich besser orientieren, wenn ich Arbeitsmaterial und Dekoration besorge.«

»Ich wette, dein Klassenzimmer wird wunderschön. Immerhin …« Er gestikuliert in meine Richtung. »Du weißt schon.«

Weiß ich zwar nicht, aber ich sage nichts. Ich nicke einfach und zeige in Richtung Klassenraum. »Ich sollte wieder rein und weitermachen. Wollte nur kurz schauen, was hier draußen los ist. Du willst sicher mit den Kindern aufholen.«

»Ich … ähm … natürlich. Wir sehen uns, Monty.«

Als er meinen Namen spricht, tut sich nichts in mir. Keine Reaktion. Nicht wie bei Robbie, als er meinen Namen sagte.

Mein Handy vibriert und ich stolpere fast vor Überraschung, als ich zurück ins Klassenzimmer gehe.

PYTHON: Du bist alles andere als ein Idiot. Es war auch nicht peinlich. Ich hab es zuerst gesagt. Wenn es für irgendwen hier peinlich sein sollte, dann wohl für mich (ist es aber nicht).

PYTHON: Ich will mich auch noch nicht verabschieden. Wenn ich ehrlich bin, würde ich mich gern mehr mit dir unterhalten. Wenn ich darf.

ICH: Du willst dich mit mir unterhalten? Im Ernst? Nach alldem?

PYTHON: Ehrlich gesagt, würde ich gerne viel mehr mit dir machen, als sich nur zu unterhalten, Monty.

ICH: Oh.

PYTHON: Ja, »oh«. Ich möchte deine süßen Lippen wieder schmecken. Ich möchte meine Hände in deinen langen roten Haaren vergraben. Und ich möchte da nicht aufhören.

ICH: Ich glaube, ich möchte auch nicht, dass es da aufhört.

Was? Nein, nein, nein. Monty, hör sofort auf!

ICH: Aber du solltest. Ich arbeite gerade und kann ... DAS hier nicht machen. Nicht am Arbeitsplatz.

PYTHON: Na und? Ich bin auch im Büro.

ICH: Mag sein, aber arbeitest du mit einem Haufen Kinder?

PYTHON: Tatsächlich schon. Aber sie sind gerade nicht hier.

PYTHON: Ich höre auf.

PYTHON: Aber Monty? Pünktlich um 17 Uhr geht's ab.

Eine Hitzewelle schießt durch die Innenseite meiner Oberschenkel und ich zittere. *Es geht ab*. Wer schreibt denn so was einer Fremden? Nun ja, ich meine ... okay, ich habe es zugelassen, dass er mich auf gewisse Weise berührte, wir sind also nicht mehr ganz so fremd.

Trotzdem.

ICH: Themenwechsel bitte, Robbie.

PYTHON: Warum hast du mir deine Nummer gegeben, wenn du dachtest, dass ich sie nicht benutzen würde?

PYTHON: Oder hattest du gehofft, dass ich mich nicht melde? Hast du mir deine Nummer nur aus Mitleid dagelassen?

PYTHON: Findest du etwa, dass ich kein guter Küsser bin, Monty? Kann ich mir eigentlich nicht vorstellen. Immerhin warst du ... Oh, warte, ich hatte versprochen, aufzuhören.

ICH: ~~Ich laufe gerade rot an, weil ich an nichts anderes mehr denken kann, als dich zu küssen.~~

ICH: Und nein, ich habe dir meine

Nummer nicht aus Mitleid gegeben. Wäre das der Fall, hätte ich dir eine falsche Nummer aufgeschrieben.

PYTHON: Warum hat es dich dann überrascht, dass ich mich gemeldet habe?

ICH: Weil ich einfach gegangen bin, nachdem ich ...

PYTHON: Nachdem du was? Und, bitte, lass kein Detail aus.

ICH: Ich werde das nicht sagen!

PYTHON: Angsthase.

ICH: Der größte Angsthase, dem du jemals begegnen wirst.

ICH: Darf ich ehrlich mit dir sein?

PYTHON: Ich bitte darum.

ICH: Du bist nicht mein Typ. Ganz und gar nicht. Und wenn ich mich nicht täusche, bin ich auch nicht dein Typ. Schau uns doch an. Wir passen nicht zusammen. Ich habe dir meine Nummer gegeben, weil ich mich verpflichtet gefühlt habe, nachdem ich zugelassen hatte, dass du DAS mit mir machst. Und weil ich es mag, wie du küsst. Ein kleiner Teil in mir hat sich gewünscht, dass du dich meldest. Aber eigentlich hatte ich gehofft, wir würden unsere Begegnung vorbeiziehen lassen und vergessen, dass es je geschah.

ICH: Tut mir leid, falls du dir mehr erhofft hast. Aber ich bin kein Mädchen für eine schnelle Nummer.

PYTHON: Wie kommst du darauf, dass ich der Mann für eine schnelle Nummer bin? Und wie kommst du darauf, dass du nicht mein Typ bist? Weil ich so aussehe, wie ich aussehe? Sehr oberflächlich, Monty.

PYTHON: Für das Protokoll, ja, ich habe einige schnelle Nummern in der Vergangenheit geschoben. Und es lief nicht immer nach Plan (das heißt, ich habe ein Mädchen geschwängert).

ICH: Du bist Vater?

PYTHON: Ja.

ICH: Oh. Damit habe ich nicht gerechnet.

PYTHON: Ist das etwas Schlimmes?

ICH: Nein, auf keinen Fall! Ich liebe Kinder.

ICH: Nicht dass ich jetzt vorhätte, DEIN Kind sofort kennenlernen zu wollen oder so. Im Allgemeinen.

ICH: Ich war mir auch nicht bewusst, dass Väter, na ja, DAS mit einer Fremden in der Öffentlichkeit tun würden.

PYTHON: Wirst du es jemals aussprechen?

ICH: Niemals!

ICH: Ich spreche solche Dinge nicht aus.

PYTHON: Okay. Dann mach ich es für dich: Ich habe deine Pussy berührt, Monty. Ich habe dich zur Damentoilette geführt, habe dich dort ins Delirium geknutscht und mit deiner Klitoris gespielt, bis du laut gestöhnt hast. Und du hast jede Sekunde davon genossen. Meine Berührung allein hat dich zerfließen lassen. Deine Haare waren wild durcheinander, und in deinen Augen konnte ich deine Befriedigung sehen. Du hattest gerötete Wangen, und ich kann verflucht noch mal nicht aufhören, an dich zu denken.

PYTHON: Monty. Ich will noch einmal erleben, wie du kommst. Unbedingt.

PYTHON: Ich weiß, ich hatte versprochen, damit aufzuhören. Aber ich kann nicht anders, wenn du um den heißen Brei redest und so tust, als hätte es dir nicht genauso gefallen wie mir.

Verflixt noch mal.

Mein Herz klopft bis zum Hals, Schweißperlen rinnen mir den Nacken runter. Bin ich froh, dass ich heute einen Rock anhabe, denn es ist plötzlich ganz schön heiß geworden.

Ich sammle meine Haare und stecke sie mir hoch und wedele mir mit meinem Shirt ein wenig Luft zu.

Ich würde ihm gerne so viele Dinge zurückschreiben, zum Beispiel meine Adresse. Das Verlangen ist stark, ihn wiederzusehen, ihn zu küssen, damit er mich wieder *berührt* ... was ist nur in mich gefahren?

Versteh mich nicht falsch. Ich habe schon diverse sexuelle Erfahrungen gesammelt. Aber bisher habe ich noch nicht »den ganzen Akt« vollzogen.

Ich bin eine dreiundzwanzigjährige Jungfrau, die sich für die Ehe aufhob, während ihr Verlobter sich mit jeder und allen vergnügte.

Auch wenn ich in der Vergangenheit jemandem nähergekommen bin, muss ich zugeben, dass keiner mich so wild gemacht hat wie Robbie. Wären wir an dem Abend nicht unterbrochen worden, ich wette, ich wäre, ohne mit der Wimper zu zucken, mit ihm mit nach Hause gegangen. Alkohol hat eine große Rolle gespielt, und das verbotene Ambiente sicherlich auch. Aber da war einfach was an Robbie, das anders war.

Er fühlte sich … unerlaubt an.

Verboten.

In so vieler Hinsicht falsch und doch *genau* richtig.

»Hey, ich –«

»Ahhh!«

Mein Handy fliegt mir dank der unerwarteten Unterbrechung aus der Hand. Ich hebe es schnell auf und inspiziere es – eine Ecke ist angeschlagen. Natürlich ist das Handy nagelneu.

Ich kann mein frustriertes Grummeln nicht verbergen, während Brandon mit großen Schritten auf mich zukommt.

»Oh, verdammt, das tut mir sehr leid, Monty. Ich wollte dich nicht erschrecken.«

»Ist schon gut.« *Ist es nicht.* »Kein Ding.« *Doch, ist es.* »Was kann ich für dich tun?«

»Ich, ähm, ich …«, stottert er, offensichtlich nervös. Er räuspert sich, stellt sich gerader hin und nimmt einen zweiten Anlauf. »Ich wollte dich heute Abend zum Essen einladen.«

Er muss die Sorge in meinen Augen sehen, denn er winkt mit den Händen ab und stolpert umgehend in einen Erklärungsversuch. »In der Gruppe. Drinks in der Stadt, nichts zu Verrücktes.«

Ich neige meinen Kopf zur Seite und frage: »Wie unsere Mittagsrunde? Nur abends?«

Er wirkt wieder nervös. »Ähm. Nein. Es wäre mit meinen Kumpels und, hmmm, ihren Freundinnen. Ich dachte mir, vielleicht hast du Lust, neue Leute kennenzulernen. Du weißt schon, nicht nur die Lehrer hier von der Wayward-Grundschule.«

Oh.

Die höfliche Tochter, die meine Eltern großgezogen haben, weiß, dass sie diese Einladung annehmen sollte. Ich sollte freundlich, gesellig und offen sein.

Aber ich will nicht.

Der Hauptgrund, warum ich zu Denny gezogen bin, war, um genau dieses »Ja, gerne«-Leben hinter mir zu lassen.

Ja, gerne. Natürlich passe ich auf dein Baby um drei Uhr nachts auf.

Ja, gerne. Natürlich gehe ich zu der Uni, die du mir ausgesucht hast.

Ja, gerne. Natürlich heirate ich dich, auch wenn du mich betrogen hast.

Fast hätte ich das auch getan, ich war kurz davor. Und dann bin ich eines Morgens aufgewacht und habe erkannt, dass ich nicht *mein* Leben lebte. Ich lebte für alle anderen und ich habe es nicht länger ausgehalten. Ich fühlte mich ausgelaugt und so sollte sich keine Dreiundzwanzigjährige jemals fühlen.

Denny war die Klügere von uns beiden. Sie ist gleich

nach dem Schulabschluss weg und kam auch kein einziges Mal während ihrer vierjährigen Collegezeit zurück. Auch nicht danach. Wie gerne wäre ich auch so mutig gewesen, aber ich konnte Chuck, unseren kleinen Bruder, nicht allein lassen. Ich habe es mich nicht getraut.

Nach dem, was mit meinem Ex passiert ist, und dass ich kurz davor war, in so eine Zukunft reinzurutschen, war mir klar, dass ich etwas ändern musste.

Ich rief meine Zwillingsschwester an, packte meine Koffer und war eine Woche später bei ihr. Meine Eltern haben in den vier Monaten, die ich hier lebe, jeden Tag angerufen und verlangt, dass ich nach Hause zurückkehre.

Ich weigere mich.

Genau, wie ich diese Einladung zum Abendessen verweigern werde.

»Danke für die Einladung, Brandon. Leider habe ich heute Abend schon was vor.«

Er lässt seine Schultern hängen. Das war nicht die Antwort, auf die er gehofft hat.

»Vielleicht ein anderes Mal?« Diese Worte rutschen mir von den Lippen, bevor ich sie aufhalten kann. Am liebsten würde ich mich selbst treten. Ich schüre damit lediglich Brandons Hoffnung und das sollte ich auf keinen Fall tun, besonders nicht, weil es keinerlei Chancen auf irgendetwas zwischen uns gibt.

»Ich verlasse mich drauf.«

Mist.

Ich greife mir meine Handtasche und hänge sie mir über die Schulter. Ich versuche, so schnell wie möglich hier rauszukommen, bevor ich weitere Versprechen mache, die ich nicht plane, zu halten.

»Ich muss los. War schön, dich wiederzusehen.« Ich gehe Richtung Tür, und er beeilt sich, sie mir aufzuhalten. Ich habe nichts anderes von ihm erwartet.

»Dich auch, Fräulein Andrews. Dann sehen wir uns nächste Woche bei der Mittagsrunde?«

Ich nicke und zwänge mich an ihm vorbei, raus aus dem Klassenzimmer.

»Sicher.«

Ich schaue nicht zurück, als ich schnell den Flur zum Ausgang laufe, nicht dass er noch etwas hinzufügen kann. Ich winke kurz der Empfangsdame zu und verlasse das Gebäude.

Ich werfe meine Handtasche auf den Beifahrersitz, lege mein Handy in die Mittelkonsole und stecke den Schlüssel ins Zündschloss.

Erschreckt schrei ich kurz auf, als mein Handy plötzlich vibriert.

PYTHON: Hab ich dich verloren?

ICH: Nein.

PYTHON: Hatte schon Angst, dich verschreckt zu haben.

ICH: Hast du nicht. Ich musste nur einen Kollegen blasen.

PYTHON: Oh. Wow. Okay …

ICH: Was denn?

ICH: Oh! Nein! Nicht blasen. ABBLASEN. Wie abwimmeln. Verflixt und zugenäht.

PYTHON: Ich lache gerade so verdammt hart.

PYTHON: Nicht nur wegen des Tippfehlers. Ich glaube, du hast noch nie im Leben geflucht, oder?

ICH: Nein. Es passt nicht zu mir.

PYTHON: Habe ich mir gedacht. Du wirkst nicht wie eine, die viel flucht.

PYTHON: Ich hoffe, es macht dir nichts aus, dass ich ein schmutziges Mundwerk habe.

ICH: Macht es nicht. Im Gegenteil … es macht mich sogar an.

PYTHON: Ja? Das ist gut zu wissen. Ich hatte nämlich nicht vor, das zu ändern. Mir steht das Fluchen verdammt noch mal gut.

ICH: Solltest du nicht arbeiten?

PYTHON: Solltest DU nicht auch auf der Arbeit sein?

ICH: Ich bin für heute fertig.

PYTHON: Schon? Wie kommt's?

PYTHON: Stopp mal. Heißt das, ich darf wieder schmutzige Sachen sagen?

ICH: Nein!

ICH: Und ich bin schon fertig, weil ich eigentlich noch gar nicht am Arbeiten bin. Bei mir geht es erst in einem Monat los. Ich habe Fotos gemacht, um mir die richtige Deko zu überlegen.

PYTHON: Ach so. Das macht Sinn.

ICH: Warum arbeitest du nicht?

PYTHON: Ich arbeite gerade. Ich bin gut im Multitasking.

PYTHON: Plus, mein Boss ist mein bester Freund. Ich muss also nicht wirklich arbeiten.

ICH: Das kann nicht stimmen.

PYTHON: Stimmt so auch nicht. Ich rede mir das nur ein bisschen ein, damit ich kein schlechtes Gewissen habe, wenn ich nicht bei der Sache bin.

PYTHON: Ich sollte jetzt auch wieder ran. Habe schon zu viel Zeit mit Nicht-Arbeit verbracht.

PYTHON: Darf ich dich was fragen, Monty?

ICH: Ja?

PYTHON: Kann ich dir später wieder schreiben?

Ich antworte nicht sofort. Wenn ich ehrlich sein soll, weiß ich nicht, was ich sagen soll.

Ich will Nein sagen, denn auch wenn ich ihn kaum kenne, ahne ich, dass er nichts Gutes für mich bedeutet. Er ist so derb und direkt und einfach eine Nummer zu groß für mich.

Und wegen all diesen Gründen will ich Ja sagen. Er ist das genaue Gegenteil von dem, was ich bisher kannte. Wenn ich in dieser Stadt einen Neustart wagen will, dann mit einem Knall. Vielleicht sogar in Gestalt dieses Mannes.

ICH: Ja.

VIER

ROBBIE

ICH: Können wir bitte noch einmal über letzten Samstag reden? Ich kriege dieses Bild von dir auf dem Waschbecken nicht mehr aus dem Kopf. In diesem Stadium grenzt es fast schon an Pathologie.

Ich bin ein schamloser und widerlicher Kerl.

Aber ein pünktlicher, schamloser und widerlicher Kerl.

Punktgenau um 17:01 melde ich mich wieder bei Monty.

Ich gebe zu, meine Skills im Texten könnten gut einen Feinschliff vertragen, aber unterm Strich ist es die pure Wahrheit. Seit letztem Samstag habe ich einen semiharten Schwanz.

Fakt ist, egal, wie viel ich masturbiere – und die letzten Tage waren mehr als sportlich –, dieses tiefe innere Verlangen bleibt komplett ungesättigt.

Ich lasse Zachs Kommentar von heute Morgen Revue passieren und vielleicht hat er ja recht. Ich habe noch eine offene Rechnung mit Monty. Und wenn es eine Sache gibt, die ich im Leben nicht ausstehen kann, dann sind das offene Rechnungen.

Die Tatsache, dass sie einfach losgerannt ist, ohne dass wir die Nummer zu einem für alle befriedigenden Ende gebracht haben, macht mich verrückt. Ich halte das nicht aus. Ich will mehr. Ich brauche mehr.

MONTY: 17:01. Auf die Minute genau.

ICH: Hast du etwas anderes erwartet?

MONTY: Auch wenn ich dich kaum kenne, kann ich mit Gewissheit sagen, dass ich genau das von dir erwartet habe.

MONTY: Bist du auf dem Heimweg? Da solltest du nicht gleichzeitig texten.

ICH: Falls du es ganz genau wissen möchtest, ich hatte heute schon um 15 Uhr Schluss.

MONTY: Tatsache? Vielleicht sollte ich auch für meinen besten Freund arbeiten. Das sind ein paar nette Vorzüge, Mr ... Wow. Ich kenne nicht einmal deinen Nachnamen.

MONTY: Diese Erkenntnis lässt mich glatt ... verrucht fühlen.

ICH: Cross. Mein Nachname ist Cross.

MONTY: Hi, Robert Cross. Ich bin Montana Andrews. Auch wenn deine Zunge schon in meinem Mund und deine Hand unter meinem Rock waren, es ist trotzdem schön, sich offiziell vorzustellen.

ICH: Habe die Ehre, Montana.

ICH: Okay, ich muss fragen: Das ist ein ungewöhnlicher Name. Was steckt dahinter?

MONTY: Ich wurde nach meinem Geburtsort benannt.

ICH: Im Ernst?

MONTY: Absolut.

ICH: Du siehst nicht aus wie jemand aus Montana.

MONTY: Wie sieht denn jemand aus Montana aus?

ICH: Du weißt schon. Jeansjacken, Cowboyhüte und Boots. Jeder reitet auf Pferden und jagt hinter Rindern her.

MONTY: Ist DAS das Bild, das Leute von uns haben?

ICH: Nur die geografisch herausgeforderten, ihr-ganzes-Leben-nur-an-einem-Ort-lebenden Menschen.

ICH: Ich zum Beispiel, falls das noch nicht deutlich geworden ist.

MONTY: Donnerwetter. Bin ich froh, dass du mir das erklärt hast.

ICH: Klugscheißer.

ICH: Du bist sexy, aber ein Klugscheißer.

MONTY: Dir gefällt es.

MONTY: So was habe ich mich noch nie vorher getraut, zu sagen!

MONTY: Weiter im Text. Du wohnst hier schon dein ganzes Leben?

ICH: Genau, in der Region. Wir sind zwar in ein paar unterschiedlichen Städten gewesen, letztlich haben wir uns aber hier niedergelassen.

ICH: Warum bist du an die Ostküste gezogen?

MONTY: Ich hatte … Beziehungsprobleme und habe dann den Entschluss gefasst, einen Neustart zu wagen. Und so bin ich hergezogen.

ICH: Das ist ein großer Schritt. Ich hoffe, die »Beziehungsprobleme« waren nichts allzu Ernstes.

ICH: Was ich eigentlich sagen will: Bitte erzähl mir nicht, dass die Probleme mit einem verfickten gewalttätigen Ex zusammenhängen.

MONTY: Um Gottes willen, nein! Nichts in der Richtung. Ihm fiel es nur sehr schwer, jede Nacht in ein und demselben Bett zu verbringen.

ICH: Gut, freut mich, das zu hören.

ICH: Uuuuund das hört sich falsch an.

MONTY: LOL. Ich verstehe, was du meinst.

MONTY: Es ist okay. Mir gefällt es hier an der Ortsküche.

MONTY: OSTKÜSSE

ICH: Bitte erzähl mir mehr von dieser Ortsküche und besonders den Ostküssen. Finde ich sehr spannend.

MONTY: OSTKÜSTE

MONTY: Das hat viel Energie gekostet.

ICH: Ich habe es sehr genossen.

MONTY: Du lachst dir jetzt bestimmt den Popo ab.

ICH: Popo? Du benutzt nicht einmal in Textnachrichten Schimpfwörter?

MONTY: *errötend* Ähm, nein.

ICH: Ist es merkwürdig, dass mich das anmacht?

MONTY: Mich macht deine schmutzige Sprache an, also vielleicht nicht?

ICH: Vielleicht.

ICH: Du klingst so ... zugeknöpft.

ICH: Und das macht mich auch krass an. Was für mich keinen Sinn macht.

MONTY: Für mich auch nicht.

MONTY: Rein aus Neugierde, was ist normalerweise dein Typ?

ICH: Dein genaues Gegenteil.

ICH: Das sollte nicht so hart klingen, aber so ist es nun mal. Bis jetzt hatte ich zwei echte Beziehungen in meinem Leben und beides waren Frauen, die ziemlich frech waren. Und sie brauchten keine ganze Tube Sonnenschutz, um vor die Tür zu treten.

MONTY: Der letzte Satz hat mich zum Lachen gebracht. Es ist so wahr! Es ist nicht leicht, rothaarig zu sein und so blasse Haut zu haben.

MONTY: Der erste Teil bestätigt meine ursprüngliche Aussage, dass wir nicht zueinanderpassen. Ich verstehe eigentlich nicht, warum wir schreiben.

ICH: Scroll zurück zu der Nachricht, die ich dir um 17:01 geschickt habe. Dann verstehst du, warum.

MONTY: Oh.

ICH: Ja, »oh«.

ICH: Und weil es mich fasziniert, dass ich nicht aufhören kann, an dich zu denken.

ICH: Mein bester Freund Zach hat eine Theorie dazu ...

MONTY: Dieser besagte beste Freund, der dein Boss ist?

ICH: Genau der.

MONTY: DU HAST IHM ERZÄHLT, WAS WIR GETAN HABEN?

ICH: Nie und nimmer, auf keinen Fall.

MONTY: Du lügst. Keine Ahnung, wie ich das via Text erkenne, aber du lügst wie gedruckt.

ICH: Na gut, ertappt.

ICH: Kannst du es mir denn verübeln? Was wir da im Lola's getrieben haben, war einfach HOT!

MONTY: Ich habe es meiner Schwester erzählt.

ICH: Siehst du, wir sind quitt.

MONTY: Erzähl mir von Zachs Theorie ...

ICH: Stimmt. (Schau mal, wie schnell du mich ablenken kannst ...) Seine Theorie ist: Ich soll dich knallen.

MONTY: WIE BITTE?

ICH: Du hast richtig gelesen.

MONTY: Wir sollen »knallen«? Das ist, was er dir geraten hat?

ICH: Genau. Und ich vertraue ihm, denn er ist geprüfter Frauenflüsterer.

ICH: Lustige Tatsache: Er und seine – wie er so gerne sagt – Zusammenwohn-Freundin haben sich über SMS kennengelernt.

ICH: Es können sich schöne Dinge aus zufälligen Begegnungen entwickeln.

MONTY: Du plädierst also dafür, dass du mich knallst?

ICH: Ja.

ICH: Was sagst du dazu?

MONTY: Nein.

ICH: Hm. Das habe ich nicht kommen sehen.

MONTY: HAST DU WOHL!

ICH: Okay. Aber was hältst du davon, wenn wir uns etwas besser kennenlernen und dann können wir immer noch überlegen, ob wir bumsen wollen?

»Schreibt ihr euch immer noch, Alter?«

Ich grinse meinen besten Freund an. »Ja. Ich habe deine Idee mit dem Knallen angesprochen.«

Wir sitzen bei Zach im Untergeschoss, unserem alten Büroraum, wo ein Videospiel-Marathon stattfindet. Xavie gefiel die Idee so gut, wieder etwas Zeit bei Zach und Delia zu verbringen, dass er nach dem Day Camp darauf bestanden hat, gleich rüberzufahren. Er musste mich nicht lange überreden, denn ich hatte auch Bock, Marshmallow zu kuscheln. Marshmallow ist die einzige der drei Zwergziegen, die mich mag. Schoki und Graham Cracker drehen sich immer weg, wenn ich ihnen zu nahe komme. Kleine Scheißer.

Als wüsste er, dass ich an ihn denke, rutscht mein Liebling Marshy näher und ich streiche über seinen Nacken. *Wenigstens einer, der mich liebt.*

»Ich will auch knallen!«

Zachs Augen springen ihm fast aus dem Kopf. »Bitte?«

»Mein Freund Marty aus der Schule knallt die ganze Zeit. Er und sein Vater lieben es.«

»Es wird immer schlimmer«, murmelt Zach neben mir.

»Manchmal knallen sie so laut, dass sie die Nachbarn aufwecken.«

»Das hört sich, ähm, sehr interessant an, mein Kleiner.«

»Können wir uns auch ein Schlagzeug besorgen, damit wir hart knallen können?«

Zach blickt erleichtert, und ich haue ihm auf die Schultern.

»Tapfer geschlagen, Freundchen. Hast gut durchgehalten.«

»Wie konntest du so entspannt bleiben?«

Ich zucke mit den Schultern. »Übung. Und ich habe mir gedacht, dass es in so eine Richtung geht. ›Auf dem Schlagzeug knallen‹ nennen sie es bei Marty. Seine Mutter ist ein bisschen alternativ und hat Bongos in der Garage. Den Kindern macht es enorm Spaß.«

Er starrt mich ernst an. »Du hättest mich vorwarnen können, du Depp.«

»Und den Schock auf deinem Gesicht verpassen?«

»Arsch.«

»Papa! Onkel Zach hat …«

»Ja, ja. Ich hab es gehört.« Ich werfe Zach einen strengen Blick zu. »Und er wird es nicht wiederholen, stimmt's?«

Zach zuckt mit den Achseln und grinst.

Ficker.

Er deutet mit dem Kopf auf mein Handy. »Wie hat sie reagiert?«

»Sie … ähm … nicht sonderlich vielversprechend.«

»Komm schon. Du bist Robbie. Wenn das nicht vielversprechend ist.«

»Ich weiß nicht. Mein Charme zieht bei ihr nicht wie sonst.«

»Du und Charme?«

»Sei ruhig.«

Er lacht über seinen eigenen Witz. »Hey, du hast ihr gesagt, dass du sie knallen willst. Das ist nicht wirklich charmant.«

»Du hast mir geraten, ihr das zu sagen!«

»Und du hörst auf das, was ich sage? Ich kann es nicht fassen.«

»Ich hasse dich.«

»Warum so mörrisch?«, ärgert er mich.

»Du meinst wohl mürrisch, du Idiot.«

»Gehupft wie gesprungen.«

Ich brumme genervt und schüttle den Kopf. »Du bist so langweilig, du bringst mich noch dazu, ein Nickerchen machen zu wollen. Und ich hasse Nickerchen.«

»So was, Delia sagt genau das Gleiche.«

Er zuckt mit den Achseln und fährt fort, meinen Sohn beim Autorennen zu besiegen. Zach ist ein Obernerd, er kennt kein Erbarmen, wenn es um Videospiele geht. Auch nicht bei einem Siebenjährigen.

Mein Handy vibriert auf meinem Knie und schreckt Marshy auf.

»Oh, verdammt. Sorry, Kumpel!«, rufe ich ihm nach. Xavie springt auf und rennt ihm hinterher, bevor das Tier auf die Idee kommen kann, die Treppe raufzuhopsen.

»Ist schon gut, Xavie. Kannst du Marshy rauslassen? Gern da aus der Hintertür.«

Geschwind lockt der Junge die Ziege raus zu den anderen. Er macht es viel schneller, als ich es jemals geschafft hätte. Dann setzt er sich zurück an die Konsole.

»Hey, Papa«, sagt er, den Controller fest in der Hand und den Blick fix auf den Monitor gerichtet.

»Augenkontakt, Freundchen«, erinnere ich ihn.

Er drückt einen Button auf dem Controller und legt ihn zur Seite, dann dreht er sich zu mir. »Sorry. Ich wollte dich was fragen. Kann ich?«

»Es heißt, darf ich. Und eigentlich hast du es eben schon getan. Aber ja, was ist los?«

»Darf ich heute hier übernachten?«

Ich packe mir dramatisch ans Herz. »Du willst deinen alten Vater allein lassen? Auf keinen Fall.«

Er schiebt seine Unterlippe vor. »Oh Mann. Ich wollte doch mal wieder hier bei Onkel Zach bleiben.«

»Du ziehst Onkel Zach *mir* vor? Was habe ich falsch gemacht?«

Xavier verhaspelt sich fast. »Du bist immer meine erste Wahl. Aber Onkel Zach eben meine zweite ... oder vielleicht doch Marshy.«

»Meine Ziege kommt vor mir? Was ist hier los?«, fragt Zach.

»BURN!«, rufe ich. »Aber im Ernst, Kiddo, du willst hier übernachten?«

Sein kleiner Kopf hüpft vor und zurück. »Ja, wie in alten Zeiten.«

Ach, darum geht es. Ihm fehlt es, Zeit hier mit Zach zu verbringen.

Ich muss zugeben, mir geht es manchmal genauso. Aber bei mir geht es natürlich nur um die günstige Kost und Logis, nicht das eigentliche Zusammenwohnen.

»Wenn ich darf, würde ich gerne auch einen Beitrag einwerfen.« Zach zeigt auf Xavie. »Du darfst niemals wieder hier übernachten. Du hast eigentlich Hausverbot.«

Xavies Unterlippe fängt an, zu zittern. »W-W-Warum denn?«

»Weil du auf mein Bett geschissen hast.«

»Das war ein Schurz!«

»Ich weiß!«, bellt Zach zurück. »Und der landete auf meinem Bett.«

»Das war nicht mit Absicht.«

»Xavie, keiner macht absichtlich einen Schurz. Keiner.«

»Was, wenn ich verspreche, es nie wieder zu tun?«

Zach braucht gerade all seine Kontrolle, um nicht laut loszulachen. Ich kann es an seiner leicht zuckenden Lippe erkennen und an den Fältchen um seine Augen.

»Du versprichst es? Ein ober-hochheiliges Versprechen?«

Xavier nickt enthusiastisch. »Absolut ober-hochheiliges Superversprechen.«

»Hand aufs Herz? Du musst es laut aussprechen. Sag:

Onkel Zach, ich schwöre, dass ich nie wieder einen Schurz auf deinem Bett mache.«

Mein Sohn legt seine Hand aufs Herz und hält Zachs Blick stand. Dann sagt er feierlich: »Onkel Zach, ich verspreche dir hier hoch und heilig, nie wieder in deinem Bett zu schurzen. Es war wirklich ohne Absicht.«

Zach kichert. »Na gut. Das nächste Wochenende, wenn du bei deinem Vater bist, machen wir eine richtige Pyjamaparty. Du, ich, Delia und die S'Mores-Brüder. Abgemacht?«

»Abgemacht«, Xavier antwortet. Dann dreht er sich abrupt um und wendet sich wieder dem Videospiel zu, als hätte es gerade gar keine Unterhaltung zum Thema Schurz und dessen möglichen Folgen gegeben.

Zach und ich tauschen Blicke.

»Dein Kind«, murmelt er und nimmt seinen Controller, um sich wieder dem Spiel zu widmen.

Ich schüttele den Kopf und checke die Nachricht, die auf meinem Handy auf mich wartet.

MONTY: Ich denke, dass ich die Idee gar nicht so abwegig finde.

ICH: Du denkst? Oder bist du dir sicher?

MONTY: Falls du mich fragst, ob ich mir sicher bin, mit dir zu bumsen, nachdem ich dich besser kennengelernt habe, dann ist die Antwort Nein. Ich habe keine Ahnung, wie sich das entwickeln wird.

MONTY: Falls du aber fragst, ob ich mir sicher bin, dich kennenlernen zu wollen, dann ist die Antwort Ja.

MONTY: Du scheinst interessant genug zu sein. Und außerdem habe ich noch keine Freunde hier, also warum nicht?

ICH: »Interessant genug«. Mein Ego dankt dir vielmals.

MONTY: Ich bin mir sicher, es kann den Schlag gebrauchen.

ICH: Mir fällt da noch was anderes ein, wer geschlagen werden kann ...

MONTY: DU BIST SO PERVERS!

ICH: Ganz richtig.

ICH. Aber dir gefällt es.

MONTY: Du bist aalglatt.

ICH: Das ist nicht das Einzige an mir, was aalglatt ist ... 😉

MONTY: BIST DU JETZT FERTIG?

ICH: Gib mir fünf Minuten, dann bin ich es. 😉

MONTY: ROBERT CROSS!

ICH: Nenn mich nicht Robert. Das ist nicht mein Name.

MONTY: Dein Name ist nur Robbie?

ICH: Ja. Das war auch eine Sache, die Zach und ich gleich zu Anfang unserer Freundschaft gemein hatten. Er heißt auch nur Zach, nicht Zachary oder so 'n Scheiß. Und ich bin NUR Robbie.

MONTY: Verflixt. Das ist mir wirklich peinlich. Warum hast du mich nicht schon früher korrigiert?

ICH: Dein komischer Name hat mich zu sehr abgelenkt, um darauf zu achten.

MONTY: Mein Name ist nicht so komisch.

ICH: Du wurdest nach einem Bundesstaat benannt. Das ist nicht gerade normal.

ICH: Du hattest eine Schwester erwähnt, oder?

Hat sie auch einen merkwürdigen Namen? Gibt es weitere Geschwister?

MONTY: Ich habe zwei Geschwister. Meine Schwester heißt Denver, aber wir nennen sie Denny. Und mein jüngerer Bruder heißt Charleston und wir nennen ihn Chuck.

MONTY: Und mir wird jetzt klar, warum du unsere Namen merkwürdig findest. *facepalm* Vielen Dank, Eltern.

ICH: Es ist auch irgendwie niedlich. Bis auf Charleston. Das ist nur merkwürdig.

MONTY: Ging uns nicht anders. Deshalb heißt er für uns auch Chuck.

ICH: Warum diese Namen?

MONTY: Mein Vater kommt aus Charleston. Meine Mutter aus Denver. Und wir wohnten in Montana.

ICH: Hand aufs Herz, Monty. Wie krass wurdest du in der Schule gehänselt, weil du nach deinem Bundesstaat benannt wurdest?

MONTY: So was von. Aber die meisten fanden Dennys Namen süß.

ICH: *Augenrollen*

MONTY: LOL. Danke, dass du auf meiner Seite bist, ROBBIE.

ICH: Geht doch.

MONTY: Also, FREUND, was machst du gerade?

ICH: Oh Scheiße, das wird jetzt null sexy, aber voll nerdig klingen.

MONTY: Gut. Dein Sex-Appeal ist ohnehin etwas zu viel.

ICH: Überhaupt nicht.

ICH: Jedenfalls sitze ich bei Zach und spiele Videospiele.

MONTY: NERD!

MONTY: Nur ein Scherz. Vielleicht?

ICH: Ehrlich gesagt, in mir steckt eine gute Portion Nerd.

MONTY: Nur weil du Videospiele spielst? Ich bin ziemlich gut mit Super Mario und würde mich deshalb nicht als Nerd bezeichnen.

ICH: Du bist ein echter Nerd, Monty. Du bist ein zugeknöpfter Ich-lerne-bis-ich-umkippe-Nerd.

ICH: Und das ist verflucht sexy.

MONTY: Du schaffst es noch, dass ich einen Nerd-Komplex kriege.

ICH: Kann ich mir nicht vorstellen.

MONTY: Im Ernst, warum meinst du, dass du ein Nerd bist?

ICH: Ich, ähm, ich codiere beruflich.

MONTY: Okay. Ist das ein Code für etwas anderes?

ICH: Ha! Nein. Ich schreibe Codes und entwickle Apps.

MONTY: Ich dachte, du arbeitest mit Kindern?

ICH: Tue ich in gewisser Weise auch. Ich habe

an einer App mitgearbeitet, die sich Embody
Positivity nennt (kannst den Scheiß mal
googeln, wir sind legit). Und in dem
Zusammenhang haben wir auch ein *safe house*
auf die Beine gestellt.

»Ihr schreibt immer noch?«

»Yeah.«

Er pikst mich in die Wange. »Oh Mann, du wirst ja rot. Ist das süß.«

»Hau doch ab.«

»Alter, du bist in *meinem* Haus. Hau selber ab.« Plötzlich schnappt er nach Luft. »Heiliger Scheiß! Mir wird gerade klar, dass du ja gar nicht mehr hier wohnst. Und ich kann dich einfach rauswerfen. Das ist die beste Nachricht des Tages!«

»Jetzt übertreibst du.«

»Das macht er andauernd«, sagt Delia, die die Treppe runterkommt. Ihr Blick wandert von mir zu Xavie. »Bleibt ihr Jungs zum Abendessen?«

»Was gibt es denn?«, antwortet mein Sohn.

»Junge! Das ist nicht cool. Ich dachte, ich hätte dich besser erzogen.«

Er zuckt mit den Schultern. »Es ist eine wichtige Frage.«

»Er hat nicht unrecht«, fügt Zach hinzu.

»Falls es Pizza gibt, sind wir dabei«, antwortet Xavier für uns beide.

Ich grinse. Wie Zach sagt, wo er recht hat, hat er recht.

Delia muss lachen und schüttelt den Kopf. »Pizza geht klar. Zach, kannst du dich um die Bestellung kümmern?«

»Geht klar, Schatz.«

»Geht klar, Schatz«, äffe ich ihn nach. »Eklig.«

»Du wünschst dir, dass ich dich Schatz nenne.« Zach pflanzt mir ein Küsschen auf die Wange und weicht meiner Faust aus. Dann rennt er die Treppe rauf, um die Pizza zu bestellen.

Delia setzt sich auf den frei gewordenen Platz und zuckt mit den Achseln. »Er ist dein bester Freund.«

»Er ist dein fester Freund!«

Sie seufzt. »Erinnere mich nicht.«

»Wenn es nach Xavie ginge, ist Zach der coolste Mensch auf Erden. Vielleicht sollten wir Zach ihm überlassen.«

»Ich bin mir ziemlich sicher, dein Sohn isst auch noch seine eigenen Popel, Robbie. Er ist nicht unbedingt der beste Menschenkenner hier.«

»Hey! Ich esse meine Popel nicht!« Sein Blick geht etwas zur Seite, damit verrät er sich, der kleine Scheißer. Im Auto auf dem Heimweg wird er sicher tief in der Nase popeln und seine Entdeckung an den Sitz oder so schmieren. »Nicht mehr.«

Delia stülpt ihre Unterlippe vor und sagt übertrieben: »Bist du widerlich.«

Xavie kichert und steigt sofort mit ein, wer »widerlich« übertriebener sagen kann.

MONTY: Ich habe gegoogelt.

ICH: Hatte mich schon gefragt, wohin du verschwunden bist.

MONTY: Bobbie, ich bin schwer beeindruckt.

MONTY: Verflixt. Ich meinte Robbie.

MONTY: Aber das war dir klar ...

MONTY: Trotzdem peinlich.

MONTY: Wie du siehst, ich hab es nicht so mit der Technik.

ICH: Gab es keine in Montana?

MONTY: Nicht frech werden, Mister!

MONTY: In Montana gab es Technik. Nur bei UNS zu Hause keine. Meine Eltern glauben nicht daran. Wir hatten keine Computer oder Handys. Nur einen alten Röhrenfernseher. KRASS, ODER?

ICH: FUCK ... ja. Das ist ... das ist ABSURD! Wie kann man so leben? Wie ist das möglich?

MONTY: Ich kannte es nicht anders.

ICH: Was, wenn du irgendwo gestrandet bist und abgeholt werden musstest? Was, wenn was passiert wäre? Was, wenn dein Auto liegen blieb? Was, wenn die Welt untergeht, Aliens kommen und du NICHT DAHEIM ANRUFEN KANNST?

MONTY: Alles gute Fragen, durchaus. Aber ich hatte kein Auto. Irgendwie haben wir immer jede Situation gemeistert. Das war auch der Ansatz meiner Eltern. Finde dich zurecht. Mein erstes Handy hab ich mir geholt, als ich zur Uni ging. Genau wie meinen ersten Computer. Vorher durfte ich mir von meinem ersten Gehalt nicht einfach willkürlich was kaufen.

ICH: Das haut mich echt um.

ICH: Meine Eltern waren streng und ich musste für alles, was ich mir wünschte, hart arbeiten. Handys wurden auch erst für uns cool, als ich in die Oberstufe kam. So war das.

ICH: Womit hast du dann deine Freizeit verbracht?

MONTY: Ich habe gelesen.

ICH: Siehst du? Nerd. Und sexy.

MONTY: Jetzt hör doch auf.

ICH: Oder was? Wirst du mich wieder Bobbie nennen?

MONTY: Ich glaube, ich will nicht mehr dein Freund sein.

ICH: Wir können trotzdem bumsen, oder?

MONTY: Mal sehen.

FÜNF

MONTY

PYTHON: Also. Ich musste wieder an den Abend zurückdenken, als wir uns kennengelernt haben …

ICH: Ich hab es verstanden. Du bist immer noch total geil und willst endlich bumsen. *Augenrollen*

PYTHON: Eigentlich hatte ich nicht vor, darüber zu berichten, wie ich jeden Tag mit einer prächtigen Morgenlatte dank einer gewissen Rothaarigen aufwache. Oder dass mein Wasserverbrauch in letzter Zeit durch das viele kalte Duschen enorm in die Höhe geschnellt ist, oder mit viel Seife und warm duschen, ABER ich schweife ab …

ICH: Komm auf den Punkt.

PYTHON: Oooh. Da ist aber jemand gereizt. Ist dir jemand auf den Schlips getreten?

ICH: Mehr oder weniger.

ICH: Ein Kollege geht mir auf die Nerven.

PYTHON: Wie das denn? Ich dachte, du hast noch frei?

ICH: Hab ich auch. Bin nur hier zum Dekorieren.

ICH: Dieser Kollege lässt nicht locker und fragt immer wieder, ob wir uns auf Drinks oder einen Kaffee treffen wollen. Unter normalen Umständen würde ich Ja sagen, aber …

PYTHON: Aber du bist schon damit beschäftigt, Bums-Pläne mit einem verdammt heißen, tätowierten Dad zu schmieden, stimmt's?

ICH: Wenn es dir hilft, nachts schlafen zu können …

ICH: Nein, ich würde gerne neue Leute treffen und Freunde finden. Aber er will keine Freundschaft, er will mehr. Ich will das nicht. Nicht mit ihm.

PYTHON: Dann sag ihm das.

ICH: Habe ich. Mehrfach!

PYTHON: Wie hast du es ihm denn gesagt? Männer sind wirklich verdammt dumm und manchmal müssen wir den Scheiß buchstabiert bekommen.

ICH: Ich habe ihn jedes Mal abblitzen lassen.

PYTHON: Irgendwie bekomme ich hier das Gefühl, dass das nur die halbe Wahrheit ist.

ICH: Warte, was?

PYTHON: Hör mal, Monty. Du bist ein süßes Mädel, fucking sexy mit deinem Mädchen-von-nebenan-Look. Aber das ist es: Du bist zu süß. Ich wette, du hast etwas gesagt wie: »Leider kann ich heute nicht, gern ein anderes Mal.« Oder? So was hast du gesagt, richtig?

ICH: Scheibenkleister. Ja, das stimmt.

ICH: Heißt das, es ist alles meine Schuld?

PYTHON: Erstens: »Scheibenkleister«? Echt? Du sagst nicht mal Scheiße?

PYTHON: Zweitens: nein. Der Typ ist ein totaler Idiot, wenn er nicht zwischen den Zeilen lesen kann. Beim nächsten Mal solltest du klarere Worte finden.

PYTHON: Erzähl ihm von diesem heißen, SEHR muskulösen Kerl mit dem Riesenschwanz, den du demnächst knallen wirst. Ich wette, dann versteht er, woran er ist.

PYTHON: Bist du noch da, Monty?

ICH: Kann man daran sterben, wenn man zu stark mit den Augen rollt?

PYTHON: Du hast geschrieben, also eindeutig nein.

• • •

ICH: Mir fällt ein, dass du nicht weiter auf deine ursprüngliche Nachricht eingegangen bist. Die mit »der Abend, an dem wir uns kennengelernt haben«.

PYTHON: Weil du unsere Unterhaltung

gekidnappt hast und es sich wieder nur um dich gedreht hat.

PYTHON: Ich will dich nur ärgern. Du hast recht.

ICH: Und?

PYTHON: Ich hatte mir die Frage gestellt, wie es dazu kam, dass du mit mir mitgegangen bist? Ich meine, da waren so viele Typen im Lola's, warum ich? Und komm mir nicht mit, ich wäre der Erste gewesen, der dich angequatscht hat. Das ist Bullshit. Und falls es doch kein Bullshit ist, dann sind deine Ansprüche zu niedrig und wir sollten das besprechen.

ICH: Nein, du warst nicht der Erste, der mich angequatscht hat. Aber du hattest die beste Anmache.

PYTHON: In meiner Hose brennt immer Licht, das hast du angemacht 😉

ICH: Was?

ICH: Oh, Robbie ...

PYTHON: Sorry, sorry. Ich unterbreche dich nicht wieder.

ICH: Wie dem auch sei, dein kecker Spruch war der lustigste, den ich an dem Abend gehört hatte.

PYTHON: DAS war der beste Anmachspruch? Das kann ich mir nicht vorstellen.

ICH: Darfst du aber. Ein Typ hatte mich gefragt, ob ich seinen »Heiligen Gral« sehen wollte. Ein anderer meinte, sein Furz wäre in meine Richtung geströmt und hätte ihn zu mir gebracht. Ein dritter Kerl schlug vor, mir seinen »full Monty« zu zeigen. Ich hatte keine Ahnung, was er damit meinte und musste es später googeln.

PYTHON: Oh. Kein Wunder, dass du mich ausgesucht hast.

ICH: »Ausgesucht«! Das hört sich so an, als hätte ich geplant, mit einem Fremden rumzuknutschen.

PYTHON: Das war nicht das Einzige, was wir an dem Abend getan haben.

ICH: Fang nicht wieder an.

PYTHON: Jetzt komm schon … ah, bist du ja schon längst!

ICH: Und du bist nicht gekommen. Pech gehabt, würd ich mal sagen.

PYTHON: Fuck, wieder vereitelt!

PYTHON: Macht dich das an, Monty?

PYTHON: FUUUUUUUUUUUUCK.

PYTHON: Hab ich dich wieder verschreckt?

ICH: Nein, ich fahre gerade nach Hause. Mein Handy liest mir die Nachrichten vor, und ich bin vor Lachen fast von der Spur gekommen. Tausend Dank dafür!

PYTHON: Aber bist du gestorben?

• • •

PYTHON: Rate mal, was ich gerade mache.

ICH: Im Büro sitzen und die Arbeit verweigern?

PYTHON: Verdammt. Woher weißt du das?

PYTHON: Ich bin schon mit allem fertig und habe noch eine Stunde Zeit.

ICH: Kannst du nicht einfach nach Hause gehen?

PYTHON: Und eine Stunde weniger bezahlt werden? Nix da. Ich muss Rechnungen zahlen und ein Kind durchfüttern.

ICH: Daran habe ich nicht gedacht. Du hast recht.

ICH: Wie ich mich auf mein erstes richtiges Gehalt wieder freue. Ich fühle mich wie ein Schmarotzer im Moment.

PYTHON: Bist du ja auch.

PYTHON: Nur ein Scherz.

PYTHON: Wie verbringst du eigentlich deine Zeit, bis die Arbeit richtig losgeht?

ICH: Hauptsächlich mit Vorbereitung.

ICH: Oder war deine Frage, wie ich zum Wohl der Gesellschaft beitrage?

ICH: Die Antwort auf diese Frage wäre nämlich: Mittagsschlaf.

PYTHON: Wie ich das vermisse! Hätte ich als Kind nur jeden Mittagsschlaf zu schätzen gewusst. Aber ich hatte ja keine Ahnung! *If I could turn back time ...*

ICH: *IF I COULD FIND A WAY*

ICH: Sorry, da musste eben meine innere Cher raus. Wollte dich nicht unterbrechen.

PYTHON: Du bist Cher-Fan?

ICH: Ich habe das Gefühl, ich sollte erst rausfinden, wie sehr das Beil deiner Wertung auf mich herabfallen wird, bevor ich diese Frage beantworte.

PYTHON: Natürlich werde ich werten.

ICH: Da ist deine uneingeschränkte Ehrlichkeit.

PYTHON: Das ist keine Antwort.

ICH: Du erinnerst dich, dass ich dir von meiner irgendwie ziemlich beschützten Kindheit erzählt habe?

PYTHON: Wenn ich mich nicht täusche, ist »irgendwie ziemlich« eine irgendwie ziemliche Untertreibung. Aber erzähl weiter.

ICH: Wir durften keine aktuelle Musik hören. Nur Klassiker.

PYTHON: Du verarschst mich.

ICH: *Nope.*

PYTHON: Du arme, arme Seele.

ICH: Hey, halb so wild, wenn man keine Wahl hat.

ICH: Also ja, ich bin ein Cher-Fan. Kein Urteil, bitte.

PYTHON: Willst du mich verarschen? Ich urteile nie. Diese Frau muss allerdings ein gottverdammter Vampir oder so ein Scheiß sein. Nach all den Jahren ist sie immer noch keinen Tag gealtert.

ICH: Ich habe mir so was auch schon gedacht.

PYTHON: Ich wusste doch, warum ich dich mag.

• • •

ICH: Rate mal, was ich gerade mache.

PYTHON: Das ist mein Spruch.

PYTHON: Was immer es sein mag, bitte sag mir, du bist dabei nackt.

ICH: Nein! Und hör auf, dir mich nackt vorzustellen, Robbie.

PYTHON: … nein.

PYTHON: Und? Was machst du gerade?

ICH: Ich lade mir eine Musik-App herunter, damit ich »mit der Zeit gehe«.

PYTHON: Ohne Scheiß, hm? Ich schicke dir eine meiner Playlists.

ICH: WILLST DU, DASS MEINE OHREN BLUTEN?

ICH: Der Krach plärrte viel zu laut aus meinen Boxen, ich hab mir fast in die Hose gemacht.

PYTHON: Ich versuche gerade so hart, nicht zu lachen.

ICH: ROBERT! ICH BIN AM ARBEITSPLATZ!

PYTHON: Stimmt nicht!

ICH: Okay, du hast recht. Ich liege auf der Couch. Aber ich musste trotzdem meinen Slip wechseln.

PYTHON: Ich neige dazu, diese Wirkung auf Frauen zu haben.

ICH: Grrr.

PYTHON: Was?

ICH: Du weißt genau, was.

ICH: Jetzt schick mir bitte gute Musik.

PYTHON: Wie? Das IST gute Musik.

ICH: Sie ist LAUT!

PYTHON: Okay, okay, beruhige dich, Oma.

ICH: Ich bin keine Oma!

PYTHON: Du bist im Grunde genommen eine Oma. Ich wette, du spielst sogar Bingo, weil es dir Spaß macht. Stimmt's?

ICH: Nein.

PYTHON: Warum habe ich das Gefühl, dass du gerade lügst?

ICH: Lass das. Jetzt schick mir GUTE Musik.

PYTHON: Ich kann nur wiederholen: Das IST gute Musik.

PYTHON: Gib nicht so schnell auf. Achte auf die Texte.

ICH: Du willst nur, dass ich taub werde.

PYTHON: Hör auf, so dramatisch zu sein. Hör es ein paar Mal, gib den Liedern eine faire Chance. Und dann kannst du mir ja berichten, was du davon hältst.

ICH: Uff!

ICH: Okay. Aber du kannst dir sicher sein, ich werde die ganze Zeit meckern und stöhnen.

PYTHON: Oh ja. Ich liebe es, wenn du stöhnst.

ICH: Hasse dich.

• • •

ICH: Ich muss dir was gestehen.

PYTHON: Bitte sag mir, dass du die ganze Zeit, die wir uns schon schreiben, eigentlich nackt bist.

ICH: Du meinst also, dass ich seit Tagen nackt bin?

PYTHON: Ein Mann kann träumen, Monty. Ein Mann kann träumen.

ICH: Bist du fertig?

PYTHON: Davon zu träumen, dass du nackt bist? Niemals.

PYTHON: Aber lass dich davon nicht abhalten, mir dein sexy Geständnis zu beichten.

PYTHON: PS: Nackt ist in meinem Kopf immer eine Option.

ICH: *Augenrollen*

ICH: ALSO. Ich habe mir deine Playlist angehört.

PYTHON: Fucking großartige Mucke, oder?

ICH: Sie ist gar nicht so schlecht, wie ich zu Anfang dachte. Ich fand sie sogar recht gut … als ich mich an den Lärm gewöhnt hatte. Die Texte und die Message der Lieder sind richtig schön.

PYTHON: Monty, das ist doch kein Lärm. Das ist eine fucking wunderschöne chaotische Symphonie.

ICH: Das hast du schön gesagt.

PYTHON: Sogar mit dem fucking?

ICH: Gerade deshalb.

PYTHON: Du liebst mein schmutziges Mundwerk, nicht wahr?

ICH: Ja.

ICH: Aber sag es nicht weiter!

PYTHON: Zu spät. Habe es eben in allen sozialen Medien gepostet.

• • •

PYTHON: Nach unserem Chat gestern habe ich versucht, dich im Internet zu stalken.

ICH: Und lass mich raten, du bist nicht fündig geworden.

PYTHON: Stimmt.

PYTHON: Und ich wette, du wirst mir jetzt erzählen, dass du eines dieser seltenen Einhörner bist, das keinen einzigen Social-Media-Account hat.

ICH: Genau.

PYTHON: WIE IST DAS MÖGLICH?

ICH: Ich bin ohne digitalen Zugang zu dieser Welt groß geworden.

PYTHON: Ich weiß. Aber jetzt bist du eine erwachsene Frau. Du kannst frei entscheiden.

ICH: Stimmt. Ich kann frei entscheiden, nicht bei diesem Wahn um soziale Medien mitzumachen.

PYTHON: Oh. Robbie 0, Monty 1.

ICH: Ich glaube, wir sind bei Monty 13 548.

PYTHON: Du übertreibst.

ICH: Wirklich?

PYTHON: Lass mir den Glauben. Dann fühle ich mich besser.

ICH: Du gibst also zu, dass ich dir weit voraus bin.

PYTHON: Wie wäre es, wenn wir zu unserem Thema zurückkommen?

ICH: Ja, ja. *anfeuern* Monty! Monty! Monty!

PYTHON: Ich muss zugeben, dass ich es toll finde, dass du bei dem Social-Media-Zirkus nicht mitmachst. Es ist richtig … erfrischend. So viele Leute sind nur damit beschäftigt, das passende Foto zu finden oder ihre Likes zu zählen, dass sie vergessen, zu leben.

ICH: So sehe ich es auch.

PYTHON: Und wenn man nicht die ganze Zeit auf sein Handy starrt, läuft man auch nicht Gefahr, über die »Game of Thrones«-Spoiler zu stolpern.

ICH: Siehst du! Vielleicht bin ich doch nicht so verrückt.

PYTHON: Bitte nicht übertreiben.

PYTHON: Ich mache nur Witze.

PYTHON: Fast.

PYTHON: Also, Robbie 1, Monty 13 548.

ICH: DU GIBST ES ZU! *Screenshot*

• • •

PYTHON: Gehst du heute Abend ins Lola's?

PYTHON: Ich frage für einen Freund.

ICH: Nein. Dass ich letzte Woche im Lola's war, das war eine einmalige Sache im Leben von Monty.

ICH: Gehst du ins Lola's?

ICH: Und ich frage nicht für einen Freund, sondern weil ich neugierig bin.

PYTHON: Mein Freund hatte es eigentlich vor, aber er bleibt lieber zu Hause und holt Schlaf nach. Kinder sind anstrengend.

ICH: Kenn ich.

ICH: Sag mal, wie ist eigentlich das Leben als Single-Dad?

PYTHON: Hart. Bereichernd. Anstrengend. Wunderbar.

PYTHON: Falls du dich fragst, nein, er war nicht geplant. Ich war auch noch nie verheiratet. Er stammt also nicht aus einer vorherigen Ehe. Die Leute fragen das immer.

ICH: Okay. Gut zu wissen.

PYTHON: Und seine Mutter und ich verstehen uns auch gut. Es gibt kein Drama. Wir sind verdammt gute Eltern für den kleinen Kerl. Du musst dir keine Sorgen machen, dass du ihr irgendwie in die Quere kommst, wenn wir endlich bumsen.

ICH: Äh, gut zu wissen, glaube ich.

ICH: Interessant, wie du immer wieder deinen Bums-Plan ins Gespräch bringst.

PYTHON: Ich versuche nur, die Idee frisch zu halten.

PYTHON: Moment mal. Was meinst du mit MEINEM Plan? Ich dachte, du wolltest auch bumsen?

ICH: Ich habe von Anfang an den sicheren Standpunkt vertreten, wir schauen erst einmal, wie und OB das hier weitergeht.

PYTHON: Das ist kein Nein.

ICH: Auch kein eindeutiges Ja.

PYTHON: Gehupft wie gesprungen.

ICH: Wie?

PYTHON: Egal. Ein Spruch, den Zach immer sagt.

ICH: Dieser Zach scheint, ein interessanter Kerl zu sein.

PYTHON: Hoffentlich nicht interessanter als ich, oder?

PYTHON: Oder, MONTY?

PYTHON: Monty ...?

SECHS

MONTY

PYTHON: Ich möchte eine Sache klarstellen. Ich kann dir niemals vergeben.

ICH: Mach nicht so ein Theater, Robbie! Seit zwei Tagen!

PYTHON: NIIIEEMAALS!

PYTHON: Du bist mitten im Gespräch eingeschlafen. Um 18 Uhr. An einem SAMSTAG! Damit hast du mir ohne Umwege zu verstehen gegeben, dass du mich langweilig findest.

ICH: Stimmt nicht.

ICH: Und wehe dir, wenn du mit diesem Gehupft-wie-gesprungen-Blödsinn kommst.

PYTHON: *grins*

ICH: *Augenrollen*

PYTHON: Mein Grinsen ist fucking sexy, stimmt's?

ICH: Geh arbeiten!

PYTHON: Ja, ja.

• • •

ICH: Mir ist langweilig. Ich will mit jemandem quatschen und du bist mein einziger Freund.

PYTHON: Weißt du, um mein Herz zu erobern, solltest du mir erzählen, wie sehr du mich vermisst hast.

ICH: Okay. Ich habe dich vermisst.

PYTHON: DOWNLOAD ATTACHMENT

ICH: Na, danke für ein Bild von deinem Gesicht.

PYTHON: Du hast doch gesagt, dass du mich vermisst?

ICH: Hm.

ICH: Bist du noch am Arbeiten?

PYTHON: Ja, das Jugendzentrum bleibt mittwochs immer länger auf. Wir arbeiten dran, das Zentrum die ganze Nacht zu öffnen. Damit jeder, der es braucht, herkommen kann. Im Moment haben alle Kids unsere persönlichen Nummern für den Fall, dass sie Hilfe brauchen oder mit jemandem sprechen wollen.

ICH: Das ist großartig.

PYTHON: Tja, so bin ich. Großartig.

ICH: Wann bist du mit der Arbeit fertig?

PYTHON: Warum? Hast du Lust, dass ich bei dir vorbeischaue?

ICH: Musst du nicht heim und Vater sein oder so was?

PYTHON: Erstens, ich bin IMMER Vater, nicht nur wenn ich zu Hause bin. Zweitens, nein, Xavie ist diese Woche bei seiner Mutter.

ICH: Diese Woche?

PYTHON: Ja, wir wechseln uns jede Woche ab. Das erlaubt jedem von uns, richtig Zeit mit ihm zu verbringen.

PYTHON: Ab und zu tauschen wir mal Tage. Wie am Samstag, eigentlich sollte er da bei mir sein, aber seine Mutter wollte, dass er bei einer Sache mit dabei ist. Also war er bei ihr. Wir sind da flexibel.

ICH: Es ist bemerkenswert, dass ihr eine so gute Beziehung habt.

PYTHON: Es war nicht immer so. Aber ja, ich bin auch froh, dass wir so weit gekommen sind.

ICH: Wart ihr lange zusammen?

PYTHON: Wir waren nie richtig zusammen.

ICH: Kannst du mir das erklären?

ICH: Dann erzähle ich dir auch von meinen schmutzigen Beziehungsdramen.

PYTHON: Also, was damals passiert ist ...

PYTHON: Sehr lustig. Ich lache.

ICH: HAHA

PYTHON: Na gut. Es war ein One-Night-Stand, oder es sollte einer sein. Sie ist schwanger geworden, und wir haben es zusammen probiert, aber es wollte nicht klappen. Ich will ehrlich sein, wir haben es über die Jahre immer wieder versucht. Wir wollten für unseren Spawn eine Familie sein. Aber es hat nicht funktioniert. Und wir mussten erkennen, dass wir als Paar nicht zusammenpassen. Heute hat sie einen neuen Freund, den ich auch richtig mag. Er ist super mit Kindern, und ich freue mich für sie.

ICH: Hört sich an, als wärt ihr sehr erwachsen mit allem umgegangen. Das gefällt mir, Robbie.

ICH: Und ich musste doch etwas lachen. Wieso hast du ihn »Spawn« genannt?

PYTHON: Das ist mein liebster Comicheld. Und so habe ich Xavie seit seiner Geburt genannt.

ICH: Wie? Spawn ist ein Comicheld?

PYTHON: Du gehst auf Amazon. Da lädst du dir alle Comics runter. Und alle Filme. JETZT.

PYTHON: STOPP, WARTE! Ich habe eine bessere Idee. Ich komme vorbei. Dann lese ich dir die Comics vor, lege meine Hand auf deinen Hintern, wir schauen die Filme zusammen, fummeln wie wild, und dann können wir das Universum von Spawn in all seiner Herrlichkeit analysieren und zu dem Ergebnis kommen, dass Spawn der größte Anti-Hero aller Zeiten ist.

ICH: Clever eingefädelt, das mit der Hand auf dem Hintern.

PYTHON: Wie? Ich? *zwinkert unschuldig*

ICH: Wenn es dich glücklich macht, werde ich mich mal bei Amazon umschauen.

PYTHON: Sehr sogar.

PYTHON: Vergiss nicht, mir deine Adresse zu geben.

ICH: MONTY ANDREWS HAT SICH ABGEMELDET

PYTHON: Das mit der Technik üben wir noch.

PYTHON: So, was ist mit deinem Beziehungsdrama?

ICH: Jetzt bin ich mir nicht mehr sicher, ob ich es erzählen sollte. Es gibt bei meiner Geschichte kein Happy End wie bei dir.

PYTHON: Abgemacht ist abgemacht, Mrs Monty.

ICH: Okay. Hier ist meine Geschichte. Mädchen lernt Jungen kennen. Mädchen verknallt sich in den Jungen. Sie ist aber nicht so weit, ähm, mit dem Jungen zu schlafen. Und er beschließt dann, mit allen anderen Mädels zu schlafen, die er finden kann. Sie findet das erst raus, NACHDEM sie verlobt sind. Sie ist am Boden zerstört und ihr Herz ist gebrochen. Daher beschließt sie, ihre Koffer zu packen und ans andere Ende des Landes zu ziehen.

PYTHON: Fuck. Das ist wirklich traurig.

PYTHON: Dem Arschloch würde ich zu gerne eine in die Fresse hauen.

PYTHON: Es tut mir leid, dass du das erleben musstest. Aber hey, ohne das Drama hättest du mich nicht getroffen!

ICH: Ja, deine aufdringlichen Nachrichten lassen es mich nicht vergessen.

PYTHON: Du liebst es!

ICH: Ich verweigere die Aussage.

PYTHON: Das bedeutet immer Ja.

• • •

ICH: Er hat schon wieder gefragt.

PYTHON: Fuck. Echt jetzt?

PYTHON: ... zeig ihm das hier.

PYTHON: DOWNLOAD ATTACHMENT

ICH: Im Ernst? Ein Foto von dir beim Flexen?

PYTHON: Wieso nicht? Dann sieht er gleich, mit wem er konkurriert.

ICH: *seufz*

ICH: Ich hab ihm gesagt, ich müsse Tampons kaufen und bin gegangen.

PYTHON: Wenn du so weitermachst, ist dein Arbeitsplatz nie fertig dekoriert.

ICH: Wahrscheinlich hast du recht.

PYTHON: Und? Hast du das Foto gespeichert?

ICH: *groll*

• • •

PYTHON: Was ist deine Meinung zu Haustieren für Kinder?

ICH: Diese Frage ist ... unerwartet.

ICH: Ich denke, es ist grundsätzlich eine gute Idee, solange die Kinder lernen, Verantwortung für das Tier zu übernehmen. Wir hatten eine Farm in Montana und haben früh viel Zeit mit den Tieren verbracht und gelernt, uns um sie zu kümmern.

PYTHON: Du bist auch Bäuerin?

PYTHON: Es wird immer besser.

ICH: Es war eine kleine Farm. Wir hatten nur ein paar Ziegen und Pferde.

PYTHON: Ziegen? Oh Mann, du wirst Zach lieben.

ICH: Er hat Ziegen?!

ICH: Du kannst mir gleich seine Nummer geben. Aus uns wird leider nichts. Ich habe eine Schwäche für Ziegen.

PYTHON: Du wirst ihn niemals kennenlernen. Niemals.

ICH: Werden wir sehen.

ICH: (Ich will dich nur ärgern. Er ist in einer Beziehung, und ich würde mich nicht zwischen zwei Menschen drängen.)

PYTHON: Du bist süß. Es gefällt mir, dass du mir das erklären wolltest. Einfach knuffig.

PYTHON: Und ja, mir ist klar, dass du nur Augen für mich hast.

ICH: Das ist NICHT, was ich gesagt habe.

ICH: Lass mich raten, »gehupft wie gesprungen«?

PYTHON: *Mund verschlossen*

ICH: Uff.

ICH: Wieso hast du mich nach Haustieren gefragt?

PYTHON: Weil mein Sohn eins will. Und ich denke darüber nach.

PYTHON: Ehrlich gesagt habe ich nach einem Vorwand gesucht, mich wieder bei dir zu melden.

ICH: Oh! Was wünscht er sich denn? Eine Katze? Einen Hund?

PYTHON: Ein Kaninchen.

ICH: Kaninchen sind ja SO süß! Kauf ihm eins. UNBEDINGT!

PYTHON: Aber sie kacken.

ICH: Alle Lebewesen haben Stuhlgang. Außer Mädchen. Wir machen so was nicht.

PYTHON: Genauuuu.

PYTHON: Ich werde mit Xavie Kaninchen anschauen gehen. Ein Freund von mir hat eine Kaninchenrettungsstation. Vielleicht kann er uns beraten.

ICH: Du hast einen Freund mit Ziegen UND einen Freund mit Kaninchen? BITTE, BITTE, BITTE gib mir eine Nummer!

PYTHON: Vorsicht, Fräulein. Sonst glaube ich noch, dass du das mit den Nummern ernst meinst.

ICH: Dachtest du, ich scherze? Na, so was 😉

PYTHON: Und ein weiterer Punkt geht an … Montana Andrews.

ICH: Volltreffer.

• • •

PYTHON: Weißt du, was ich eben realisiert habe? Unser zweiwöchiges Jubiläum steht an.

ICH: Das denkst du dir doch aus.

PYTHON: Doch, doch! Das ist eine offizielle Sache. Um das zu feiern, sollten wir unseren besonderen Moment auf der Toilette nachstellen. Einziger Unterschied diesmal: Wir werden beide nackt sein.

ICH: Sorry, aber du willst mich in einer Toilette bumsen? Auf dem KLO?

PYTHON: Was? Wir haben alle unsere Fantasien. Sei nicht so streng.

PYTHON: Und tu nicht so, als hättest du nicht auch daran gedacht.

ICH: Wir zwei nackt auf einer öffentlichen Toilette? Nein danke. Das ist widerlich.

PYTHON: Ich mache mir eine mentale Notiz, du hast »öffentlich« gesagt. Gut zu wissen. Eine private Toilette kann arrangiert werden.

PYTHON: Komm schon, Monty. Das Bild von dir auf dem Waschbecken, das ist fucking heiß. Und du hast es genossen, jede Sekunde, genau wie ich.

ICH: Ich hatte einen blauen Fleck am Hintern!

PYTHON: Sorry, was? Ich habe deinen Hintern doch gar nicht angefasst?

PYTHON: Irgendwie schon, aber nicht auf die richtig spaßige Art.

ICH: Was ist denn die Art, die richtig Spaß macht?

PYTHON: Du weißt schon.

ICH: Wie … Analsex?

PYTHON: Wirklich, Monty! Hast du mich gerade gebeten, Analsex mit dir zu haben? Wir hatten noch nicht mal normalen Sex. Du Luder, du.

ICH: Wenn du so weitermachst, dann werden wir niemals Sex haben.

PYTHON: Okay, alles klar. Ich bin fertig.

PYTHON: Vielleicht könnten wir zu einem späteren Zeitpunkt über anal reden?

PYTHON: Ich sehe, ich werde einfach ignoriert. Ist in Ordnung. Dann erzähl mir doch, wie ich es geschafft habe, deinem süßen Hintern einen blauen Fleck zu verpassen?

ICH: Es war, wie ich gegen den Waschtisch gedrückt wurde.

PYTHON: Echt jetzt? Davon hast du einen blauen Fleck bekommen?

ICH: Ja. Ich hatte ein hübsches kleines Souvenir für Tage danach.

PYTHON: Fuck. Sorry. Ich hatte keine Ahnung, dass es für dich so ungemütlich war. Ich fühle mich furchtbar.

PYTHON: Und ein wenig traurig, dass ich mich nicht um diesen blauen Fleck kümmern konnte.

ICH: Als wolltest du dich um mich kümmern. Du willst doch nur meinen Hintern sehen.

PYTHON: Wahr.

PYTHON: Im Ernst, es tut mir echt leid.

ICH: Keine große Sache. Ich kriege schnell blaue Flecken. Außerdem, es ist nicht so, als hätte ich dich weggedrückt.

PYTHON: Weil du mich willst.

ICH: Ich lösche deine Nummer.

PYTHON: Gelöscht heißt nicht, dass ich aufhören werde, dir zu schreiben.

ICH: Stimmt. GEBLOCKT!

PYTHON: Sicher.

ICH: MONTY ANDREWS HAT SICH ABGEMELDET

PYTHON: *Nope*, immer noch nicht richtig.

ICH: UFF.

SIEBEN

MONTY

Ich kann nicht aufhören, an Robbie zu denken.

Streich das. Was ich eigentlich sagen will, ich kann nicht aufhören, daran zu denken, mich Robbie hinzugeben.

Seit fast zwei Wochen schreiben wir. Jedes Mal, wenn er wieder unseren »Plan« erwähnt, würde ich am liebsten nach seiner Adresse fragen und sofort zu ihm fahren ... durch die Tür stürmen, meine Beine um seine Taille schlingen und darauf bestehen, dass er mich ins nächste Schlafzimmer trägt.

Um endlich meine Jungfräulichkeit zu verlieren.

Alles wegen ihm. Er ist derb und süß und so anders als all die Typen, die ich je getroffen habe.

Ich merke, wie es ganz schön in mir arbeitet.

Außer meinem Ex hatte ich nur noch einen weiteren festen Freund ... wenn man Händchenhalten mit einem Jungen in der sechsten Klasse zählen kann. Dieses »anders als all die Typen« baut nicht auf viel Erfahrung auf, aber für mich ist es genug.

Ich sollte wirklich nicht so viel an ihn denken... Stimmt's?

»Entschuldigung.«

»Oh, ich bitte um Verzeihung«, sage ich schnell.

Okay, es ist offiziell. Ich stehe so was von neben der Spur. Ich denke nur noch an Robbie, dass ich kurz davor war, in eine alte Dame reinzulaufen.

»Gar kein Problem, meine Liebe. Sie sehen aus, als ob Sie Ihren Kopf in den Wolken haben. Ist es ein Mann?«

Mein Gesicht wird heiß, und sie muss kichern, als sie sieht, wie ich rot werde.

Sie ist eine kleine alte Dame, keine eins sechzig groß. Und sie trägt einen knallpinken Anzug, aber keine Schuhe.

Was Sinn macht, denn ich bin im Schuhladen im Einkaufszentrum. Aufregend! Denn ein Einkaufszentrum ist für junge Mädchen der Lieblingsort zum Abhängen. Und ein Ort, den mir meine Eltern verboten hatten.

Seitdem ich zu meiner Schwester zog, war ich schon zehn Mal hier. Und ich bin erst seit Anfang des Sommers hier.

»Aha!« Sie schnipst mit den Fingern. »Erwischt!«

»Woher wissen Sie das?«

»Sie hatten diesen verzückten Blick und haben diese dreiundachtzigjährige Frau beinahe über den Haufen gerannt. Wenn da kein Kerl in Ihrem hübschen Kopf rumschwirrt, dann weiß ich auch nicht weiter.« Sie winkt und sagt: »In meinem Alter erkennt man Liebe schon aus der Ferne.«

»Liebe?«, schrecke ich zurück. »Nein, es ist auf keinen Fall Liebe. Ich kenn den Mann kaum.«

»Ach.« Es funkelt in ihren Augen. »Dann denken Sie an Sex mit ihm.« Sie nickt, als würde sie alles verstehen. »Das macht sogar noch mehr Sinn.«

Ich verschlucke mich an bloßer Luft und keine Sekunde später klopft sie mir mit all ihrer Kraft auf den Rücken. Sie hat viel Kraft für eine über Achtzigjährige.

»Das hatte ich nicht erwartet.«

»Ach, kommen Sie. So ein kleiner Schnack über Sex zwischen uns Frauen, ist doch nichts dabei? Es ist das Normalste von der Welt, sich Erotik im Leben zu wünschen.«

Ich muss da gleich zwei Mal blinzeln. Ich kann nicht glauben, was hier gerade passiert.

»Da haben Sie wohl recht.«

»Und? Wie ist er, dieser Kerl?«

»Ähm. Also, er ist groß und dunkel.« Sie nickt und hängt an jedem Wort, das ich sage. »Sehr muskulös.« Sie nickt weiter. »Tätowiert.«

Jetzt fächert sie sich Luft zu. »Oh ja. Ich liebe Männer mit Tattoos. Auch wenn wir alten Leute damit nicht groß geworden sind. Ich kann Ihnen sagen, das ist ein Trend, den diese alte Frau zu schätzen weiß.«

»Wenn ich ehrlich bin, haben mir Tattoos vorher nie gefallen. Bis ich …«

»Oh, Liebes. Ich kann Sie gut verstehen.« Sie nimmt meine Hand. »Mir scheint, Sie haben hier einen guten Fang gemacht. Und wenn er es schafft, Sie so zu beschäftigen, dann rate ich Ihnen, halten Sie den gut fest.«

»Da ist nichts zum Festhalten. Wir sind nur Freunde.«

Sie zwinkert mir zu. »Freunde mit gewissen Vorzügen, hoffe ich.«

Meine Wangen glühen wieder und sie tätschelt meine Hand, bevor sie weiter ihrer Wege geht.

Was in aller Welt war das?

Ich schüttele den Kopf und mache mich wieder auf den Weg, nur um im nächsten Gang eine komplette Vollbremsung zu machen.

»Du sagtest groß, dunkel, muskulös und voller Tattoos, nicht wahr? Dabei hast du ja gar nicht mein sexy Lächeln oder meinen umwerfenden Charme erwähnt!« Er schnalzt mit der Zunge. »Ich bin schwer getroffen.«

Ich fühle mich wie vom Blitz erschlagen.

Es kann nicht sein, dass er genau jetzt vor mir steht. Das ist unmöglich. Ich muss halluzinieren.

»Hast du deine Zunge verschluckt?«

»W-was machst du hier?«, stottere ich.

Er zuckt mit den Schultern. »Schuhe kaufen.«

Ich rolle mit den Augen. »Das sehe ich, Robbie. Ich meine ... Woher wusstest du, dass ich hier sein werde?«

Er kommt einen Schritt auf mich zu und beugt sich näher zu mir runter.

Zu nah.

Der Hauch eines holzigen Duftes hüllt mich ein und ich ertappe mich dabei, wie ich mich in seine Richtung lehne. Dieser Duft ... ist zu verführerisch, zu warm, zu sehr *Mann.*

»Welches Cologne trägst du?«

Seine Brust hebt und senkt sich vor Lachen. »Gar keins. Das muss mein Deo sein.«

»Das ist das am besten riechende Deo der Welt.«

Robbie kommt noch näher, sein grinsendes Gesicht ist nur wenige Zentimeter von meinem entfernt. Er streckt seine Hand aus, und ich merke, wie mein Herz schneller schlägt, seine Berührung gleich zu erfahren ... Im letzten Moment lässt er die Hand fallen, als hätte er es sich anders überlegt.

Ich versuche, nicht in mich zusammenzufallen.

»Es ist schön, dich zu sehen, Monty.«

»Ich bin mir nicht sicher, was ich dabei fühle, dich wiederzusehen, Robbie«, gestehe ich.

»Warum denn?«

»Es ist ein wenig schräg.«

»Schräg? Wie das?«

Ich halte zwei Finger hoch. »Zwei Gründe. Erstens, ich bin hier, um Schuhe zu kaufen, und aus dem Nichts erscheinst du.«

»Ich habe dir schon gesagt, ich bin auch hier, um Schuhe zu kaufen. Das ist nicht aus dem Nichts.«

»Mag sein, aber wo sind deine Schuhe?«

Er schaut auf meine Hände. »Du hast auch noch keine.«

Ich verdrehe die Augen und fahre fort: »Zweitens, das letzte Mal, dass wir uns in echt gesehen haben, hast du mich auf einer öffentlichen Toilette gegen ein Waschbecken gedrückt und deine Zunge war in meinem Mund. Das ist schräg.«

Sein Lächeln wird breiter. »Vergiss nicht, wo meine Finger waren, Monty.«

Durch meinen Körper strömt eine Energiewelle und ich wünschte, ich wäre mit ihm zurück auf dieser Toilette.

Ich wünschte, seine Lippen wären auf meinen, seine Hände auf meinem Körper, eine warme Haut unter meinen Fingerspitzen –

»Du denkst gerade dran, nicht wahr?«

Und wie. Ich denke daran, wie selbstsicher und sexy ich mich gefühlt habe, als sein starker Körper sich an meinen gedrückt hat, wie absolut perfekt meine Beine um seine Hüften passten, wie seine Hände sich in meine Haare vergraben haben und daran gezogen haben, genau die richtige Mischung aus Schmerz und Lust.

Ich denke daran, wie er mich vor Verlangen erzittern ließ und wie ich unter seiner Berührung zersprungen bin. Wie befreiend es war, wie gut. Wie dringend ich es wiederholen will.

Ich will *ihn*.

»Hör auf«, sage ich laut, halb zu mir und halb zu Robbie.

Er muss lachen, weil er weiß, dass er recht hat, und ich strecke ihm die Zunge raus.

»Sehr erwachsen, Monty.«

Ich schubse ihn aus dem Weg und laufe den Gang weiter runter. Er folgt mir.

»Was machst du im Einkaufszentrum mitten am Arbeitstag?«, frage ich.

»Ach, du weißt, dich stalken und so.«

Ich drehe mich um und werfe ihm einen bösen Blick zu. Er hält seine Hände in Kapitulation hoch.

»In Ordnung. Ich hole Schuhe für Embody Positivity. Es ist immer gut, einige Paar im Zentrum zu haben, für den Fall, dass jemand sie braucht.«

Ich merke, wie mir Tränen in die Augen schießen, und ich drehe mich weg, bevor er es bemerkt.

»Hör auf. Du tust ja so, als wäre ich ein Held oder so ’n Scheiß.«

»Robbie, für diese Jungs bist du ein Held.«

Er schnaubt. »Bin ich nicht.«

»Nimm es einfach an.«

»Meinetwegen. Jetzt zu dir. Was machst *du* mitten am Tag hier?«

»Ich bin auf der Suche nach einfachen, hübschen und vernünftigen Schuhen für die Arbeit.« Ich greife einen Karton vom Regal und zeige sie ihm. Er schüttelt den Kopf. Ich packe sie wieder weg und schaue weiter. »Außerdem ist mitten am Tag die beste Zeit zum Einkaufen. Es sind kaum Leute unterwegs, die mich stören.« Ich ziehe eine Augenbraue hoch. »Zumindest *sollte* keiner hier sein, der mich stört.«

Er schmunzelt. *»Sorry, not sorry.«*

»Ich bin geschockt«, antworte ich todernst.

»Oh, dieser Sarkasmus, ich habe ihn vermisst.«

»Tu nicht so.«

Ich greife nach einem weiteren Schuhkarton – diesmal flach –, nehme mir Probiersöckchen, suche mir einen Platz zum Anprobieren und lasse Robbie einfach stehen.

Als ich mir den zweiten Schuh anziehe, kommt er rübergeschlendert. Ich stehe auf, um mir die Schuhe ihm Spiegel anzuschauen.

»Du vertust dich. Es ist meine ...« Er zählt mit seinen Fingern und flüstert dabei Worte, die ich nicht verstehe. »Viert. Es ist meine viertliebste Sache an dir.«

»Was sind die anderen drei Sachen?«

»Gleich an erster Stelle steht dein Haar.«

Ich muss laut auflachen und drehe mich abrupt zu ihm um, und entscheide, dass das Paar Schuhe nichts für mich ist.

»Das kann nicht an erster Stelle stehen«, sage ich, während ich mich an ihm vorbeidränge, um mich wieder hinzusetzen.

»So was von.«

»So was von nein. Das geht gar nicht.«

»Und warum nicht?«

»Weil sie ... *hässlich* sind. Sie –«

Er greift meine Hand und zieht mich mühelos mit sich. Mir bleiben die nächsten Worte im Hals stecken und ich schnappe nach Luft, als ich in ihn reinstolpere. Die Erinnerungen an letztes Mal, als ich ihm so nah war, stürzen auf mich ein.

Ich kann kaum atmen, er ist zu nah und es fühlt sich zu gut an.

Er zerrt mich zurück vor den Spiegel, stellt mich so hin, dass ich mich darin sehen kann.

Wie wir da zusammen stehen, das sieht lächerlich aus.

Seine Arme sind um meine Taille geschlungen und meine Hände halten seine.

Neben ihm sehe ich noch blasser aus. Meine Haut wirkt unberührt und rein. Und seine ist ein lebendiges Kunstwerk. Er ragt über mir, und das will was heißen, denn ich bin recht groß. Mein Kopf kommt gerade an sein Kinn heran. Ich trage wieder einen Rock, der mir bis zum Knie geht, dazu ein passendes hellblaues T-Shirt und eine kurzärmelige Strickjacke. Er trägt Jeans und ein Polohemd.

Wir könnten nicht unterschiedlicher sein.

Trotzdem kann ich nicht leugnen, wie gut es sich anfühlt, in seinen Armen zu sein.

»Monty, an dir ist absolut gar nichts, das nur ansatzweise hässlich sein könnte.«

»Ich habe –«

»Gar nichts«, beharrt er. »Keine Widerworte. Nimm es einfach an.«

Ich schließe meine Augen, und wir stehen einfach da. Er lässt mich nicht los und ich mache keine Anstalten, mich aus seiner Umarmung zu lösen.

Ich spüre, wie sein Blick über mich gleitet, und ich liebe das Gefühl. Wenn ich eines über Robbie in den letzten wenigen Wochen lernen konnte, dann, dass er sich nicht zurückhält, auch jetzt. Er nimmt jeden Zentimeter meines Körpers in sich auf, langsam und genüsslich.

Ich will meine Augen öffnen, um zu sehen, was er sieht. Aber ich tue es nicht. Ich genieße dieses Warten zu sehr. Die Vorfreude macht mich hibbelig, und Gutes kommt zu denen, die warten.

»Verdammt, Monty, ich will dich wieder berühren.«

Ich möchte auch, dass du mich berührst.

»Seit wir uns über den Weg gelaufen sind, bekomme ich dich nicht mehr aus dem Kopf. Du weißt gar nicht, wie oft ich mich davon abhalten musste, dich nach deiner Adresse zu fragen oder dich einfach anzurufen, nur damit ich deine rauchige Stimme hören kann.«

»Meine Stimme ist nicht rauchig.«

Seine Lippen streifen meine Ohren und er flüstert: »Doch, wenn ich dich zum Höhepunkt bringe.«

Meine Knie werden weich. Diese Worte habe ich nicht erwartet.

Seine Umarmung wird fester und ich spüre, wie er seine Härte an mich drückt. Unverfroren schmiege ich meine Hüften an seine … an *seinen*.

»Fuck«, murmelt er.

Dann bewegen wir uns.

Ich schlage meine Augen auf und er zieht mich den Gang entlang. Die Sommerhitze kribbelt auf meiner Haut, als er die Ladentür aufstößt und uns rausmanövriert.

Ich sage kein Wort. Ich bin zu neugierig … zu aufgeregt.

Er geht zügig und ich habe keine Ahnung, wohin er uns führt, bis wir um die nächste Ecke zum Lieferanteneingang gehen.

Er zieht uns in den Schatten, mein Rücken gegen die Ziegelwand gedrückt, seine Arme mich umschließend. Sein Blick fällt auf meine leicht geöffneten Lippen und er beobachtet mich gespannt.

Sein Atem geht schwer, meiner auch. Seine Augen sind

groß, seine Pupillen geweitet und er fährt mit der Zunge über seine Lippen.

Endlich treffen sich unsere Blicke. Diese Verbindung ist so intensiv, dass ich am liebsten wegsehen will. Ich *müsste* wegsehen, aber ich tue es nicht. Ich kann nicht. Denn ich weiß, was als Nächstes kommt und das will ich nicht verpassen.

»Monty. Ich warne dich. Ich werde dich jetzt küssen.«

Er wartet auf meinen Protest, aber er wird keinen hören.

Er presst seinen Mund auf meinen und es ist genauso gut wie beim letzten Mal.

Nein, es ist *besser*.

Keine Ahnung, wie das möglich ist, aber es ist wahr.

Seine Hände gleiten in mein Haar und er zieht mich näher an sich – und schiebt mich von sich. Es ist mir egal, dass meine Lieblingsstrickjacke an die raue Wand ratscht und wahrscheinlich Ziehfäden bekommt.

Das Einzige, was zählt, sind Robbies Lippen auf meinen, wie weich und fest sie sind, wie perfekt sie aufeinanderpassen, wie großartig und wunderbar es sich anfühlt, wenn er an meiner Unterlippe saugt und ein klein bisschen daran knabbert.

Ich will mehr – mehr Küsse, mehr Berührung, mehr von allem.

Als könnte er meine Gedanken lesen, greifen seine Hände unter meinen Hintern und er hebt mich an. Automatisch schlingen sich meine Beine um seine Hüften.

»Fühlt sich das besser an, Monty?«

Ich ringe nach Luft und nicke. Ich spüre jeden Zentimeter seiner Erregung gegen mich drücken.

Er schmunzelt. »Habe ich mir fast gedacht.«

Er küsst meinen Hals, von meinem Schlüsselbein bis hinter mein Ohr, während er seine Hüften in mich drückt und sein ... *Python* sich an die richtigen Stellen schmiegt. Ich versuche alles, um nicht laut zu stöhnen.

Ich – stöhnend, während ein Mann mich gegen die Wand irgendeines Gebäudes drückt, seine Lippen meinen Hals kitzeln, meine Beine um ihn geschlungen sind und seine Erektion an meiner Klitoris reibt. *Was ist aus mir geworden?*

»Verdammt noch mal, Monty«, atmet er. Seine Hände greifen meinen Hintern fester und ich merke, wie er sich zusammenreißen muss, um nicht einen Schritt weiter zu gehen. »Du machst mich fertig.«

»Ich mach *dich* fertig? Dein Ernst? In den letzten Minuten hast du all meine Lieblingsstellen berührt und ich bin gegen die Wand gepinnt und kann mich nicht bewegen.«

Ich sehe ihn grinsen. »Willst du dich darüber beschweren?«

Ich verdrehe die Augen und greife mir seinen Kopf. »Sei still und küss mich.«

Und das tut er auch.

Dieses Mal lässt er seine Zunge in meinen Mund gleiten und ich bin verloren ... verloren in diesem Kuss, in seinen Berührungen und den schmutzigen Worten, die er murmelt.

Ich spüre dieses Klopfen und ich schwöre, dass mir gleich mein Herz aus der Brust springt.

»Ähm.«

Das klingt fehl am Platz.

Ich bin zu versunken, um mir Gedanken zu machen.

»Entschuldigung.«

Entschuldigung angenommen.

Warte …

Ich löse mich von Robbies Lippen und reiße den Kopf zur Seite, wo ein Mann steht, Arme überkreuzt, die Augenbrauen bis zum Haaransatz hochgezogen. Er sieht sauer aus.

Robbie ist dabei, meinen Nacken zu küssen, seine Hände sind noch in meinen Haaren vertieft und ich denke mir, dass wir uns wirklich aus dieser Position rausbegeben sollten.

»Robbie …«

»Du hast recht, wir sollten zu mir gehen. Ich bin ganz deiner Meinung.«

»Nein. Robbie.«

Endlich hebt er den Kopf und sein Blick fällt auf den Fremden.

Seine Augen werden dunkler und er wirft dem Mann ein kaltes Lächeln zu.

»Gefällt Ihnen die Show?«

Robbies Art bringt die Selbstsicherheit des Fremden ins Schwanken. Ich kann es ihm nicht verübeln. Robbie ist riesig.

»Ich will euch nicht unterbrechen. Ich bin wegen der Frau hier.«

Robbie greift sanft meine Beine und setzt mich am Boden ab. Die Bewegung ist so schnell und unbeschwert, als würde ich nichts wiegen.

»Willst du das noch einmal sagen?«

Der Mann schluckt und greift nach dem Band um seinen Hals. »Ich, ähm, ich bin von Shoe World. Ich muss die Dame auffordern, mit mir mitzukommen.«

»W-was? Warum?«

Sein Blick fällt nach unten auf meine Füße.

Die Schuhe, die ich vorhin anprobiert habe.

Die Schuhe, die ich nicht ausgezogen habe, als Robbie mich nach draußen geschleppt hat für unsere spontane Knutschsession.

Ich habe gestohlen.

Ich habe gestohlen.

»Verflixt!« Ich haue mir gegen die Stirn. »Ich kann nicht glauben, dass ich so dumm bin. Ich … ich habe noch nie in meinem Leben etwas gestohlen. Es tut mir so unglaublich leid. Bitte verhaften Sie mich nicht. Ich zahle auch für die Schuhe. Ich …«

Robbies Lachen unterbricht meinen Appell und ich drehe mich abrupt zu ihm um.

»Du! Das ist alles deine Schuld!«

»Meine Schuld?«, hält er dagegen. »Wie kann das meine Schuld sein?«

»Weil … weil du … du … du –«

»Ich, ich, ich was?«

Er steht vor mir mit seinem frechen Grinsen und den Händen auf den Hüften und wartet, dass ich ihm einen guten Grund nenne.

»Das da! Genau das. Einfach … *du*.«

Er lacht wieder, und ich weiß, wie dumm ich mich anhöre, aber er nervt und das ärgert mich noch mehr.

»Robbie, hör auf! Das ist alles wegen deines Charmes und weil du so gut aussiehst und weil du diesen Unsinn erzählt hast, ›Monty, du bist so hübsch‹. Und weil du mich wieder geküsst hast.«

»Erstens, das ist kein Unsinn. Du bist wunderschön, Monty. Stimmt's?«, fragt er den Shoe-World-Angestellten, der noch dortsteht und uns verwirrt ansieht.

»Natürlich. Sehr.«

Eine leichte Röte stiehlt sich auf meine Wangen. »Danke.«

»Zweitens, heißt das, ich habe dich endlich mit meinem Charme so weit gebracht, dass wir unseren Plan in die Tat umsetzen können?« Dabei lässt er seine Augenbrauen hoch und runter hüpfen, als bräuchte es Erklärungsbedarf, dass er vom Bumsen spricht.

»Robbie!«

»Monty!«

»Du bist unerträglich!«

»Genau, deshalb kannst du es nicht lassen, mich zu küssen.«

»Wie soll ich es sein lassen, wenn du damit anfängst?«, kontere ich.

»Ähm, entschuldigen Sie …«

»Du kannst nicht aufhören, mich zu küssen, weil es dir gefällt. Das ist ein großer Unterschied.«

»Stimmt nicht.«

Sein Grinsen wird breiter, weil er weiß, dass ich nicht die Wahrheit sage. »Du schmutzige Lügnerin.«

»Ähm, Fräulein?«

»Robert!«

»Montana!«

»Entschuldigung!«

»Was?«, fahre ich den Mann an.

In dem Moment realisiere ich, was ich getan habe. Ich habe einen unschuldigen Mann angeschrien, der lediglich seinen Job macht. Ich streiche meinen Rock glatt und fahre mir durch das zerzauste Haar. Dann falte ich meine Hände und bemühe mich, dem Angestellten mein nettestes Lächeln zu schenken, obwohl ich mich über mich selbst ärgere, dass ich mich von Robbie und seinem dummen Charme verführen habe lassen. Schon wieder.

»Das tut mir leid. Ich wollte Sie nicht anschreien. Wie Sie sehen, ich bin gerade nicht wirklich bei mir.« Ich gestikuliere in Robbies Richtung. »Was Sie hier sehen, ist nicht mein normales Verhalten. Aber das soll keine Ausrede sein. Gerne komme ich mit Ihnen zurück in den Laden und werde die Strafe ohne Widerspruch annehmen.«

»Sie müssen nur für die Schuhe zahlen.«

»Oh.« Ich setze alles daran, nicht wieder rot zu werden. »Das mache ich sofort.«

Der Schuhverkäufer wirft Robbie einen letzten Blick zu und nickt: »Kommen Sie bitte mit mir.«

Ich folge ihm und schaue noch kurz zu Robbie, bevor ich die wohl ungemütlichsten Schuhe der Welt kaufe. All das, weil er mich unbedingt hier rauszerren musste.

»Gut. Sagen wir unentschieden … für den Moment.« Robbie zwinkert mir zu.

Dieser dumme Charme!

ACHT

MONTY

PYTHON: Ich bereue es nicht, dich wieder geküsst zu haben.

ICH: Ich will auch nicht, dass du es bereust.

ICH: Aber. Zuerst verleitest du mich dazu, Schuhe zu stehlen und dann lässt du mich alleine im Laden zurück. Das kannst du bereuen.

PYTHON: Das bereue ich auch nicht. Es war lustig.

ICH: Du versprühst geradezu Charme.

PYTHON: Was soll ich sagen, ich bin so geboren.

PYTHON: Was ich allerdings klarstellen will: Ich habe dich nicht gestalkt. Nicht wirklich.

ICH: Ich weiß. Glaube ich.

PYTHON: Das wäre geklärt, oder? Ich habe dich nicht gestalkt?

ICH: Was für eine Frage ist das denn?

PYTHON: Ich weiß auch nicht. Ignoriere mich bitte. Ich bin müde. Langer Tag.

ICH: Wir haben uns vor drei Stunden gesehen!

PYTHON: Hey, du hast ja gar keine Ahnung, was in drei Stunden alles passieren kann.

ICH: Und was ist passiert, dass du so müde bist?

PYTHON: Ich bin überfallen worden.

ICH: WAS? Wann?!

PYTHON: Heute, vorhin. Ich kümmere mich einfach um meinen eigenen Kram, versuche meine Arbeit zu erledigen, und dann – *BOOM* – werde ich überfallen.

ICH: Wie, überfallen? War es eines der Kids von EP?

PYTHON: Nein, keines der Kids.

ICH: Wer dann? Ein Elternteil? ROBBIE, SAG SCHON! Ich mache mir Sorgen.

PYTHON: Ich war in so einem Laden. Eigentlich wollte ich nur ein paar Besorgungen für EP erledigen und da treffe ich jemanden ... wie soll ich sagen, eine Person, die mir gefährlich ist. Sie bringt mich um den Verstand und ich tue Dinge, die ich sonst nie machen würde.

ICH: DEIN ERNST?

ICH: UFF!

PYTHON: Yeah. Todernst. Ich bin von einer Rothaarigen überfallen worden, die aussah, als wäre sie gerade von der Prärie in die Stadt gezogen.

ICH: SO SEHE ICH NICHT AUS!

ICH: Okay, vielleicht ein bisschen.

PYTHON: Keine Unterbrechungen! Ich bin dabei, dir eine Geschichte zu erzählen.

PYTHON: Wo war ich. Ich bin gemütlich durch den Schuhladen geschlendert, in Gedanken versunken. Dann – *BÄM!* Sie redet davon, wie umwerfend sexy ich bin, wie mein gestählter Körper und meine Tattoos sie anmachen. Das hat mich getroffen. Denn wir sind uns noch nicht offiziell begegnet. Und da finde ich sie, wie sie sich bei einer unschuldigen alten Dame beklagt, wie scharf ich bin. Apropos unangenehm.

ICH: ROBERT!

PYTHON: Psst. Sie hat mich GEZWUNGEN, mit ihr durch den Laden zu laufen, während sie Schuhe anprobiert hat. Aber als wäre das nicht genug, ZERRTE sie mich aus dem Laden, nutzte mich als ABLENKUNG, um zu KLAUEN! HUH!

ICH: Ich hasse dich.

PYTHON: Oh, es wird noch besser. Sie hat draußen ihre Beine um mich geschlungen und fing an, mich zu küssen. Es wurde superunangenehm, als sie beim Klauen erwischt wurde. Ich bin da so schnell wie möglich abgehauen.

ICH: Ich werde dir niemals wieder schreiben.

ICH: Nie wieder.

ICH: NIEMALS WIEDER.

PYTHON: Du bist verrückt nach mir.

ICH: Kein bisschen.

• • •

PYTHON: Bist du mir böse wegen gestern?

ICH: Ja.

PYTHON: Lügnerin.

PYTHON: Also, ich für meinen Teil möchte dich wiedersehen.

ICH: Du hast mich erst gestern gesehen.

PYTHON: Ich weiß, aber ich war nicht drauf vorbereitet. Ich war nicht in Topform.

ICH: DAS war nicht deine Topform?

PYTHON: Fuck, nein. Das war höchstens zufriedenstellend, wenn überhaupt.

ICH: Es ist vielleicht albern, aber ich habe ein wenig Angst, dich in Topform zu erleben.

PYTHON: Monty, es gibt keinen Grund, Angst vor dem Python zu haben. 😉

ICH: Ich schwöre, du hast das größte Ego, das es gibt.

PYTHON: Stimmt nicht, Zachs ist hundertmal schlimmer.

ICH: Ich habe keine Ahnung, wie das möglich ist.

PYTHON: Vertrau mir, ist es.

ICH: Ich verlasse mich auf dein Wort.

ICH: Obwohl ich jetzt wirklich das Gefühl habe, dass ich diesen Zach kennenlernen sollte. Er hat Ziegen, ein riesiges Ego, sagt seltsame Dinge – scheint ein interessanter Kerl zu sein.

PYTHON: Ist er nicht. Er ist furchtbar. Der schlimmste beste Freund der Welt. Und krass hässlich.

ICH: Klingt so, als wärst du verknallt in ihn.

PYTHON: Offensichtlich.

PYTHON: Er ist einfach großartig. Nur wegen ihm bin ich nicht komplett auf meinen Arsch gefallen, als ich Holly geschwängert habe. Wir waren erst seit Kurzem Freunde, aber er war bei allem dabei. Jetzt werde ich diesen Typen einfach nicht mehr los.

ICH: Ich spüre die Liebe zwischen den Zeilen.

ICH: Ich verspreche, ich werde ihm nie erzählen, wie sehr du ihn lieb hast.

PYTHON: Gut. Wir wollen ja keine Gerüchte in die Welt setzen, dass ich Gefühle und so Zeugs habe.

ICH: Hör schon auf. Ich denke, du bist einer dieser Menschen, die einfach riesig und furchteinflößend aussehen, aber in Wirklichkeit riesige Teddybären sind.

ICH: Mir scheint, dass ich dich unter neuem Namen abspeichern sollte.

PYTHON: Wie, Teddybär?

PYTHON: WARTE! Unter welchem Namen hast du mich aktuell gespeichert?

ICH: Hm … kein Kommentar.

PYTHON: Nein, nein, nein. Du MUSST mir das sagen. Regeln sind Regeln.

ICH: Wirst du dich über mich lustig machen?

PYTHON: Natürlich.

ICH: Unter »Python«.

PYTHON: DU VERARSCHST MICH.

PYTHON: Ich brauche Beweise. Sofort.

ICH: DOWNLOAD ATTACHMENT

PYTHON: Fuck! Ich glaub es nicht!

ICH: Warum würde ich mir das ausdenken?

PYTHON: Keine Ahnung. Ich habe das einfach nicht von dir erwartet.

ICH: Warum? Es ist ein cleveres Wortspiel. Es hat mich dazu gebracht, mit dir rumzumachen und so.

PYTHON: Yeah, ich bin geschmeidig.

ICH: Nicht nur deine Worte sind geschmeidig …

PYTHON: Verdammt, ich will dich jetzt küssen.

ICH: Hör auf.

PYTHON: Hör auf womit?

ICH: Hör auf, mich dazu zu bringen, dass ich dich wieder küssen will.

PYTHON: Fuck. Monty.

ICH: Was?

PYTHON: Das hat nicht geholfen. Kein bisschen.

ICH: Sorry.

PYTHON: Nicht wirklich. Stimmt's?

ICH: *Grins*

• • •

ICH: Hey, Robbie?

PYTHON: Ja?

ICH: Happy Zweiwöchiges.

PYTHON: Happy Zweiwöchiges, Monty.

PYTHON: PS: Ich hab's dir gesagt, das ist eine offizielle Sache.

ICH: Ich nehme es zurück.

PYTHON: Zu spät. Wiederholen ist gestohlen.

ICH: Was ist das? Kindergarten-Regeln?

PYTHON: Ich tausche meinen Pudding für deinen Cookie.

PYTHON: Oh fuck. Falls dein Hirn krank und schräg genug ist, kannst du einen echt krassen Witz draus machen.

PYTHON: Bei mir ist schon alles verloren.

ICH: Robbie! Igitt!

PYTHON: Verstehst du? Pudding = Liebessäfte und Cookie = Liebesgrotte.

ICH: Hast du meine Vagina im Ernst eine Liebesgrotte genannt?

PYTHON: Äh, möglich.

ICH: Hilf mir kurz auf die Sprünge, warum ich noch mit dir rede.

PYTHON: Weil ich ein guter Küsser bin.

ICH: Ah, langsam kann ich mich wieder entsinnen.

PYTHON: Und weil du insgeheim von meinen perversen Kommentaren und meinem dreckigen Mundwerk angeturnt bist.

ICH: Das habe ich niemals behauptet.

PYTHON: War auch nicht nötig, Monts. Ich kenne dich.

ICH: Das kann nicht sein. Wir schreiben erst seit zwei Wochen.

ICH: Warte. Es sind sogar WENIGER als zwei Wochen.

PYTHON: Weißt du, es ist durchaus möglich, jemanden durchs Schreiben kennenzulernen. Zach und Delia sind ein gutes Beispiel.

ICH: Wie das denn?

PYTHON: Es ist eine lange Geschichte. Eine falsche Handynummer, eine Baby-Ziege und ein Nerd, der am Ende das Herz seiner Traumfrau gewinnt.

ICH: Das klingt … seltsam. Aber auch sehr romantisch.

PYTHON: Wir können das so stehen lassen.

ICH: Ich wette, hinter verschlossener Tür bist du ein hoffnungsloser Romantiker. Du liebst die Liebe und wünschst dir nichts sehnlicher, als dich eines Tages kopfüber zu verlieben.

PYTHON: Ich bin doch schon kopfüber und komplett verliebt.

ICH: In wen denn?

PYTHON: Es ist ... kompliziert.

ICH: Wie das?

PYTHON: Weil diese Beziehung aus mir einen Mann macht, der ich nicht sein möchte, zu einer Person, für die ich mich schäme. Und so sollten Beziehungen normalerweise nicht funktionieren. Es ist nämlich verboten. WIR sind verboten.

PYTHON: Irgendwie trägt das auch zur Romantik bei, nicht wahr?

ICH: Okay, das fing alles süß und lustig an und jetzt bin ich irgendwie besorgt.

PYTHON: Nein, nein, bitte nicht. In meinem Leben ist noch genug Platz für dich, Monty. Erschrick jetzt nicht vor mir.

ICH: *wartet ungeduldig auf die Pointe*

PYTHON: Keine Pointe. Ich meine es ernst. Ich nehme diese verbotene Liebe sehr ernst. Falls ich das nicht tue, würde ich der Versuchung nachgeben und das endet niemals gut.

PYTHON: Weißt du was, hier, ich schicke dir ein Bild von uns.

PYTHON: DOWNLOAD ATTACHMENT

ICH: ROBERT CROSS. ICH HASSE DICH.

PYTHON: Sag das noch ein paar Mal und ich werde dir das nicht mehr glauben können.

ICH: Du bist buchstäblich der Schlimmste.

PYTHON: Ich bin zu niedlich dafür.

ICH: DONUTS? Donuts sind deine »verbotene Liebe«?

PYTHON: Es ist eine toxische Beziehung, Monty. NIMM DAS ERNST!

ICH: Ich werde ernsthaft deine Nummer löschen.

PYTHON: Glaub ich nicht. Du steckst zu tief drin.

ICH: Nein.

PYTHON: Doch.

PYTHON: Hey, Monty?

ICH: Uff ... was?

PYTHON: Du musstest ein bisschen schmunzeln, oder?

PYTHON: Monty? MONTY?

PYTHON: Du hast geschmunzelt. Das weiß ich.

NEUN

MONTY

ICH: Was ist deine Lieblingsfarbe?

PYTHON: Königsblau. Warum?

PYTHON: Oh! Kaufst du mir ein Geschenk? Ich liebe Geschenke! Brauchst du meine Konfektionsgröße? Schuhgröße? Schwanzlänge? Andere Vorlieben?

ICH: Warum in aller Welt bräuchte ich die Länge deines Schniedels?

PYTHON: Fuck. Sag bitte noch einmal Schniedel, Monty. BITTE.

ICH: Nein.

PYTHON: Wenn wir uns das nächste Mal sehen, werde ich dich dazu bringen, es zu sagen.

ICH: Du tust so, als gäbe es ein nächstes Mal.

PYTHON: Oh, das wird es. Du kannst mir nur eine bestimmte Zeit widerstehen.

ICH: Werden wir sehen.

PYTHON: Warum willst du meine Lieblingsfarbe wissen?

ICH: Keine Ahnung. Manchmal kommt es mir vor, als weiß ich schon so viel und gleichzeitig gar nichts über dich.

PYTHON: Hey, ich habe doch schon gesagt, das Foto von mir auf dem Klo war ein Versehen. Das sollte an Zach gehen.

ICH: Klar. Warum schickt ihr euch Bilder von der Toilette?

PYTHON: Das ist so eine Dude-Sache. Das kannst du nicht verstehen.

ICH: Na klar. Wenn du es sagst.

PYTHON: Willst du weitere Vorlieben von mir wissen?

ICH: Ja! Erzähle sie mir alle!

PYTHON: Also. Du kennst schon meine Lieblingsfarbe, meine Lieblingsspeise und meinen Lieblingscomichelden (oder Antihelden).

ICH: Königsblau, Donuts und so einen Typen, der Spanky heißt. Erzähl weiter.

PYTHON: Ich werde einfach so tun, als hätte ich das mit Spanky nicht gehört.

PYTHON: Mein Lieblingsfilm ist *AbServiert*. Lied: *Bohemian Rhapsody*. Buch: *Grünes Ei mit Speck* von Dr. Seuss. Fernsehsendung: *Buffy*. Sport: Eishockey. Tier: Französische Bulldogge.

PYTHON: Nur zu. Verurteile mich.

ICH: Ich weiß gar nicht, wo ich anfangen soll.

ICH: Vorweg, ich habe keine Ahnung, was *AbServiert* ist, aber es klingt nach einer romantischen Komödie ...

PYTHON: Nein, der Film ist eklig und irrsinnig witzig. Okay, da ist eine Mini-Liebesgeschichte drin, aber nichts, was daraus einen schnulzigen Mädchenfilm machen würde.

ICH: Ich bitte um Vergebung. Wie kommt es, dass das Lied von Queen mit dabei ist? Ich dachte, du stehst auf laute und anstrengende Musik?

PYTHON: Sorry, aber Queen ist ein absoluter KLASSIKER. Und die Musik, die ich mag, die dir übrigens gefallen hat, ist einfach krass gut. Freddie Mercury ist der Inbegriff für gute Musik und Queen kann sich glücklich schätzen, ihn gehabt zu haben.

ICH: Keine Widerworte von mir.

ICH: Auf das Dr. Seuss-Buch gehe ich gar nicht erst ein.

PYTHON: ES IST EIN VERDAMMTER KLASSIKER!

ICH: Von mir aus. Aber du musst mir die Liebe zu Buffy erklären.

PYTHON: Wer liebt sie nicht? In der Serie ist einfach alles: eine Frau, die eine hammerharte

Kämpferin ist, eine Spitzenbesetzung, VAMPIRE, Romantik und eine Menge schnulziger Sprüche.

ICH: Ich habe die Serie nie gesehen.

PYTHON: Nicht oft, aber ab und zu frage ich mich, warum ich dir noch schreibe.

PYTHON: Dann erinnere ich mich, wie heiß du bist, und mir ist wieder alles klar.

ICH: Du magst mich nicht nur wegen meiner »Heißheit«.

PYTHON: Erstens, lass das schön bleiben mit den Anführungszeichen. Steh doch endlich dazu. Zweitens, ja, offensichtlich.

ICH: Lieblings-Eishockeyteam?

PYTHON: Schaust du Eishockey?

ICH: Ja. In meiner Familie war Sport eine große Nummer.

PYTHON: Red Wings.

ICH: Im Ernst? NEIN! Bruins für immer und ewig.

PYTHON: Wurde die Scheidung eingereicht, bevor wir vor den Traualtar getreten sind?

ICH: Hast du um meine Hand angehalten, bevor wir gedatet haben?

PYTHON: Hm … kommt drauf an, ob du Ja oder Nein sagst.

ICH: Ich lehne freundlich ab.

PYTHON: Autsch. Peinlich.

PYTHON: Dann nicht.

PYTHON: Willst du dich nicht über mein Lieblingstier lustig machen? Immerhin hast du vor keinem anderen Lieblings-Etwas haltgemacht.

ICH: Nein. Französische Bulldoggen sind zuckersüß.

PYTHON: Du willst mir also sagen, dass der Weg zu deinem Herzen über einen Hund geht?

ICH: Nein. Vielleicht doch. Mal sehen.

ICH: Warum holst du nicht so einen für deinen Sohn als Haustier, wenn du sie so magst?

PYTHON: Weil ich ein harter Kerl mit einer gedeckelten Haushaltskasse bin, Babe. Und diese kleinen Scheißer sind verdammt teuer.

ICH: Na denn, harter Kerl. Klingt so, als müsstest du die Haushaltskasse aufstocken, wenn du in mein Herz willst.

ICH: Oh nein! Das war nur ein Scherz. Es fühlte sich schmutzig an, das zu schreiben.

ICH: Verzeih mir.

PYTHON: Du bist süß, Monty. Ein bisschen schräg, aber abso-fucking-lut süß.

PYTHON: PS: Ich kaufe dir keinen Welpen.

ICH: Einen Versuch war es wert.

• • •

PYTHON: Also. Ich habe etwas getan. Und jetzt werde ich es nicht mehr los.

ICH: Was denn?

ICH: Warte mal ... es? ES?

ICH: DU HAST MIR EINEN HUND GEKAUFT? SAG JA! BITTE!

PYTHON: DOWNLOAD ATTACHMENT

ICH: Im Ernst? IST DAS DEIN VOLLER ERNST? Ich muss es wissen!!

ICH: Er ist so süß!

PYTHON: Sorry. Falsches Foto. Das ist ein Bild von dem Haustier, das ich eigentlich holen wollte.

ICH: ...

ICH: Dann hast du mir doch keinen Welpen gekauft?

PYTHON: Was? Nein. Ich kenne dich kaum. Ich bin doch nicht blöd.

ICH: *weint*

PYTHON: Lass gut sein, Monts. Ich muss dir was wirklich WICHTIGES erzählen.

ICH: Jetzt machst du mir Angst.

PYTHON: Das ist durchaus nachvollziehbar.

ICH: Dann hör bitte auf, mich auf die Folter zu spannen. Erzähl schon!

PYTHON: Ich ...

PYTHON: Verdammt. Ich weiß gar nicht, wie ich es dir sagen soll ...

PYTHON: Diese Sache, weißt du, das ändert einfach alles.

ICH: Du schindest Zeit.

PYTHON: Schon gut. Also, ich habe Crabs.

ICH: ...

PYTHON: Es ist mein voller Ernst. Monty. Ich habe CRABS.

PYTHON: DOWNLOAD ATTACHMENT

ICH: Weißt du, Robbie, du bist ein echter Dad. Diese Witze sind zum Fremdschämen. Aber ich muss es dir lassen, du bist der Meister von Dad-Jokes.

ICH: War die Idee nicht, ein Kaninchen zu holen? Was ist daraus geworden?

PYTHON: Das Kaninchen »kann nicht so cool die Farbe verändern, Papa. Was, wenn ich mich nach einer Zeit langweile und es nicht mehr haben möchte?«

PYTHON: Und so wurden es am Ende doch diese Einsiedlerkrebse.

PYTHON: DOWNLOAD ATTACHMENT

ICH: Wie viele der Muscheln hast du gekauft?

PYTHON: Viele. In meinem Leben hätte ich es nicht für möglich gehalten, dass ich Opa von Krebsen werde. Aber so ist es nun mal.

ICH: Hm. Glückwunsch. Denke ich.

ICH: Ich muss zugeben, ein bisschen traurig bin ich schon, dass es kein Kaninchen geworden ist.

PYTHON: Nun ja ...

PYTHON: DOWNLOAD ATTACHMENT

ICH: EIN KANINCHEN! Du hast eins gekauft!

PYTHON: Ich habe ein Kaninchen GERETTET.

ICH: Wie heißt es?

ICH: Darf ich einen Namen aussuchen?

PYTHON: Nein. Ich trau deinen Namens-Aussuch-Fähigkeiten nicht.

ICH: Solltest du. Ich habe einen großartigen Vorschlag.

PYTHON: Ich glaube dir das nicht.

ICH: Ein Mädchen oder ein Junge?

PYTHON: Ein Mädchen.

ICH: Thumbelina Bruce Wayne Cross.

PYTHON: Du verarschst mich, oder?

ICH: ...

PYTHON: Oh wow. Du meinst es ernst.

PYTHON: Nein. Fuck, nein.

PYTHON: Also, was zur Hölle ist das für ein Name?

ICH: Weiß nicht. Thumbelina ist süß und Bruce Wayne ist Batman. Warum würdest du dein Haustier nicht nach Batman benennen? Es ist Batman!

ICH: Komm schon, Robbie. Tu es einfach.

PYTHON: Nein!

ICH: Was wäre denn dein Vorschlag?

PYTHON: Alles, aber nicht Thumbelina Bruce Wayne!

ICH. Spielverderber.

PYTHON: Ich bereue nichts.

• • •

PYTHON: Ich glaube, ich bin dran, dich zu hassen.

ICH: Das Kaninchen heißt Thumbelina Bruce Wayne, oder?

PYTHON: Ja.

PYTHON: Es hat einfach zu gut zu ihr gepasst.

ICH: Jemand ist dem »Bums-Plan« einen Schritt näher gekommen.

PYTHON: Echt jetzt? Shit. Ich werde zehn weitere Kaninchen kaufen und du darfst allen einen Namen geben. Egal welchen. Spanky, Sparky, Spidey, Tinker Bell. Mir egal!

PYTHON: Es ist doch ein lustiger Zufall, dass ein Kaninchen zu diesem Erfolg beigetragen hat. Wir werden nämlich wie die Karnickel rammeln.

ICH: Und so schnell verliert er seinen Vorsprung. Sei nicht so eklig, Robbie.

PYTHON: Ich nehme es zurück!

ICH: Komisch. Lautet hier nicht die Devise »kein Widerruf«?

PYTHON: Wie ich mein loses Mundwerk

manchmal verteufle. Da plappert es los und ich vergesse, dass all das Zeug mir irgendwann in den Arsch beißen kann.

PYTHON: Gut. Diese Runde hast du gewonnen.

ICH: Wir können sagen, es herrscht Gleichstand. 😉

PYTHON: Du bist mir die Allerliebste.

ICH: Ich weiß.

• • •

PYTHON: Das verstehe ich nicht.

ICH: Hallo und willkommen zu dieser willkürlichen Unterhaltung.

PYTHON: Huh?

ICH: Manchmal habe ich das Gefühl, du schreibst mir mitten in einem Selbstgespräch. Das ist durchaus liebenswert, aber auch sehr verwirrend.

PYTHON: Monty, wir sollten mittlerweile

aufeinander eingestellt sein und quasi unsere Gedanken lesen können. Also wirklich.

ICH: Sorry. Du hast recht. Lass uns noch einmal beginnen.

PYTHON: Das verstehe ich einfach nicht.

ICH: OMG! TOTAL! ICH VERSTEHE ES AUCH NICHT!!!

PYTHON: Wow. Overkill.

ICH: Unverschämt.

ICH: Was verstehst du nicht?

ICH: Sollte es sich um ein Mathematikproblem handeln, kann ich leider nicht helfen. Ich bin keine gute Matherin.

PYTHON: Oder gut in Grammatik. Matherin gibt es nicht.

ICH: Jetzt schon.

ICH: Erzähl, was verstehst du nicht?

PYTHON: Ach ja, da war was. Ich verstehe nicht,

warum wir nicht zusammen abhängen. Wir schreiben uns seit drei Wochen.

ICH: Wir sind dabei, uns besser kennenzulernen.

PYTHON: Monty, du hast den Namen für den verdammten Hasen ausgesucht. Wir daten praktisch.

ICH: Warum hast du mich nicht längst auf ein echtes Date eingeladen?

PYTHON: WEIL DU MICH NICHT LÄSST!

ICH: Oh. Stimmt. Richtig.

PYTHON: Möchtest du das? Ein Date?

ICH: Nein. Glaube ich nicht.

PYTHON: Also nur vögeln?

ICH: Das war der Plan, oder? Wir wollen uns aus unseren Systemen vögeln.

PYTHON: Das ist der Plan.

ICH: Dann bleiben wir einfach bei dem

Sich-besser-Kennenlernen, gefolgt von Aus-dem-System-Vögeln. Danach kann jeder seiner Wege gehen.

PYTHON: Genau. Ja. Das ist ein guter Plan.

ICH: Solange du dich nicht vorher in mich verliebst.

ICH: (Ich wollte das schon immer mal gesagt haben. So ein Spruch kommt in so vielen Filmen vor und ist eigentlich total dämlich, weil sich der Typ dann letztlich doch in das Mädchen verliebt ... selbstverständlich.)

PYTHON: Keine Angst, das wird nicht passieren. Mach dir keine Sorgen.

ICH: Richtig. Dann ist alles klar.

PYTHON: Yeah. Bin dabei.

PYTHON: Gut.

PYTHON: Ich werde mal gehen. Ist gerade bisschen peinlich geworden hier.

ICH: Deine Schuld, nicht meine.

PYTHON: Das ist voll deine Schuld. Aber rede dir das weiter ein, wenn es dir hilft, nachts zu schlafen, Monts.

ZEHN

MONTY

»Was ist in letzter Zeit mit dir los? Du klebst ja förmlich an deinem Handy.«

Mein Blick hebt sich von dem Display und ich sehe den gleichen verärgerten Ausdruck in Dennys Gesicht, den sonst unsere Mutter ihr entgegengebracht hat. Lustig, wie die Dinge sich verändern.

»Wovon redest du?«

Das sage ich nur, um einen Hauch von Haltung zu bewahren, denn ich weiß genau, was sie meint. Ich hänge in letzter Zeit sehr an meinem Handy.

Mit letzter Zeit meine ich die letzten drei Wochen.

Es ist nicht so, als wäre es die ganze Zeit, aber oft genug, dass es auffällt. Sicher, er ist der Erste, an den ich am Morgen denke. Und ja, er ist auch mein letzter Gedanke, wenn ich zu Bett gehe. Aber das liegt daran, dass wir noch überdreht sind von unserer Begegnung im *Lola's*. Oder?

»Ich rede davon, dass du von deinem Handy besessen bist. Du nimmst es sogar mit auf die Toilette und das ist einfach nur ekelig, denn da fliegen Kot-Partikel durch die Luft.« Sie rümpft angewidert die Nase. »Wenn Mädchen überhaupt ›groß machen‹ würden, natürlich.«

Ich versuche, mir ein Lachen zu verkneifen. Man kann noch so weit weg von der Heimat sein, gewisse Dinge sind in Fleisch und Blut übergegangen, das fällt einem gar nicht mehr auf. Unsere Mutter hat uns immer erzählt, dass über gewisse Körperfunktionen zu reden vulgär sei, keine Dame würde sich jemals darüber auslassen. Und so vermeiden wir bis heute, über so etwas zu sprechen.

Ich finde es eigentlich absurd, denn es sind normale und natürliche Prozesse.

Aber so wurden wir erzogen – dass wir brav und anständig sind, Anweisungen folgen und unseren vorbestimmten Weg gehen. Einen schmalen Weg.

Einen Weg, den wir nicht selbst wählen durften.

Alles wurde uns diktiert, von der Kleidung, dem Haarschnitt bis hin zur Universität und dem Fach, das wir belegen sollten. Im Vokabular der Andrews-Kinder gab es kein *Nein*, auch kein *Ich will nicht* oder *Ich mag das nicht*. Martha und Clark haben dir gesagt, was du magst und fertig.

Denny hat dagegen rebelliert. Ich hingegen nahm die klare Struktur an. Bis es zu weit ging und sie mich gedrängt haben, den Heiratsantrag von meinem Ex anzunehmen.

»Mit wem kommunizierst du eigentlich die ganze Zeit?«, fragt sie mich.

Ich merke, wie sich mein Körper anspannt und plötzlich bin ich sehr darüber verärgert, dass ich Denny nicht anlügen kann. Selbst eine kleine Notlüge wie *Ach, niemand*. Ich schaffe es nicht. Sie würde es sofort erkennen. Keine Ahnung, ob es ein Zwillingsding ist oder was anderes, aber sie konnte mir meine Lügen schon immer an der Nase ablesen.

»Robbie.«

Ihre Stirn legt sich in Falten. »Wer?«

»Robbie.«

Diesmal rollt sie die Augen. »Ja, mein Gehör ist völlig in Ordnung, Montana.«

»Nun, Denver, du hast mich gefragt, wer es ist, und das habe ich gesagt.«

»Wo hast du ihn denn kennengelernt? Du warst ja nicht viel unterwegs außer …« Sie schweift ab und ihre Augen werden groß. »Niemals!«

Ich nicke, wohl wissend, dass sie eins und eins zusammengezählt hat.

»Der Typ vom *Lola's*? Du schreibst die ganze Zeit mit dem Typen vom *Lola's*? Dein Ernst?«

»Ja.«

Sie klatscht in die Hände und springt auf der Couch hin und her.

»Wie läuft es? Zeig mir all die schmutzigen Bilder, die er dir geschickt hat. Ich will seinen Schwanz sehen!«

Diesmal verdrehe ich die Augen. »Nein.«

»Er hat dir aber Dick-Pics geschickt, stimmt's?«

»Ähm, nein. Wir machen so was nicht.«

Sie täuscht ein Gähnen an und legt dramatisch ihre Hand über den Mund.

»Langweilig!«

»Denny, bitte sag mir, dass du keine Nacktfotos an fremde Männer schickst.«

»Natürlich nicht.« Sie lächelt. »Ich poste sie auf Snapchat.«

Mir fällt die Kinnlade runter. »Du bist verrückt.«

»Ich habe Spaß.« Sie zuckt mit den Schultern, als wäre es keine große Sache. Und für sie ist es auch keine, aber ich könnte so etwas nie tun. Auf keinen Fall.

Dieser große Unterschied zwischen mir und meiner Zwillingsschwester verblüfft mich. Wir sind so gut wie das genaue Gegenteil voneinander. Merkwürdig, wie man neun Monate lang eine Gebärmutter mit einer Person teilt, näher können sich zwei Menschen kaum kommen, und doch haben wir so gut wie nichts gemein.

Denver ist wild und sorgenfrei. Ich bin zurückhaltend und bedacht. Sie ist ein Männer-Magnet. Und mir kommt es vor, als hafte ein Anti-Männer-Duft an mir. Sie hat »Erfahrung«, verglichen mit ihr bin ich praktisch unberührt.

Wir sehen sogar anders aus.

Denver hat schulterlanges dunkelbraunes Haar und ihre Haut verbrennt nicht gleich nach fünf Minuten in der Sonne. Ich hingegen schlage mich mit meinen roten Locken rum, die mir fast bis zum Po gehen, und einem so blassen Teint, dass ein Geist mich für seinen Doppelgänger halten würde.

»Wenn ihr euch nicht schmutzige Fotos schickt, was schreibt ihr euch denn?«

»Wir unterhalten uns.«

Sie seufzt und wirft sich zurück in die Kissen, nimmt die Fernbedienung in die Hand und zielt sie gelangweilt auf den

Fernseher. Sie sieht eine Reality-TV-Serie, die alles andere als interessant ist.

»Typisch Monty.«

»Was soll das heißen?«

»Das soll heißen, du gehst auf Nummer sicher, so wie du es immer machst.«

»Ich geh nicht immer auf Nummer sicher«, halte ich dagegen, hebe das Handy hoch und fuchtle damit in ihre Richtung. »Ich unterhalte mich mit einer Person, mit der ich nicht auf Nummer sicher ging.«

»Du hast mit einem Typen in einer Bar rumgemacht. Das ist keine große Sache.«

»Nicht für dich, für mich aber schon.«

Sie spitzt die Lippen. »Guter Punkt. Trotzdem. Du brauchst mehr Abenteuer, mehr Spaß. Du solltest ...«

»Ich sollte es drauf ankommen lassen. Yeah, das hast du schon mal gesagt. Aber mir geht es gut mit dem, was Robbie und ich haben. Wir lernen uns kennen, gehen es langsam an.«

»Der Typ macht dir hoffentlich nichts vor.«

»Wie soll er mir via Text was vormachen?«

Sie schüttelt den Kopf. »Du hast keine Ahnung, was Männer angeht. Das ist typisches Männerverhalten, sie flirten in Textform und verstecken ihr wahres Ich. Sie tun so, als wären sie jemand, den du mögen könntest. In Wahrheit aber sind sie ganz anders. Er will dir nur an die Wäsche und nutzt dafür seine süßen, aber falschen Worte. Wenn er dann mit dir geschlafen hat, hörst du nie wieder von ihm.«

Ich hebe eine Augenbraue. »Klingt, als sprichst du aus Erfahrung.«

Sie wirft mir einen bösen Blick zu, aber sie sagt nichts weiter. Und ich will mich nicht zu weit aus dem Fenster lehnen.

»Außerdem, Robbie ist anders. Er ist süß und ... *nett.*« *Und unverschämt frech.*

»Woher willst du wissen, dass er wirklich so ist?«

»Weil ...« Plötzlich verstumme ich, weil ich merke, dass ich vorsichtig sein muss. Ich habe Denny noch nicht erzählt, was im Schuhladen passiert ist. Sie weiß nicht, dass ich Robbie nach der Sache im *Lola's* schon wiedergesehen habe. Wenn es nach mir geht, soll sie das auch nicht erfahren. Sie würde sonst eine große Nummer draus machen und das ist das Letzte, was ich auch noch brauche.

Zudem gefällt es mir, was immer da zwischen uns ist, auch nur zwischen uns zu haben. Es geht Denver nichts an.

»Weil ich es weiß«, sage ich schließlich.

»Klar, du weißt das von den Texten, die er dir schickt. Weil man ja einen Menschen so gut über SMS kennenlernen kann. Ach, Monty.«

Ich würde ihr gerne widersprechen, aber mir fehlt dazu die Energie. Ich habe Robbie via SMS besser kennengelernt als jede andere Person, die ich bisher in meinem Leben getroffen habe. Das liegt auch daran, dass wir uns hinter dem Display verstecken können. Trotzdem glaube ich, dass da etwas zwischen uns ist. Die Chemie stimmt.

Oder vielleicht rede ich mir das alles bloß ein, weil ich

mich in Wahrheit in einen Mann verknalle, über den ich letztlich nichts weiß.

Ich bin ein Wrack.

»Willst du, dass ich aus meiner Komfortzone komme, oder nicht?« Ich gestikuliere mit meinem Handy in ihre Richtung. »Was ich hier gerade mache, eine Konversation mit einem Fremden führen, ist Meilen außerhalb meiner Komfortzone. Das weißt du genauso gut wie ich.«

»Es ist ein Anfang. Aber du brauchst mehr. Du weißt, dass du mehr brauchst.«

Ich weiß. Ich will Robbie wiedersehen. Aber das ist nicht unbedingt, was Denny meint.

»Ich werde nicht mit irgendeinem Typen in einer Bar was haben, Denny. Ich bin nicht …«

Ihre Augen werden zu Schlitzen. »Nur zu. Sag es.«

Ich sage es nicht.

»Ich, hm, Monty? Du bist nicht wie ich. Das wolltest du eigentlich sagen, richtig?« Sie lacht, aber es klingt nicht lustig, sondern dunkel und gehässig. »Ich wusste, das würde passieren, wenn du hierherziehst. Du verurteilst mich, anstatt zu begreifen, was für ein hochnäsiger Gutmensch du bist.«

Wenn ich eine Sache gelernt habe, seit ich Anfang des Sommers zu Denny gezogen bin, dann, dass ihre Männergeschichten nicht besprochen werden dürfen. In unserer ersten gemeinsamen Woche hat sie zwei unterschiedliche Typen mit nach Hause gebracht. Wenn das ihr Ding ist, okay. Als ich sie darauf ansprechen wollte, ist sie mir sofort an den Hals gesprungen und hat mir vorgeworfen, ich würde sie verurteilen. Ich konnte keinen Widerstand leisten und das Thema war damit durch. Eine weitere Auseinandersetzung möchte ich auf jeden Fall vermeiden.

»Denny, ich habe das so nicht gemeint«, versuche ich, sie zu beruhigen.

»Gut.« Sie verschränkt die Arme vor der Brust. »Gut.«

Dann stapft sie in die Küche und fängt an, in den Schränken zu kramen. Ich höre ein sehr bekanntes Geräusch, gefolgt von dem Klick der Tür der Mikrowelle. Ich weiß, dass sie Popcorn macht. Popcorn ist meine Schwäche. Und es ist Dennys Art, sich so für ihren Ausraster zu entschuldigen.

Mir ist klar, dass sie die gemeinen Worte, die sie mir ins Gesicht geworfen hat, nicht so gemeint hat. Es tut trotzdem weh. Ihr ist klar, dass sie mich verletzt hat. Sie weiß auch, dass ich ihr das so nie sagen würde.

»Wie wäre es, wenn wir zwei heute Abend ausgehen? Vielleicht finden wir für dich noch jemanden, mit dem du dich unterhalten kannst. Nicht nur der Fremde von vor drei Wochen, der noch nicht einmal schmutzige Bilder verschickt.«

»Mir gefällt es, worüber Robbie und ich uns unterhalten.«

»Wahrscheinlich redet ihr über Häschen und Welpen«, antwortet sie leicht genervt, und ich kann nicht anders, als zu lachen.

»Wenn du wüsstest«, flüstere ich.

»Wie?«

»Nichts!«

»Okay.« Die Mikrowelle piept, und sie öffnet die Tür. »Au, au! Fucking fuck. Ist diese Scheiße heiß!«

Sie füllt den Inhalt in eine Schale, so wie ich es mag, und kommt damit zurück ins Wohnzimmer.

»Wie dem auch sei«, sagt sie, während sie sich zu mir auf die Couch setzt, sich eine Handvoll Popcorn nimmt und mir dann die Schale reicht. Sie spricht die Worte *Es-tut-mir-leid* nicht aus, ich weiß aber, was diese Geste bedeutet. »Heute Abend, du und ich, *Lola's*. Lass uns tanzen gehen.«

»Muss ich?«

Ihr Blick fällt auf mich, dann auf das Popcorn. Vielleicht war das doch keine Entschuldigungsgeste. Vielleicht wollte sie mich nur aufwärmen, bevor sie mit ihrem Vorschlag ankommt. *Haha – aufwärmen, wie das Popcorn.*

»Ja, du musst. Es ist Samstag. Wir sitzen nicht den ganzen Abend in unserem Schlafanzug rum. Und du musst dein Handy wegpacken, wenn wir unterwegs sind. Kein Rob. Heute Abend ist Mädelsabend. Du vergeudest zu viel Zeit mit diesem Kerl. Du musst raus und sehen, was sonst noch auf dem Markt ist. Du weißt schon. Echte Männer.«

»Er heißt Robbie«, verbessere ich sie, aber es scheint sie nicht zu interessieren. »Wenn das ein reiner Mädelsabend sein soll, bedeutet das nicht, dass wir keine Typen abschleppen werden?«

Sie rümpft die Nase. »Sei nicht verrückt, Monty. Wir werden sehen, wohin der Abend uns führt.«

• • •

»Ich kann es nicht fassen, dass du dich nicht umgezogen hast.«

Ich schaue auf mein Outfit und zucke mit den Schultern. »Warum sollte ich?«

»Weil du aussiehst, als würdest du zur Kirche gehen, nicht in eine Bar.«

»Ich trage den kürzesten Rock, den ich habe!«, zische ich. »Den würde ich nie in die Kirche anziehen.«

»Er geht dir trotzdem bis zum Knie.«

»Das sind mindestens fünf Zentimeter *über* dem Knie, Denny.«

»Prüde«, antwortet sie grinsend. »Komm, lass uns einen Tisch finden.«

Ihr Kommentar verunsichert mich. Ich ertappe mich, wie ich unsere Outfits miteinander vergleiche, während wir uns durch die volle Bar drängen. Denny trägt hautenge Jeans und ein Top, das an ein Bikinioberteil erinnert und nicht in der Öffentlichkeit getragen werden sollte. Ich hingegen trage meinen kürzesten Rock und fühle mich darin halb nackt, auch wenn er fast bis zum Knie reicht. Mein Oberteil bedarf keines zweiten Blickes, ein einfaches weißes T-Shirt. Dazu trage ich bequeme Sneaker aus Stoff. Denny hat mich geschminkt und mir die Haare gestylt. Ich fühle mich richtig rausgeputzt.

Wir drehen eine Runde durch die Bar, dann steuern wir einen der wenigen freien Tische an.

»Besser als nichts«, sagt sie mit einem Seufzer, bevor sie den Kellner zu uns winkt.

Ein Typ, der aussieht, als käme er direkt vom Set von *Jer-*

sey Shore schlendert zu uns, und ich sehe, wie Dennys Augen zu leuchten beginnen.

Sie scheint ihre Beute für den Abend gefunden zu haben.

»Was kann ich euch hübschen Hammerfrauen bringen?«

Denny fällt sofort auf seinen falschen Charme rein, aber mir ist klar, ihm geht es nur ums Trinkgeld.

»Ich hätte gerne einen Shot eures feinsten Tequilas und einen Wodka Tonic.«

»Kommt sofort, Babe.« Dann richtet er seine Aufmerksamkeit auf mich. »Und für dich, Red?«

Ich erschaudere bei dem Spitznamen. Es ist nicht das erste Mal, dass ich ihn zu hören bekomme ... typisch.

»Für mich einen Eistee. Ohne Zucker!«, füge ich rasch hinzu. Ich vergesse gerne, dass ich in den Südstaaten bin und ich den Eindruck habe, dass man mich mit Zucker zu vergiften versucht.

Denver schnaubt genervt. »Wie jetzt? Du trinkst keinen Alkohol?«

»Nach dem, was letztes Mal passiert ist, auf keinen Fall. Außerdem, es schadet nicht, wenn eine von uns nüchtern bleibt.«

»Du bist die Fahrerin heute Abend? Das gefällt mir«, sagt der Kellner grinsend. »Bin gleich zurück, Ladys.«

»Wie?«

»Hä?«

»Ich sagte, wie? Wie um alles in der Welt schaffst du es, dass nach nur fünf Minuten in dieser Bar der Kellner schon verrückt nach dir ist?«

»Es muss der kurze Rock sein«, kontere ich.

Sie lacht und flippt ihr Haar über ihre Schulter. »Du wirkst so süß, aber deine Zunge kann messerscharf sein. Das liebe ich an dir, Monty.«

Ich winke ab. »Vertrau mir, der ist nicht an mir interessiert. Seine Augen hingen an deinem Ausschnitt.«

»Hast du tatsächlich Ausschnitt gesagt? Ich glaube, ich habe noch nie solch vulgäre Sprache aus deinem so reinen kleinen Mund gehört.«

»Wenn du willst, kann ich auf der Stelle noch weitere vulgäre Wörter sagen.«

Sie lacht, denn sie weiß genau, dass das nicht stimmt.

»Komm, lass uns die Männerlage im Raum auschecken. Und du sagst mir, wen du für dich willst.«

»Ähm, keinen von denen?«

»Hör auf mit dem Bullshit, Monty. Wir sind hier, um Spaß zu haben. Du bist hier, um Spaß zu haben. Okay?«

»Ich kann Spaß haben und nur hier am Tisch sitzen«, halte ich dagegen. »Ich bin mir sehr sicher, man wird mir was zum Süßen mit dem Eistee bringen. Ich kann die Zuckerpäckchen zählen.«

Denny tut so, als müsste sie gähnen. »Kommt nicht infrage.«

Ein groß gewachsener Latino mit den faszinierendsten dunklen Augen, die ich je gesehen habe, tritt an unseren Tisch. Er hat kurz geschnittene Haare und volle Kusslippen.

»Das habe ich gesehen.« Er schenkt Denver ein strahlendes Lächeln. »So früh an einem Samstagabend sollte nicht gegähnt werden. Wie wäre es, wenn wir auf die Tanzfläche gehen und dich wieder aufwecken?«

Sie spitzt ihre Lippen und sieht ihn von oben bis unten an. »Hm ... Sag mir erst, wie du heißt.«

»Aber natürlich«, er reicht ihr seine Hand. »Ich bin Jarred.«

»Jarred.« Sie spürt, wie sich der Name auf ihren Lippen anfühlt. »Das gefällt mir. Ich bin Denver. Zeig mir deine Tanzkünste, Jarred.«

Sie legt ihre Hand in seine ausgestreckte und er zieht sie mühelos hoch. Als er sie zur Tanzfläche führt, grinst sie kurz zu mir zurück.

»Du bist als Nächste dran!«

Ich schüttle vehement den Kopf, und ihr Lachen vermischt sich mit der Musik und hallt etwas nach, bis es in der Masse untergeht.

Der Kellner kommt mit den Getränken zurück an unseren Tisch und runzelt die Stirn, als er sieht, dass Denny fehlt.

»Deine Begleitung ist schon weg?«

Ich nicke in Richtung des Gedränges. »Nein, sie hat nur neue Beute gefunden. Du bist vom Haken.«

Er lacht und schüttelt den Kopf. »Da bin ich erleichtert. Ich spiele sowieso nicht für ihr Team.« Er zwinkert mir zu. »Falls ihr noch was braucht, ruft mich oder winkt mir zu. Ich bin übrigens Kayden.«

»Wird gemacht. Danke, Kayden.«

Er eilt weiter zum nächsten Tisch, und ich bleibe allein zurück.

Viele Menschen würden sich allein in einer vollen Bar unwohl fühlen. Nicht ich. Ich bin ... entspannt, ich fühle mich wohl. Ich sitze inmitten des Chaos, und keiner achtet auf mich. Es ist das Beste aus beiden Welten.

Ich lasse meinen Blick durch den Raum gleiten, beobachte die Menschen, als wäre es mein Zugang zu dieser anderen Welt. Ich sehe ein Paar rumknutschen, ein anderes Paar streitet. Hier und dort sitzen weitere Leute allein, dazu Gruppen von Freunden, die irgendetwas zu feiern haben.

Ich sehe zur Bar, schaue mir die Leute auf den Barhockern an – und ich falle vom Stuhl, als ich vertraute Tattoos entdecke.

Er hat mir seinen Rücken zugekehrt, aber ich weiß genau, wer das ist.

Robbie.

Sein Kopf ist zu einer Frau mit dunkelblonden Haaren geneigt, ihr Gesicht strahlend vor Lachen. Sie ist wunderschön, mit langen Beinen, gebräunter Haut und wildem, lockigem Haar. Sie ist das genaue Gegenteil von mir.

Mein Herz sinkt.

Es ist nicht so, als wäre Robbie »mein« – er ist frei und kann machen, was er will –, aber ich dachte, wir hätten was *Besonderes.*

Du ziehst voreilige Schlüsse, Monty.

Natürlich. Ich weiß, ich habe recht. Ich kenne sie gar nicht. Vielleicht kennt er sie auch nicht. Es muss nicht heißen, dass die zwei auf einem Date sind. Vielleicht sind sie nur Freunde. Sie könnte auch ...

Einfach *perfekt für ihn sein.*

Er wirft seinen Kopf in den Nacken und lacht. Sie lacht noch mehr und lehnt sich dabei zu ihm.

Sie sehen so gut zusammen aus, so glücklich.

Ich will wegrennen, weinen, mich unter meiner Bettdecke vergraben, bis ich nicht mehr an ihn denken muss.

Stattdessen stehe ich auf und laufe zur Bar.

Ich komme nicht sonderlich weit, denn Denny schneidet mir den Weg ab, nass geschwitzt vom vielen Tanzen.

»Hey«, sagt sie, greift meine Hand und zieht mich zurück zu unserem Tisch. »Regel Nummer eins in einer Bar: Lass dein Getränk niemals unbeaufsichtigt. Du könntest unter Drogen gesetzt werden. Wo wolltest du denn hin?«

»Ich wollte an die Bar.«

Ihr Blick fällt auf mein volles Glas und sie grinst. »Du wolltest dir Alkohol holen, um deinen Eistee zu pimpen, oder?«

»Kennen wir uns? Ich dachte immer, Zwillinge sollten diese innige Verbindung haben und alles übereinander wissen.«

»Lass mir meine Träume, Monty. Wenn nicht wegen Alkohol, warum wolltest du dann zur Bar?«

»Ich …«

Ich weiß nicht, ob ich Denny sagen soll, dass Robbie hier ist. Sie wird mich in irgendeine peinliche Lage bringen, zu ihm rübergehen, ihn beschimpfen und mir vorhalten, dass er mir die ganze Zeit nur was vorgemacht hat.

Ich möchte mich damit nicht auseinandersetzen.

Aus reiner Neugierde schaue ich kurz zur Bar.

Er sitzt immer noch dort. Sie auch. Sie wirken sehr vertraut miteinander.

»Wer ist das? Kennst du sie?« Sie reckt den Hals, um auch

einen Blick auf die Unbekannte zu werfen. »Ist sie jemand von deiner Arbeit? Sie ist unverschämt hübsch. Ich möchte sie zu gern fragen, wie sie ihre Haare lockt. Verdammt, sieht das gut aus.«

»Ich kenne sie nicht«, sage ich leise.

Denny schaut weiter zu den beiden. »Warum starrst du sie dann so komisch an? Du und dein Menschen-Beobachten …«

Langsam wendet sie sich mir zu, ihre Augen werden immer größer und ihr Mund steht offen.

»Monty. Ist das Robbie?«

»J-ja.«

»Ist das Robbie mit einer *anderen* Frau? Der gleiche Robbie, vor dem ich dich gewarnt habe?«

Und los geht's. »Ja.«

»So ein Arsch!«

Sie springt auf und marschiert in seine Richtung, bevor ich mich aus der Schockstarre lösen kann und hinter ihr hereile, allerdings nicht, ohne mir ihre Getränke zu schnappen – meinen Eistee lasse ich in der Eile stehen.

Ich sehe, wie sich Dennys Lippen bewegen, ohne Zweifel teilt sie ihre Meinung ungefragt mit Robbie, während ich mich, so schnell ich kann, durch die Menschenmasse zu ihnen dränge.

Bei ihnen angekommen, höre ich noch, wie Robbie sagt: »Du bist nicht Monty.«

»Offensichtlich. Ich bin ihre Zwillingsschwester.«

Robbies haselnussbraune Augen richten sich auf mich und ich sehe, wie sich sein Mundwinkel nach oben bewegt.

»Du hast mir nie erzählt, dass du eine Zwillingsschwester hast.«

Ich zucke mit den Schultern. »Du hast nie gefragt.«

»Ich bitte um Verzeihung. Absolut mein Fehler. Ich setze das auf die Liste der Dinge, die man jeden fragen sollte. ›Hi, nett, dich kennenzulernen. Übrigens, hast du einen Zwilling? Ich frage nur für den Fall, dass ich in der Öffentlichkeit von jenem Zwilling angepöbelt werde. Ich will nur sichergehen, dass es sich nicht um dich handeln könnte. Das verstehst du sicher, oder?‹« Robbies Grinsen wird breiter. »Ich werde andauernd von Andrews-Schwestern attackiert!«

»Was? Wir haben dich *nicht* attackiert!«, behauptet Denny.

»Das sehe ich anders.«

»Sieh es, wie du willst, Freundchen. Wir haben dir nichts getan.«

Er gibt sich Mühe, nicht zu lachen, und presst die Lippen zusammen. An mich gerichtet sagt er: »Du hast ihr nichts erzählt?«

»Psst, Robert.«

»Sie nennt dich Robert?«, wirft die Frau ein, die ich fast ganz vergessen hatte vor lauter Robbie-Sexiness.

»Das erkläre ich dir später, Denver.«, antwortet er ihr lässig.

»Woher kennst du meinen Namen?«, schnauzt Denny ihn an. Sie beschützt mich, wenn sie das Gefühl hat, jemand behandelt mich falsch. »Monty, woher kennt er meinen Namen?«

»Von mir.«

»Und von welcher Attacke spricht er?«

»Er hat Wahnvorstellungen.«

»Hat er nicht«, widerspricht Robbie. »Aber er ist sehr gespannt, wie du ihr das erklären willst.«

»Robert!«, fauche ich ihn an.

»Montana!«, lacht er zurück.

»Ich bin zwei Sekunden davon entfernt, dieses Getränk nach dir zu werfen.«

Seine Augen verdunkeln sich, aber nicht auf eine bedrohliche Art, sondern es ist ... sinnlich. »Du willst gar nicht wissen, welche Gedanken mir gerade durch den Kopf gehen.«

Ich schlucke und trete einen Schritt von ihm weg – nicht, weil ich Angst vor Robbie hätte, sondern weil ich Angst davor habe, was ich tun könnte, wenn ich so nah bei ihm bin, wenn er mich so ansieht.

Denver lässt ein leises Knurren von sich. »Würde jemand so freundlich sein und mir erklären, was hier los ist? Ich bin langsam genervt und will endlich diesem Arsch eine klatschen.«

»Warum willst du mir eine klatschen?«, fragt Robbie. Dann schüttelt er den Kopf. »Nein, nein. Dazu später mehr. Erst Monty.«

»Ich hasse dich«, murre ich.

Er kichert. »Lügnerin.«

»Monty.« Denver sagt meinen Namen scharf, sie ist am Ende ihrer nervlichen Fahnenstange angelangt.

»Mir geht es genauso«, die schöne Frau zeigt auf meine

Schwester. »Ich habe keine Ahnung, was hier los ist und will es wissen.«

»Gut!« Explodiere ich und zeige auf Robbie. »Dieser Kerl hat mich letzte Woche im Einkaufszentrum gestalkt und mich aus dem Laden gezogen, um mit mir zu knutschen. Dabei trug ich noch die Schuhe, die ich anprobiert hatte. Er hat mich zum Stehlen verführt!«

Robbie sitzt mit einem großen Grinsen auf dem Gesicht da, und die Frau lacht und gibt ihm einen Klaps auf den Rücken.

»Du bist unverbesserlich, Robbie. Die Aktion hätte Caleb auch bringen können.«

»Wer ist Caleb?«, frage ich.

Die Frau steht auf und reicht mir lächelnd ihre Hand. »Hi, ich bin Zoe, eine von Robbies besten Freunden. Auch wenn er mir nicht berichtet hat, dass er aus dir einen Dieb gemacht hat, hat er mir schon viel von dir erzählt. Ich freue mich, dich zu treffen, Monty.«

»Ich ... ich ...«

»Dachtest du, das hier wäre ein Date? Niemals. Robbie ist wie ein Bruder für mich. Und außerdem ist er ein *Dad*.« Sie schüttelt gespielt angewidert ihren hübschen Kopf. »Egal, wie süß seine Brut sein mag, Kinder sind nicht mein Fall.«

»Nun, schön, dich kennenzulernen, Zoe.«

Denny verzieht das Gesicht und macht ein Geräusch. »Das heißt, du bist keine Schlampe?«

Zoe prustet vor Lachen. »Nicht mehr.«

»Also kcinc Ohrfeige für dich?«

Robbie verschränkt die Arme vor der Brust, zieht die Augenbrauen hoch und die Mundwinkel runter. »Diesmal nicht. Vielleicht beim nächsten Mal?«

Ein Lächeln breitet sich über dem Gesicht meiner Schwester aus. Ihr gefällt die Antwort und ich sehe, wie sie Robbies Charme verfällt. »Klingt gut.« Sie schnappt sich ihren Shot und Wodka Tonic. »Ich ziehe mich zurück und lasse euch zwei allein quatschen.«

Zoe fragt sie schnell: »Darf ich dir Gesellschaft leisten?«

»Klar. Ich will dein Geheimnis hören, wie du dein Haar so hinbekommst.«

»Ich wurde so geboren, Girl.«

»Wirklich? Krass. Ich will, dass meine ...«

Der Rest der Konversation wird von der Menge verschluckt, und ich sehe, wie die zwei sich einen neuen Tisch angeln.

Nun sind nur noch Robbie und ich übrig.

Seine Hand greift meine und er zieht mich so nah an sich ran, dass ich zwischen seinen starken Beinen stehe. Seine Finger streifen über mein Kinn und er neigt mein errötetes Gesicht zu sich. Seine Berührung ist sanft und fordernd. Ich bin verrückt danach.

»Hi«, sagt er, als sich unsere Blicke treffen.

»Hi«, flüstere ich zurück.

»Hast du wirklich gedacht, ich wäre mit einer anderen Frau hier?«

»Ich ... ich weiß nicht, was ich denken soll, Robbie. Ist ja nicht so, als hätten wir darüber geredet, was der Status ist, während wir ... nun ja, während wir das hier machen. Können wir andere Leute treffen? Was weiß ich? Bis jetzt haben wir nur über *den* Plan gesprochen.«

»Glaubst du, ich bin der Typ, der mehrere Frauen gleichzeitig im Bett hat?«

»Fragst du mich tatsächlich gerade, ob ich glaube, dass du der Typ für einen Dreier bist? Denn das kann ich dir gleich sagen, das kommt für mich gar nicht infrage.«

Er lacht und zieht mich noch näher an sich ran. Er legt seine Hände an meine Hüften und die Stellen, die er berührt, stehen in Flammen.

»Nein, ich meinte unterschiedliche Frauen parallel. Andrerseits, da du es schon erwähnst ...« Mein Blick verfinstert sich, und er muss wieder lachen.

»Nein, ich habe das nicht von dir gedacht. Ich war nur etwas ... verwirrt. Und ich hatte keine Ahnung, dass Denver dich so anmachen würde. Das tut mir leid.«

Er zuckt seine muskulösen Schultern. »Kein Ding. Wenn ich ehrlich bin, ich hätte wahrscheinlich genauso reagiert, wenn ich dich mit einem anderen Typen gesehen hätte.«
»Bist du ein eifersüchtiger Mann?«

»Eigentlich nicht. Und das wirft einige Fragen für mich auf, die ich lieber auf später verschiebe. Was mich viel mehr interessiert, ist, ob du mir vielleicht doch nachstellst. Ich meine, erst der Schuhladen, jetzt hier.« Er schüttelt den Kopf. »Es scheint fast, als könnte ich dir nicht entkommen.«

»Ich bitte dich. Als würdest du mich loswerden wollen.«

»Da liegst du gar nicht so falsch.« Sein Griff wird fester, aber nicht so fest, dass es wehtut. Er fährt mit der Zunge über die Lippen und sie schimmern einladend. »Ich bin froh, dass du hier bist und mich stalkst.« »Ich bin auch froh, dass ich hier bin.«

»Und es tut mir leid, dass du dir Sorgen gemacht hast wegen Zoe. Sie ist nur eine gute Freundin. Versprochen.«

Seine Augen flehen, dass ich ihm glauben soll. Aber das ist nicht nötig.

»Ich glaube dir. Du musst dir keine Sorgen machen.«

»Gut. Ich hatte schon Angst, ich hätte es in den Sand gesetzt, bevor es richtig losgegangen ist zwischen uns.«

»Oh? Es ist noch nicht losgegangen?«

»Babe, was du bis jetzt erlebt hast, ist bloß der Anfang.«

Ich lache und stoße ihn weg von mir. Ich drehe mich um und setze mich auf den Barhocker, auf dem vorher Zoe saß.

»Wenn du mir nicht nachstellst, was bringt dich sonst hier in die Bar?«

»Um ehrlich zu sein, du.«

Er zieht die Brauen hoch und gibt dem Barkeeper ein Zeichen, ohne dabei den Blick von mir zu lösen. »Nun bin ich neugierig.«

»Denny hatte sich beschwert, dass wir viel zu viel texten. Außerdem glaubt sie, dass du mich an der Nase rumführst.«

»Deshalb war sie so scharf darauf, mich zu ohrfeigen.«

»Richtig. Aber sie ist verrückt. Ignorier sie einfach.«

»Lässt sich machen. Aber ich muss nachhaken. Warum meint sie, dass ich dich an der Nase rumführe? Wie kommt sie auf diese absurde Idee?«

»Sie hat oft schlechte Erfahrungen gemacht, sodass sie es an mir auslässt.« Ich zucke mit den Schultern. »Sie denkt, du willst nur mit mir schlafen und machst dich dann aus dem Staub.«

»Das ist daneben. Andrerseits liegt sie nicht falsch. Das ist doch unser Plan, oder? Wir lernen uns besser kennen, ziehen es durch und kriegen es aus unserem System. Wir schließen den Kreis, bringen das zu Ende, was wir angefangen haben. Und dann geht jeder seiner Wege?«

Wo er es so klar sagt ... »Ich denke, du hast recht.«

»Aber das hast du ihr so nicht erzählt, oder?«

Ich schüttele den Kopf. »Habe ich nicht.«

»Habe ich mir gedacht. Darf ich fragen ... warum denn nicht? Bin ich dir peinlich?«

»Was? Nein! Wirklich nicht. Es ist nur ... das bin nicht ich. Und Denny weiß das. Wenn du meinst, sie wäre eben ausgerastet, warte, bis sie von unserem Plan hört.«

Er reibt sich über seine Bartstoppeln. »Das kann ich mir gut vorstellen. Okay, ich akzeptiere deine Antwort.«

»Danke vielmals.«

Der Barkeeper hat es endlich zu uns geschafft.

»Was darf's sein?«

»Für mich noch ein Corona und einen ungesüßten Eistee für die Lady.«

Der Typ hinter der Bar nickt und holt unsere Getränke.

»Woher wusstest du, was ich trinken will?«

»Weil du es gern sicher spielst, Monty, und du bist selbst süß genug, da brauchst du keinen extra Zucker. Und du hast mir von deiner Tee-Obsession erzählt.« Er zwinkert und dreht sich zum Barkeeper, der mit unseren Getränken zurückkommt.

Bei diesen Worten rutscht mir mein Herz in die Hose. Nicht, weil ich ihm von meinem Lieblingsgetränk erzählt habe und er sich daran erinnert hat. Nein, weil er recht hat.

Ich spiele es immer sicher. Ich will aber nicht, dass Robbie so über mich denkt. Sicher ist gleich langweilig und ich will alles andere sein, aber nicht langweilig.

Ich will das Mädchen sein, mit dem er Spaß in der Bar haben kann, das einen neuen Typen kennenlernt und keine Angst davor hat, etwas zu wagen.

Ich will frei sein.

»Tanz mit mir«, sage ich plötzlich.

Mit der Flasche kurz vor seinen Lippen schaut Robbie mich überrascht an. »Du tanzt?«

»Nein, aber ich kann es lernen.«

»Und du willst, dass *ich* es dir beibringe? Ich schaff aber nur *bump* und *grind*.«

»*Bump* und was?« Ich verdrehe die Augen und nehme einen Schluck von meinem Getränk. »Egal. Lass uns einfach tanzen. Wenn ich zu lange darüber nachdenke, mache ich es nicht. Aber ich will es.«

»Ein glücklicher Zufall – ich will es auch.«

Ich werfe ihm einen ernsten Blick zu. »Irgendwie habe ich den Eindruck, dass wir von zwei unterschiedlichen Es sprechen.«

»Two can become one.«

»Hast du gerade die Spice Girls zitiert?«

Sein Mund klappt auf. »Du kennst die Spice Girls?«

Ich zucke nur mit den Schultern. »Was? Denny hat die CD geklaut, als das Album rauskam.«

»Diebstahl scheint bei euch in der Familie zu liegen.«

»Robert!«

»Ist ja gut.« Er rutscht vom Barhocker und ragt über mir. »Lass uns tanzen.«

Ich lege meine Hand in seine ausgestreckte und er führt mich zur Tanzfläche.

Es läuft ein schnelles Lied, das ich nicht kenne. Robbie fasst mir an die Hüften und zieht mich näher zu sich. »Bist du dir sicher, dass du das willst?«

»Ja. Warum? Sollte ich Angst haben?«

Er schmunzelt, als er die Panik in meiner Stimme hört. »Nein. Aber ich werde lachen, wenn du scheiße tanzt.«

»Du bist gemein.«

»Ich habe das Gefühl, dass es dir gefällt.«

Unsere Körper bewegen sich zusammen und wir finden einen Rhythmus. Es ist leicht und macht einfach Spaß. Aber ich bin wirklich nicht gut darin. Ich bin mir sicher, ich sehe wie ein totaler Volltrottel aus und jeder in der Bar kann es sehen. Robbie hat nicht gelogen, als er sagte, er würde lachen. Es macht mir nichts aus, denn ich habe einfach Spaß.

Mit fuchtelnden Armen und so.

Nach drei Liedern lässt er seine Hände auf die Knie fallen, immer noch lachend, und stützt sich ab.

»Okay, es reicht. Nein. Ich kann nicht mehr. Du kackst so krass ab, es tut weh beim Zuschauen.«

»Dann zeig mir, wie es geht, du Fiesling!«

»Oh, Fiesling. Das hat gesessen.«

»Komm schon, Robbie. Ich will das hinbekommen!«,

schreie ich über die laute Musik. Das Lied endet und ein langsamer Song folgt.

»Okay, das sollte ich schaffen«, meine ich und gehe einen Schritt näher zu ihm. Ich positioniere meine Arme, wo sie sein sollten.

»Was zum Teufel soll das denn werden? Kein Standardtanz in einer Bar!«

»So tanzt man doch langsam? Und es ist ein langsames Lied, oder?«

»Das ist kein Disneyfilm. Komm her.«

Er packt meine Hüften und zieht mich so schnell zu sich, dass mir ein *»Hmpff«* entweicht, als unsere Körper aufeinanderprallen. Die Musik wird um uns lebendig und Robbie führt meine Arme hoch zu seinem Nacken, dann greift er meine Hüften und bewegt sie so, dass sie zu seinen passen. Er fängt an, uns im Rhythmus der Musik zu bewegen und ich habe so etwas noch nie in meinem Leben erfahren. Unsere Körper gleiten aneinander, als dürften diese Bewegungen nur hinter verschlossenen Türen stattfinden.

Es ist so sinnlich und so *sexy*.

»Das ist kein Lied zum Langsamtanzen, oder?«, frage ich, während wir unsere Stirnen aneinander ruhen lassen.

»*Das*, liebe Monty, ist *bumping* und *grinding*.«

Er drückt sein Becken fester an mich und ich spüre seine harte Länge, die nicht mehr zu leugnen ist.

»Okay, ich will dir mal glauben«, flüstere ich, während ich bei diesem Körperkontakt nur meine Augen schließen kann.

»Ich kann das nur schwer aushalten.«

Ich schlucke den großen Kloß im Hals runter. »Ich auch.«

»Seit Wochen machst du mich verrückt. Ich kann nicht aufhören, an dich zu denken, kann nicht aufhören, mir vorzustellen, dich zu küssen.«

»Dann hör auf, es dir nur vorzustellen.«

Er rückt etwas weg und grinst. »War das deine Art, mich aufzufordern, dich zu küssen?«

»Was, wenn ich *Ja* sage?«

In seinen Augen lodert die Lust, dunkel und feurig. »Gib mir eine Antwort, Monty. Gib mir eine Antwort, jetzt.«

»Was willst du von mir hören?«

»Ich will, dass du mich bittest, dich zu küssen.«

Ich schaue rauf zu ihm. Er ist so ... Robbie.

Ich kann es nicht anders beschreiben. Wir sehen so absurd zusammen aus, ineinander verschlungen mitten auf der Tanzfläche ... Seine dunkle Haut neben meiner ... Sein starker, großer Körper über meiner kleinen Figur.

Wir machen keinen Sinn zusammen. Aber ich bin es leid, hier einen Sinn zu suchen.

Ich will endlich die Nacht der Leidenschaft, die er mir versprochen hat. Ich will wissen, ob es sich so gut wie das hier anfühlt, wenn ich mich mit ihm in den Laken wälze.

Ich will ihn und ich werde aufhören, mir etwas anderes einzureden.

»Was ist, wenn ich mehr will als küssen?«

Sein Atem wird schwer und ich sehe, wie er sich zusammenreißen muss.

»Monty …«, seine Stimme ist rau und heiser. »Sag nichts, was du nicht wirklich meinst.«

»Und wenn ich es ernst meine?«

Er stöhnt und seine Hand gleitet in meine. Seine Stirn liegt an meiner und unsere Nasen reiben aneinander. »Fuck«, murmelt er.

Ein weiteres Stoßgebet. Und ich antworte.

Ich stelle mich auf meine Zehenspitzen, bis meine Lippen sein Ohrläppchen berühren.

»Nimm mich mit nach Hause, Robbie.«

ELF

MONTY

»Ich sollte Denny eine Nachricht schreiben.«

»Schon erledigt.«

»Wie denn?«

»Ich habe Zoe geschrieben und sie hat Denny Bescheid gegeben. Alles ist in Ordnung.« Er zieht mich an meiner Hand. »Komm. Das Taxi ist gleich da.«

»Taxi? Aber ich bin doch gefahren. Ich kann nicht einfach mein Auto hier stehen lassen.«

Er bleibt abrupt stehen und ich stolpere in ihn hinein. Er dreht sich zu mir um, fasst mich an den Armen und drückt mich an die nächstliegende Wand. Ich muss zugeben, mir gefällt es immer mehr, zwischen Robbie und eine Wand gedrückt zu werden, oder an ein Waschbecken, egal, gegen irgendeine harte Oberfläche.

Ohne Warnung lehnt er sich runter zu mir und seine Lippen senken sich auf meine. Der Kuss ist eilig und fest, als würde er befürchten, mich nie wieder küssen zu können.

Das ist Unsinn, denn wir sind auf dem Weg, *viel* mehr zu tun, als nur zu küssen.

Sein Mund löst sich von meinem. »Wie soll ich den ganzen Weg zu mir nach Hause schaffen, ohne dich dabei küssen zu können?«

»Denkst du wirklich, wir würden vor einem Fremden im Taxi rummachen?«

»Ja.« Er ist sich seiner Antwort sehr sicher. Er weiß genau, was wie und wo passieren wird. Und er liegt da nicht falsch.

Jedes Mal, wenn Robbie seine Lippen auf meine presst, bin ich verloren – so verloren, dass ich nicht gefunden werden will. Dann ist mir egal, ob wir Publikum haben.

Sein Handy macht ein *Ping*-Geräusch, er zieht es aus der Hosentasche und schaut aufs Display. Seine Augen leuchten. Die Nachricht scheint gut zu sein.

»Das Taxi ist hier. Lass uns gehen.«

Er nimmt meine Hand und wir eilen zum Ausgang vom *Lola's*.

Wir drücken uns in den Rücksitz des Taxis und Robbie gibt dem Fahrer seine Adresse. Wir fahren los und es wird still. Ich bin mir bewusst, dass Robbie mich nicht aus den Augen lässt, aber ich schaue nicht zu ihm rüber.

Zum einen liegt es daran, dass ich genau weiß, dass ich ihn küssen will, sobald sich unsere Blicke treffen. Zum anderen beginne ich, nervös zu werden. Es fühlt sich gerade alles so ... real an.

Ich werde gleich Sex haben. Mit Robbie.

Einem Mann, den ich vor drei Wochen kennengelernt

habe. Einem Mann, an den ich ohne Unterbrechung denken muss. Einem Mann, der mich mit seinem dummen Grinsen zum Lodern bringt.

Ich muss nur einen Weg finden, ihm zu erklären, dass ich noch Jungfrau bin. Am besten, bevor wir bei ihm ankommen.

Wie stellt man das an? Es ist nicht so, als hätte ich darüber jemals mit meinem ehemaligen Verlobten gesprochen. Meine Eltern haben ihm von Anfang an erklärt, dass ich mich für die Ehe aufzubewahren hätte. Und er hat das respektiert. Wenn man das *respektieren* nennen kann, dass man mit allen vögelt, die nicht bei drei auf dem Baum sind.

Robbie hat keine Ahnung davon. Wir haben das Thema nie angesprochen. Und es ist nicht so, als liefen hier viele Ü-zwanzig-Jungfrauen rum.

Wie soll ich das Thema ansprechen?

Ich spüre seinen Blick auf mir und ich rutsche in meinem Sitz nervös hin und her.

Ich höre, wie er seine Hand über den Sitz schiebt. Seine Finger berühren sanft meine und ein Schauer fließt durch meinen Körper. Ich komme mir *so* dumm vor.

Wenn eine kleine Berührung das in mir auslöst, was wird erst passieren, wenn wir nackt im Bett liegen? Wie wird es sich anfühlen, wenn unsere Körper sich aneinanderschmiegen und all die delikaten Stellen sich berühren?

Wie soll ich das nur überleben?

»Monty.«

Es klingt nicht nach einer Frage, aber es ist auch keine

Feststellung. Er sagt meinen Namen, als könnte er nicht anders.

»Ja?«

»Ich möchte dich wieder küssen.«

Ich bin auf seiner Seite des Taxis, bevor ich mich stoppen kann. Ich drücke meinen Körper an seinen und trotz der Dunkelheit findet meine Hand seine. Wir klammern uns aneinander, aber es reicht nicht. Ich glaube, es wird nie genug sein. Seine Hand ist an meiner Hüfte, seine Finger gleiten fest über meine Konturen, immer wieder. Er greift mich und zieht mich auf seinen Schoß.

Ich stöhne erleichtert, als ich ihn endlich fühle.

Das ist es, was ich vermisst habe.

»Wenn diese Fahrt weitergehen soll, müsst ihr euch anschnallen«, ruft der Taxifahrer belustigt.

Robbie zwingt sich, seinen Mund von meinem zu lösen, und seufzt dramatisch. Seine Augen sind glasig und ich erkenne, dass er es in diesem Moment bereut, nicht mein Auto genommen zu haben.

Er deutet mit dem Kopf zur anderen Seite des Sitzes. »Wäre besser, wenn du zurückrutschst. Es sind noch ein paar Meilen, und wir wollen unser erstes Mal nicht hinter irgendwelchen Büschen im Park haben.«

Widerwillig rücke ich von ihm ab.

Apropos erstes Mal …

»Ro-«

»Ich weiß noch, wie es war, so verliebt zu sein wie ihr zwei. Das waren die besten fünf Minuten meines Lebens.« Der alte Mann lacht.

Robbie und ich tauschen Blicke aus.

»Wir sind nicht verliebt. Wir wollen nur …«

» … Druck ablassen«, ergänzt Robbie.

Der Taxifahrer dreht sich um und zwinkert. »Sag ich ja, die besten fünf Minuten.«

Ich versuche, höflich zu lachen, und sinke tiefer in den Sitz. Robbie macht sich daran, dem Fahrer den Weg zu seinem Wohnkomplex zu erklären.

Mein Herz schlägt zu schnell.

In wenigen Minuten werde ich in Robbies Wohnung sein. Dann in seinem Schlafzimmer. Dann unter seiner Decke.

Geht das alles zu schnell? Bin ich total verrückt, dass ich das hier mache? Werde ich es bereuen? Werde ich …?

»Hier sind wir«, verkündet der Fahrer. »Das macht zweiundzwanzig fünfzig, bitte.«

Robbie kümmert sich um die Bezahlung, steigt aus und reicht mir seine Hand, um mir zu helfen.

»Viel Spaß euch zweien. Tut nichts, was ich nicht tun würde«, ruft uns der Taxifahrer zu, bevor er davonfährt.

Wir sagen kein Wort, während Robbie meine Hand nimmt und mich die Einfahrt entlangführt.

Es ist ruhig für einen Samstagabend. Das Einzige, was man hören kann, sind die vorbeifahrenden Autos und die zirpenden Grillen. Vor der Wohnungstür kommen wir zum Stehen und Robbie holt seinen Schlüsselbund aus der Hosentasche. Als er den Schlüssel ins Schloss steckt, dreht er den Kopf zu mir und sieht mich fragend an.

»Monty, bist du dir wirklich sicher?«

Ich beiße mir auf die Unterlippe und schaue zu ihm rauf.

Ich kenne ihn noch nicht lang und vielleicht bin ich komplett verrückt, dass ich das hier mache, aber jeder Teil meines Seins schreit laut Ja.

»Mach die Tür auf, Robbie.«

Ohne ein weiteres Wort folgt er meiner Anweisung.

Mir strömt ein süßlicher Geruch entgegen. Ich bin überrascht, immerhin weiß ich, dass er hier allein wohnt.

»Was duftet hier so wunderbar?«

»Lavendel. Ich habe einen Raumdiffuser für ätherische Öle.«

»Ich will ehrlich sein. Ich habe mit dem Geruch von schmutzigen Socken oder so was gerechnet. Aber nicht mit Lavendel.«

»Ich bin jetzt eine Art Ordnungsfreak. Früher war ich sehr unordentlich, aber seit ich allein wohne, versuche ich, Ordnung zu halten.«

»In der Wohnung deines Kumpels lässt du dich gehen, aber wenn es dein eigenes Zuhause ist, nicht?«

Ich sehe, wie er etwas errötet. »Ich komme mir wie ein Arsch vor.«

»Ertappt …« Ich zucke grinsend mit den Schultern, während ich an ihm vorbei in den Raum gehe.

Die Wohnung ist klein, aber gemütlich. An den Wänden hängt nichts, dafür ist das riesige marineblaue Sofa voller bunter Kissen, genug, um das Zimmer lebendig wirken zu lassen. Auf der anderen Seite der Couch steht ein minimalistisches Sideboard mit einem Fernseher. Er ist riesig und nimmt fast die ganze Wand ein.

»Bist du sicher, dass das Ding groß genug ist?«

Er lacht. »Vielleicht ist der Fernseher ein bisschen groß geraten.«

»Meinst du?«

»Hey, wir Männer brauchen unsere Spielzeuge.«

»Ich mag die Wohnung. Sie ist süß und … warm.«

»Sie ist nichts Besonderes, aber für uns reicht es.«

»Wir? Ach ja. Ich habe deine Brut fast vergessen. Wo ist er heute Abend?«

»*Eigentlich* sollte er hier sein, es ist mein Wochenende mit ihm. Aber er ist bei Zach und Delia. Vor ein paar Wochen habe ich ihm versprochen, dass er bei ihnen übernachten darf. Glück für uns, sonst wären wir nicht hier.«

»Delia … das ist die Frau, die Zach über die falsche Nummer kennengelernt hat?«

Er nickt. »Umstände, die ein bisschen an unsere erinnern.«

»Stimmt.«

Man kann buchstäblich die sexuelle Spannung in der Luft spüren, aber ich bin auch verunsichert und nervös … Ich habe ihm immer noch nichts von dieser leidigen Jungfräulichkeitssache erzählt.

»Wo hast du das süße Kaninchen versteckt?«, frage ich zur Ablenkung.

»Du willst Thumbelina sehen? *Jetzt?*«

»Ja, Robbie, jetzt. Wir müssen nicht sofort ins Bett fallen und vögeln, oder? Wir haben die ganze Nacht.«

»Wir haben auch die ganze Nacht für das Kaninchen Zeit.«

Ich grinse ihn an. »Was? Du wirst mich nicht so erschöpfen, dass ich es danach nicht mehr aus dem Bett schaffe?«

Er geht ein paar Schritte auf mich zu, bis er groß über mir aufragt.

»Glaub nicht, dass ich keine besonderen Pläne habe, Monty. Ich bin bereit, mit dir die ganze Nacht im Bett zu verbringen.«

Sein Versprechen hallt wie ein Echo durch meinen Körper und meine Knie werden weich.

Diese Nacht wird die beste Nacht meines Lebens.

»Wo ist Thumbelina?«

Er lacht und nimmt mich mit in die kleine Küche. Ähnlich wie im Wohnzimmer ist auch die Küche sauber und einfach, noch nicht einmal Geräte, die rumstehen. Ich bin beeindruckt.

Neben der Hintertür steht ein kleiner Käfig, der den ganzen Platz dort einnimmt. Darin eingerollt ist ein zimtfarbenes Fellknäuel, meine neue Obsession.

»Sie ist so *süß*! Ich bin verliebt. Darf ich sie halten?«

»Klar. Sie ist ein bisschen schreckhaft und es kann sein, dass sie dir entschlüpfen will.«

»Ich will sie nur einmal berühren. Ich wette, sie ist superflauschig.«

»Weicher geht es nicht. Ich ertappe mich dabei, wie ich sie für eine dumm lange Zeit einfach nur halte und streichele. Es ist ein bisschen peinlich, wie sie mich krass um den Finger gewickelt hat.«

»Quatsch. Du bist ein Vater. So ein Verhalten steckt einfach tief in dir.«

»Da sagst du was.« Er kniet sich hin und öffnet den Käfig. »Hey, meine Kleine. Wie geht es dir?« Er nimmt das Kaninchen behutsam in seine Hand.

Es wirkt nur für einen kurzen Moment panisch, bis es erkennt, wer sie hält.

»Da bist du ja.« Sie windet sich in seinen Arm und kuschelt sich an ihn. »Wie war dein Abend?« Thumbelina macht ein paar kleine Geräusche und es ist einfach zu süß, wie die zwei sich unterhalten.

»Willst du sie halten?«, fragt er mich.

»Wenn ich ehrlich bin, vielleicht ein anderes Mal. Sie sieht so entspannt aus und ich möchte sie nicht erschrecken.«

»Bist du dir sicher? Sie wird sich nach ein paar Minuten beruhigen.«

»Ich bin sicher«, sage ich ihm, auch wenn ich nichts sehnlicher möchte, als das weiche Fell zu berühren.

Robbie grinst. »Du kannst sie streicheln.«

Ich atme laut aus. »Danke dir. Ich wäre fast gestorben.«

Ganz vorsichtig lasse ich meine Finger über das Fell gleiten und es ist so weich, wie ich es mir vorgestellt hatte.

»Wie groß wird sie noch werden?«

»Nicht größer als jetzt. Sie ist ein Zwergkaninchen.«

»Ich glaube, sie würde in meine Handtasche passen«, kommentiere ich.

»Du musst auf Droge sein, wenn du glaubst, dass ich sie dir überlasse.«

»Komm schon. Können wir sie uns nicht teilen? Bitte?«,

bettle ich. »Ich komme auch regelmäßig vorbei und geh mit ihr spazieren und säubere ihren Käfig.«

»Erstens, man geht mit Kaninchen nicht spazieren. Zweitens: Jemanden zu haben, der den Käfig säubert, das wäre keine schlechte Idee ... Drittens: Monty, planst du etwa eine gemeinsame *Zukunft*?«

Robbies freches Grinsen lässt mir die Röte ins Gesicht steigen und ich versuche, meinem Instinkt, mich hinter meinen Haaren zu verstecken, nicht nachzugeben. Stattdessen lache ich über seinen Kommentar. »Ich plane eine gemeinsame Zukunft mit Thumbelina. Du wärst nur der Bonus.«

Ich sehe, dass ihm meine Antwort gefällt. *Mir* gefällt meine Antwort, auch wenn sie mir ganz schön Angst einjagt.

»Fucking hell«, murmelt er und beugt sich runter, um das Tier zurück in den Käfig zu setzen. »Du wirst mich noch ins Verderben führen.«

»Gib der süßen Thumbelina nicht so viel Verantwortung, Robbie. Unhöflich.«

Sein Blick richtet sich auf mich. »Ich meine dich.«

»Ich weiß«, grinse ich zurück. Ich nicke zum Waschbecken. »Darf ich mir die Hände waschen?«

Ich wasche mir schnell die Hände und trockne sie ab, dann beginne ich, die Küche zu erkunden. Ich öffne und schließe Schubladen und schaue mich um.

»Alles ist so ... minimal.«

»Ist das deine höfliche Art, mir zu sagen, dass ich null Deko-Skills habe?«

»Nein. Ich meine eher … okay, vielleicht schon. Aber ich finde es gut.«

Ich laufe zum Kühlschrank und öffne die Tür. Robbie lehnt sich gegen die Arbeitsfläche und schaut mir zu, wie ich die Küche erkunde.

»Sogar der Kühlschrank wird inspiziert, verdammt.«

»Ich muss nachsehen, dass da keine Körperteile drin sind.«

»Die habe ich im Keller gelagert.«

Ich klopfe mir mit einem Finger an die Schläfe. »Sehr klug.«

»Ich weiß. Willst du, dass mein Essen verdirbt?«

»Hm?« Er deutet mit dem Kopf auf den offenen Kühlschrank. *»Oh, sorry.«*

Ich erlaube mir einen schnellen Blick in den Kühlschrank und bin verwundert, wie viel gesundes Essen da ist.

»Nicht, was du erwartet hast, oder?«

»Ich hätte schwören können, da wären lauter Take-away-Boxen drin. So sieht es zumindest in unserem Kühlschrank aus. Denny ist nicht sonderlich talentiert in der Küche und für einen allein zu kochen, macht auch nicht viel Spaß.«

»Du kochst?«, fragt er überrascht.

»Ich experimentiere.«

»Nicht schlecht. Ich versuche, so viel es geht, zu kochen. Das macht das Dad-Life etwas leichter.«

»Kann ich mir denken.«

Wir verstummen, und die Realität der Situation überkommt mich. Ich bin in Robbies Wohnung, in seinem Revier. Ich erkunde seine Schubladen und seinen Kühlschrank, lerne sein Haustier kennen. Ich bin in sein Leben getreten und es fühlt sich so komisch an, dass ich diesen Mann noch vor einem Monat gar nicht kannte.

Wenn wir das heute Nacht machen, wenn wir unseren Plan in die Tat umsetzen, dann ist das alles auf einen Schlag vorbei.

Ich bin mir nicht sicher, ob ich das will. Aber ich bin mir sicher, dass ich nicht will, dass heute Nacht *nichts* passiert.

Mit jedem Schritt, den ich auf ihn zugehe, steigt die sexuelle Spannung zwischen uns. Ich mache erst halt, als sich unsere Zehen berühren. Ich nehme meinen Mut zusammen und sehe in seine suchenden Augen.

»Ich bin bereit.«

ZWÖLF

ROBBIE

Ich bin bereit.

Nur drei kleine Worte und mein Schwanz drückt so hart gegen meine Jeans, dass es schmerzt.

Ich reiße sie an mich, mein Mund findet ihren im Bruchteil einer Sekunde. Fuck … sie fühlt sich so verdammt gut an, an meinen Körper gepresst, es ist, als wäre sie für mich gemacht. Und das ist ein Gefühl, das ich so nicht kenne.

Ihr Körper ist weich und nachgiebig, ich spüre, wie er mehr will, um mehr fleht.

Ich will mehr. Ich brauche mehr. *Dringend.*

Meine Hand gleitet seitlich an ihr herunter, bis ich ihren Arsch packe. Ich hebe sie hoch, so weit, dass sie ihre Beine um meine Hüfte schlingen kann. Dann drehe ich uns, bis sie auf der Anrichte sitzt.

»Hast du es vermisst, Monty?«

Beim Klang ihres Namens höre ich sie leise seufzen. »Weißt du, dass du seufzt, wenn ich deinen Namen sage?«

Ihre Wangen glühen sofort rot auf, so rot, wie ich sie bis

jetzt noch nicht gesehen habe. Sie schlägt mir spielerisch gegen die Brust und kichert nervös. »Stimmt nicht!«

»Stimmt wohl.«

Sie lässt ihren Kopf fallen, eine ihrer weiteren typischen Reaktionen. Sanft hebe ich ihr Kinn und unsere Blicke treffen sich wieder. »Monty, es stimmt. Und es ist das sexyeste Geräusch, das ich je gehört habe.«

»Glaube ich nicht. Ich komme mir dumm vor.«

»Du magst mir vielleicht nicht glauben, aber mein steinharter Schwanz lügt nicht.«

Ihre meergrünen Augen leuchten vor Verlangen.

»Das gefällt dir, oder? Du magst es, wenn ich schmutzig mit dir rede. Es macht dich an und du fühlst dich lebendig.« Sie nickt. »Yeah, das habe ich mir gedacht.«

Mein Mund nimmt sich ihren erneut, aber diesmal weniger behutsam als eben. Ich weiß, dass sie es will. Es dauert nicht lange und sie rutscht auf der Anrichte nach vorne, ihr Körper sucht meinen, verlangt nach Kontakt.

Sie stöhnt auf, als sich unsere Körper endlich berühren. Ihre Hüften wiegen sich, sie holt sich die Reibung, um die ihr Körper sie bittet.

Ich merke, wie mir die Knie weich werden, und ich weiß nicht, wie lange ich das noch aushalte.

Ich muss in ihr sein – jetzt.

»Schlafzimmer«, raune ich, als ich sie von der Arbeitsfläche hebe und sie in den Flur trage, ohne dass meine Lippen von ihren lassen. Ich glaube, von diesen Küssen kann ich nie genug bekommen.

Mit einem Tritt ist die Schlafzimmertür offen, und ich

trage sie zum Bett. Sanft lege ich sie ab und gehe einen Schritt zurück, um mir die Schuhe auszuziehen.

Monty sitzt da, schwer atmend und ihr Blick lässt nicht von mir. Ich kann die Lust in ihren Augen sehen.

»Du solltest dein T-Shirt ausziehen«, sagt sie.

Ich lache und sehe, wie sie erneut errötet. »Dein Wunsch sei mir Befehl«, antworte ich und ziehe mich aus.

Mit freiem Oberkörper, barfuß und nur mit der Jeans bekleidet stehe ich vor ihr. Sie steht vom Bett auf und tritt so nah an mich, dass mein Brustkorb sie bei jedem Atemzug sanft streicht. Sie legt eine Hand auf meine nackte Brust und meine Haut brennt bei ihrer Berührung.

»Ich habe mich gefragt, ob du mehr hast.«

Ich traue mich nicht, zu sprechen, und nicke nur.

»Robbie ... ich glaube, das ist das Schönste, was ich je gesehen habe. Warum der Phönix und der Drache?«

»Mir gefällt, wofür sie stehen. Kraft und Mut, Wiedergeburt und zweite Chancen. Als Xavie geboren wurde, hat es mich ganz schön aus der Bahn geworfen. Das hat mein Leben verändert und es war der Beginn eines neuen Lebens.« Ich zucke mit den Achseln. »Es passt.«

»Und es zieht hier rauf und ...« Ihre Finger streichen langsam und vorsichtig über meine Brust und Schulter, sie folgen dem Bild auf meiner Haut. » ... es geht immer weiter.«

Ich drehe mich langsam, damit sie sich alles in Ruhe ansehen kann. Das Tattoo bedeckt fast meine gesamte Vorderseite, beide Schultern und endet auf meinem Rücken. Es hat mich viele Stunden im Tattoo-Studio gekostet und noch mehr Geld, aber am Ende war es das wert. Der Drache und der Phönix zusammen – das bin ich.

Ihre Hände erkunden meinen Oberkörper und ich kann kaum atmen, während ihre Finger jeden Millimeter berühren.

Ich drehe mich zu ihr. Sie schenkt mir ein schüchternes Lächeln.

»Robbie, du bist wunderschön. Ein echtes, lebendiges Kunstwerk. Es ist fantastisch.«

»Rede weiter, dann zeige ich dir, was noch fantastisch sein kann.«

»Kein Widerspruch von mir. Hast du noch mehr Tattoos?«

Ohne den Blick von ihr zu lösen, knöpfe ich meine Hose auf und das Geräusch des Reißverschlusses hallt durch den Raum. Montys Haut fängt an, zu glühen, damit hat sie nicht gerechnet.

»Da … unten?«

Ich nicke.

»Auf deinem … Würstchen?«

Ich muss laut loslachen, der Moment ist offiziell ruiniert.

»Verdammt, nein! Hölle, nein. Ich lasse doch keine Nadeln an meinen Schwanz.« Bei dem Wort läuft ein Schauer durch sie, und mein Schwanz reagiert sofort.

Ich ziehe die Jeans aus und kicke sie zur Seite. Ich stehe vor Monty mit nichts an außer den ausgebeulten Boxershorts.

»Auf meinem Oberschenkel.«

Ihr Blick gleitet langsam runter, und mir fällt auf, wie viel Zeit sie sich bei der Inspektion meines steifen Schwanzes lässt. Dann beugt sie sich runter, um noch besser sehen zu können, und mein kleiner Freund zuckt. Er denkt, sie kommt runter zum Spielen. *Chill, Junior.*

»Poseidon.«

»Warum?«

»Du fragst viel.«

»Das höre ich nicht zum ersten Mal.«

»Weil er der Gott des Meeres ist. Ich finde, es gibt nichts Verlockenderes oder Furchteinflößenderes als das Meer. Ich liebe es.«

Sie schaut zu mir rauf. »Du bist ein komplizierter Mann, Robert Cross.«

»Das höre ich nicht zum ersten Mal«, wiederhole ich ihre Worte.

Sie richtet ihre Aufmerksamkeit auf mein anderes Bein und sie scheint sich nicht sicher zu sein, was sie da sieht.

»Weißt du noch, was ich beim ersten Treffen zu dir gesagt habe?«

»Du hast gefragt, ob ich deinen …« Ihre Stimme verebbt, während sie weiter meine Haut erkundet. »Nie im Leben!«

Mit zwei Fingern hebe ich ihr Kinn und unsere Blicke treffen sich. »Hi, Monty. Willst du meinen Python sehen?«

Sie bricht in schallendes Gelächter aus, und ich liebe es, wie sie ihren Kopf in den Nacken wirft.

»Ich dachte, du meinst deinen Penis.«

Ich zucke mit den Achseln. »Ich kann nichts dafür, dass du so pervers bist.«

»Tu doch nicht so. Du hast absolut deinen Penis gemeint.«

»Meinst du? Das wäre doch echt krass, so was einer Fremden zu sagen.«

Ihr Blick wird streng, aber sie grinst, und ich weiß, dass sie mir den Spruch nicht übel nimmt.

»Was sagst du?«

»Hm?«

»Mein Python, gefällt er dir?«

»Fragst du mich ernsthaft, wie ich dein ... Würstchen finde?«

Ich tue entgeistert und schüttle spielerisch den Kopf. »Du und deine perversen Gedanken.«

»Robbie!«

»Robbie junior, wenn ich bitten darf.«

»Du hast ihm einen Namen gegeben?« Sie rollt mit den Augen und murmelt: »Natürlich hast du ihm einen Namen gegeben.« Ich sehe, wie sie sich auf die Unterlippe beißt, um nicht wieder zu lachen. »Dein Python ist wirklich sehr hübsch, Robbie. Lang, dick und so groß, wie ich es mir vorgestellt habe.«

»Du meinst eindeutig meinen Schwanz.«

Sie ist indigniert und sagt: »Dein Tattoo natürlich!«

»Was immer dir hilft, nachts zu schlafen, Babe.« Ich lache, als ich den Blick in ihrem Gesicht sehe. »Ich mache nur Spaß. Ich weiß, du hast beide Schlangen gemeint.«

»Wenn ich ehrlich bin, konnte ich mir die eine noch nicht in Ruhe anschauen. Ich glaube, ich sollte einen zweiten Blick drauf werfen ...«

Monty kniet sich nieder, und ich falle fast zu Boden. Ich stöhne laut, als sie den Bund meiner Boxershorts greift.

»Was machst du da, Monty?«

»Ich entdecke.«

»Du machst mich fertig.«

Sie kichert leise, während sie mein letztes Kleidungsstück entfernt. »Ich weiß.«

Sie lehnt sich zurück und sitzt einfach da.

Und sitzt und sitzt und sitzt.

Und starrt.

»Er bläst sich nicht von allein«, sage ich sanft.

Sofort schließt sie die Augen und beißt sich auf die Unterlippe. »Ich hasse es, dass ich es so heiß finde, wenn du das sagst. Ich sollte genervt sein. So wie du vor mir stehst, mich so ansiehst, kann ich einfach nicht anders.«

Ohne ein weiteres Wort greift sie mit einer Hand ihre langen Haare und zieht sie zu einer Seite, während sie mit ihrer Zunge die Länge meines Schwanzes entlanggleitet.

Ich zische bei der Berührung. Sie hat mich noch nicht ganz in den Mund genommen und es ist schon zu viel.

Ein weiteres langes und ausgedehntes Lecken.

Ich will verdammt noch mal schreien.

Und kommen. Ich will nichts dringender, als endlich zu kommen.

Es scheint wie eine Ewigkeit, bis sie meine Länge in ihren warmen Mund lässt, sie schluckt so viel von mir, wie es geht. Sie hat mich noch nicht ganz in sich aufgenommen, aber ich halte es keine Sekunde länger aus. Ich habe so lange auf diesen Moment gewartet und es fühlt sich zu verdammt gut an.

»Fuck. Shit«, keuche ich. »Monty, stopp. Du *musst* aufhören. Ich explodiere sonst.«

Sie hört nicht auf. Sie macht weiter, nimmt mich mit jeder Bewegung mehr und mehr in ihren Mund. Meine Hand greift in ihre Haare und ich führe sie, zeige ihr den Rhythmus, den ich liebe. Und sie lässt sich auf mich ein. Ihr Eifer lässt meine glühende Lust nur noch mehr aufflammen.

Ich bin kurz vor dem Gipfel, als sie ihren Mund von meinem pulsierenden Schwanz löst und mit ihrer Hand austauscht. Ihre gleitende Bewegung ist die richtige Mischung von Druck und Tempo, es ist genau das, was ich brauche.

Lächelnd schaut sie zu mir hoch. »Du hattest blasen gesagt, oder?«

»Ja.« Mit zwei Fingern streichle ich ihre Wange. »Lass das mit der Hand und nimm mich wieder in deinen Mund.«

Ich sehe das Leuchten in ihren Augen und führe sie zurück zu meinem Schwanz. Mir scheint, dass Monty so richtig auf Dirty Talk steht. So wie ihre Lippen mit meinem Schwanz spielen, habe ich keine Zweifel. Ein neues Feuer ist in ihr entfacht und ihr einziges Ziel ist es, mich zum Explodieren zu bringen. Ihr Wille ist mir Befehl, denn ich bin kurz vor dem krassesten Höhepunkt.

Sanft ziehe ich an ihrem Haar. »Shirt – reich mir das Shirt.«

Sie löst sich von meinem Schwanz und keine Sekunde nachdem sie mir das T-Shirt reicht, komme ich. Monty kniet vor mir, komplett angezogen und starrt mich mit purer Lust in ihren Augen an.

Ich strecke meine Hand zu ihr aus, streichle ihr Gesicht sanft und gebe ihr ein Zeichen, sich aufzurichten.

»Ich bin dran«, meine ich, als sie vor mir steht. Sie atmet schwer, als wäre sie es gewesen, die gekommen ist.

Ich bin erneut überrascht, wie ich mich zu ihr hingezogen fühle. Sie ist unwiderstehlich. Sie ist unkompliziert und so viel mehr. Auf ihr glänzt ein dünner Schweißfilm und sie leuchtet förmlich vor sexueller Befriedigung. Sie ist atemberaubend.

Ich greife mir ihr einfaches weißes T-Shirt – da ist es wieder, dieses Wort, einfach – und ziehe sie zu mir. Ihr stockt der Atem, als ich den Stoff über ihre Taille und ihre Brüste ziehe. Sie hebt die Arme und ich werfe ihr Hemd zur Seite.

Ihr weißer Baumwoll-BH überrascht mich kein bisschen. Ein langweiliger BH, aber in diesem Moment ist er der sexyeste BH, den ich jemals gesehen habe. Ich entdecke kleine Sommersprossen auf ihren Schultern und auf ihren Titten.

Ich will jede einzelne lecken.

Zuerst will ich sie woanders lecken.

Ich greife mir den Saum ihres Rocks und begegne ihrem Blick. Sie beobachtet jede meiner Bewegungen mit verzückter Aufmerksamkeit, still und aufrecht, abwartend.

»Monty, ich werde dir den Rock ausziehen. Dann werde ich dich aufs Bett legen. Ich werde jede verdammte noch so kleine sexy Sommersprosse auf deinen Brüsten küssen und jeden Millimeter deiner langen Beine erforschen. Wenn ich damit fertig bin, werde ich dich verschlingen, bis *ich* satt bin. Und dann will ich wieder von vorne anfangen.«

Sie schluckt ein paar Mal, um meine Worte zu verdauen. Ihre Lippen zittern erwartungsvoll.

»Falls du irgendetwas davon nicht möchtest, dann sage es mir jetzt.«

»Ich will alles.«

Ich ziehe ihr den Rock aus, führe sie zum Bett und lege mich auf sie.

Wie versprochen küsse ich ihre Sommersprossen, während sich ihr Körper mit jeder Berührung windet und biegt. Ihre vollen Brüste quellen fast aus den Körbchen. Mit einer Hand streichle ich ihren Rücken, sodass sie ihren Oberkörper zu mir biegt. Ich löse die Ösen und öffne den BH, um an ihren Nippeln zu saugen.

Sie hilft mir, sie von dem BH zu befreien und ich werfe ihn in die Ecke. Ich höre, wie dabei etwas zu Boden knallt, aber mir ist das scheißegal.

Ihre prallen Nippel haben die gleiche Farbe wie ihre Lippen und sie schreien danach, geküsst zu werden. Mein Mund senkt sich auf einen und ich höre, wie Monty fast schreit. Ich spüre, wie die Lust ihren Körper zum Zucken bringt.

Sie krallt sich in meinen Rücken und macht keine Anstalten, mich wegzudrücken. Es gefällt ihr so gut wie mir. Sie will es.

Ich will es noch mehr.

Ich wechsle zu ihrer anderen Brust und fühle, wie sie in

meine Haare greift und mich fest an sich drückt, als wollte sie, dass ich nie wieder gehe.

Ich will auch für immer bleiben.

Ich taste mich langsam vor und erlaube mir, ihren anderen Nippel sanft zu lecken. Sie fliegt.

»*Oh* …«, stöhnt sie. »Oh du meine Güte.«

Ich lache leise.

»Mehr.«

Ein weiteres Lecken, ein weiterer Seufzer.

Ich könnte damit die ganze Nacht verbringen, aber ich habe mehr vor.

»Wer hätte gedacht, dass du so sensibel bist«, sage ich, als ich meinen Kopf hebe und etwas nach oben rutsche, sodass ich meine Stirn auf ihre legen kann.

Sie atmet schwer, und ich liebe dieses Geräusch. »Wenn ich ehrlich sein soll, ich hatte keine Ahnung. Du machst mich verrückt, Robbie.«

»Ich bin auch verrückt nach dir, Monty.«

Meine Lippen finden ihre und wir gleiten in einen leidenschaftlichen Kuss.

Bevor ich mich zu sehr verliere, löse ich mich und lasse meine Lippen ihren Hals entlang bis zu ihren Titten gleiten. Ich küsse weiter, Millimeter für Millimeter, bis ich bei ihrem braven, einfachen pinken Höschen angelangt bin.

Hier gibt es keine Spitze zu finden. Alles pure Baumwolle. Alles pure Monty.

Meine Finger schnappen sich ihr Bündchen und ich ziehe den Stoff langsam die Beine runter.

Sofort schließt sie ihre Beine fest zusammen, und ich suche ihre Augen.

»Hast du das schon mal gemacht?«

»J-Ja.«

»Mochtest du es?«

»Nicht wirklich. Ihm schien es keinen … Spaß zu machen. Ich habe mich dabei unwohl gefühlt. Es ist nicht unbedingt meine Lieblingssache.«

»Darf ich versuchen, deine Meinung zu ändern?«

»Ich …«, sie wird still.

Ich sehe den inneren Kampf in ihren Augen, sie will es, andererseits ist sie nervös und unsicher. Ich will nicht, dass sie sich mit mir unsicher fühlt. Ich möchte, dass sie erfährt, wie unglaublich diese Erfahrung für sie sein kann, für uns beide.

Ich will sie verdammt noch mal umhauen.

»Wenn du es nicht willst, dann lass ich es. Versprochen. Aber ich brenne darauf, dich zu schmecken, Monty. Ich brenne verdammt noch mal.«

Für eine gefühlte Ewigkeit hält sie mich mit ihrem Blick gefangen. Schließlich nickt sie und öffnet langsam und nur ein kleines bisschen ihre Beine.

Sanft lege ich meine Hände auf ihre Knie und öffne sie ein Stückchen mehr, nur so viel, dass ich Platz habe. Ich lasse sie nicht aus dem Blick, nur für den Fall, dass sie ihre Meinung ändert. Aber das tut sie nicht.

»Ich verspreche dir, es wird sich gut anfühlen.«

»Das werde – ahhhh.«

Ihre Worte bleiben ihr im Hals stecken, als mein Mund sie berührt.

»Das ist ... *oh.*«

Ich lecke sie, streichle all die richtigen Stellen, verändere den Druck, wenn ich merke, dass sie kurz vorm Orgasmus ist. Sie will loslassen und ich bin ganz bei ihr.

»Robbie, bitte«, fleht sie.

Ich löse meinen Mund von ihrer Mitte und lasse einen Finger in sie gleiten. Sofort spüre ich, wie sie meinen Finger fest umschließt, ihr Körper bettelt und will mehr. Ich nehme einen zweiten Finger und kreise meinen Daumen um ihre Perle.

Ihre Hüften bewegen sich rhythmisch. Sie ist so kurz davor, zu kommen.

»Bitte, was?«, flüstere ich und beobachte, wie sie meine Hand reitet.

Ihre Augen sind fest geschlossen und sie schluckt – oder besser, sie versucht, zu schlucken. Ihr Mund ist trocken wie die Sahara, da bin ich mir sicher. *»Bitte.«*

»Sag es, Monty, ich will die Worte hören.«

»Lass mich kommen.«

Ich schiebe mein Gesicht zwischen ihre Beine und bleibe so lange dort, bis sie aus den Fugen gerät.

Ihre abgehackten Atemzüge erfüllen den Raum, aber ich lasse ihr keine Verschnaufpause.

Mein Schwanz tropft und ich weiß, wenn ich nicht in sie eindringe, explodiere ich hier auf dem Bett und das wäre verdammt peinlich.

Ich lehne mich zum Nachttisch, schnappe mir ein Kondom und ziehe es mir über.

Ich schiebe mich zurück zwischen Montys Beine und schlinge sie um mich.

»Letzte Chance«, sage ich. »Gleich gibt es kein Zurück mehr.«

»Hör auf, mir das ausreden zu wollen.«

»Glaub mir, das ist das Letzte, was ich will. Du hast ja keine Ahnung, wie kurz ich davor bin, mich komplett zu entladen. Du machst mich verdammt scharf, Monty. Ich höre noch den Nachhall vom letzten Orgasmus, ich kann dich auf meinen Lippen schmecken. Fuck. Ich will meinen harten Schwanz tief in dir spüren.«

Als sie diese Worte hört, stöhnt sie wieder auf. Sie greift sich meinen Kopf, zieht ihn zu sich und küsst mich heftig. Sie lässt mich wieder frei, grinst und sagt: »Dann hör auf, zu reden, und tu es.«

Wie soll ich bei dieser Einladung widersprechen?

Ich richte meinen Schwanz aus und schiebe mich langsam in sie hinein. Ich will nicht mit Wucht in sie reinknallen. Dafür will ich das hier zu sehr.

Ihre Pussy umschlingt mich. Sie ist heiß und nass und eng.

Sie ist fast ... zu eng, als wäre sie noch nie so gedehnt worden. Als wäre sie noch ...

Nein. Fuck. Das kann nicht sein.

Ich höre auf, mich zu bewegen, und sehe sie an. Sie hält die Luft an und versucht, keinen Laut von sich zu geben. Tränen rinnen über ihre Wangen und verschwinden in ihrem Haar. Es muss schmerzhaft für sie sein.

Das kann nicht wahr sein.

»Monty. Mach deine Augen auf.«

Sie schüttelt den Kopf.

»Fuck. Monty. Schau mich an«, knurre ich.

Ihr tränennasser Blick trifft meinen und für eine Sekunde setzt mein Herz aus. Ich sehe ihren Schmerz und ich hasse es, dass ich der Grund dafür bin.

Gleichzeitig bin ich auch verdammt sauer.

»Wie? Warum? Warum hast du mir nichts gesagt?«

»Es ist nicht unbedingt etwas, was man einem Fremden erzählt, Robbie.«

»Ich bin kein verfickter Fremder. Seit Wochen reden wir über Sex, Monty. Seit Wochen! Und du hast es nicht für nötig gehalten, mir irgendwann zu erzählen, dass du noch nie welchen hattest?«

»Ich wollte es dir sagen. Heute Abend. Aber dann … habe ich es vergessen.«

»Du hast es *vergessen?*«

»Du hast es mich vergessen lassen. Ich habe gar nicht mehr daran gedacht, wie unerfahren ich bin. Das Einzige, woran ich denken konnte, warst du. Ich habe mich im Augenblick verloren.«

»Fuck. Verdammt noch mal, Monty!«

Bei der Wucht der Worte schließt sie die Augen und flüstert: »Es tut mir leid. Bist du sauer?«

»Dass du noch Jungfrau bist? Nein. Das würde mich niemals wütend machen. Aber dass du mir nichts gesagt hast, das macht mich sauer.«

Sie schluchzt leise, und ich bin mir nicht sicher, ob es daran liegt, dass ich noch in ihr drin bin oder weil ich die Wahrheit weiß. »Es tut weh.«

Liebevoll sage ich: »Das ist eine große Nummer. Hätte ich das gewusst, dann wäre ich sanfter gewesen. Ich hätte dich hofiert, eine Kerze angemacht oder so andere romantische Dinge. Ich hätte das hier zu etwas Besonderem für dich gemacht.«

»Wäre mir das wichtig gewesen, dann hätte ich es dir erzählt. Aber ich will all diese Dinge nicht. Ich will nur dich.«

»Da spricht die Lust aus dir.«

»Mag sein«, stimmt sie mir zu. »Aber es ist trotzdem die Wahrheit.«

»Ich will nicht, dass du das hier bereust. Du sollst nicht irgendwann an diesen Moment zurückdenken und es als Fehler empfinden. All meine dummen Kommentare von wegen Vögeln und Bumsen, das waren Scherze. Das weißt du, ja?«

»Ich weiß. Wenn ich das hier nicht wollte, wäre ich nicht hier. Du solltest wissen, ich bin eine, die sich viele Gedanken macht, und das hier, das hab ich mir wirklich gut überlegt. Ich will das hier. Und ich will *dich*.«

»Hast du dich für die Ehe aufgehoben? Wenn ja, dann lass es uns tun. Lass uns durchbrennen, jetzt, sofort. Fuck, Monty, ich heirate dich vom Fleck weg.«

Mit Tränen in den Augen lacht sie laut. Scheiße, wie ich

den Klang ihres Lachens liebe. »Würdest du nicht. Das sagst du nur, um mir ein gutes Gefühl zu geben.«

»Okay, du hast recht. Aber du hast meine Frage nicht beantwortet.«

»Ich habe mich nicht wirklich für die Ehe aufgehoben. Ich glaube, ich habe einfach gewartet.«

Ich seufze und lege meine Stirn auf ihre. So bleiben wir für einige Momente liegen. Ich bin immer noch halb in ihr, mein Schwanz ist immer noch steinhart und ich wünsche mir immer noch nichts sehnlicher, als dass sie vor Lust meinen Namen schreit.

»Du hättest es mir sagen sollen«, flüstere ich leise.

»Ich weiß. Es tut mir wirklich leid, Robbie.«

»Wirklich?«

»Ja. Robbie. *Bitte*. Beweg dich. Es tut zwar weh, aber ich will, dass du dich bewegst. Ich will es hinter mich bringen.«

Ich weiß, sie meint nicht den Akt an sich, sondern mein Vorstoßen, meinen Weg in ihre Tiefe. So folge ich zum ersten Mal an diesem Abend ihrer Anleitung. Langsam und behutsam schiebe ich mich tiefer in sie.

»Ich kann kaum atmen.«

»Ich auch nicht«, antwortet sie.

Sie weint noch und ich weiß, dass ich ihr Schmerz zufüge.

»Es wird besser«, verspreche ich und schiebe mich in kleinen und langsamen Bewegungen vor und zurück. »Es wird so was von unglaublich besser. Der Schmerz wird zu einem Ziehen.« Eine weitere kleine Bewegung. »Und das Ziehen wird zu Lust.« Noch eine Bewegung. »Und ehe du dichs versiehst, entflammt in dir das schönste Gefühl, das du dir vorstellen kannst. Dann wirst du mich um Erlösung anflehen.« Noch eine Bewegung. »Du wirst bitten und betteln.«

Meine Lippen finden ihre. Ich küsse ihren Schmerz weg. Ich küsse all ihre Zweifel davon, die sie in sich trägt. Ich küsse sie so lange, bis meine Lippen taub sind.

Und dann küsse ich sie noch tiefer und länger.

Sie fängt an, sich langsam mit mir mit zu bewegen. Ihr Körper hat mein Eindringen angenommen und Stück für Stück kommt die Lust.

»Geht es dir gut?«

»Ja«, flüstert sie seufzend. »Du hattest recht.«

»Ich weiß«, schmunzle ich und küsse sie erneut.

Ich erlaube mir, mein Tempo zu steigern und die Bewegungen intensiver werden zu lassen. Monty rammt ihre Füße in meinen Arsch und gibt mir auf ihre Art zu verstehen, dass sie mehr will.

Aber ich kann es ihr nicht so leicht machen.

Ich gleite fast ganz aus ihr raus und lasse nur die Spitze an ihrem Eingang. Ich trieze sie und sie weint fast auf, diesmal aus Frustration. Ich kann nicht anders, als zu lachen.

»Sag es«, fordere ich sie auf.

»Du bist wirklich unmöglich.« Mit ihren Fersen versucht sie, mich in sich hineinzudrücken. Aber ich bin stärker. »Robbie!«

»Sag es.«

Sie schluckt. Dann streicht sie mit ihrer Zunge über die Lippen, um sie zu befeuchten.

»Warum ist es dir so wichtig, dass ich es ausspreche?«

»Ich *brauche* es. Ich *muss* es von dir hören. Ich muss von dir hören, dass du das hier willst, dass du das hier auch brauchst. Du hast dich immer so unter Kontrolle. Lass locker. Lass dich von deiner Lust leiten, Monty.«

Noch ein Versuch, mich an sich ranzuziehen, der erneut scheitert, dann atmet sie laut aus.

»Ich versuche, locker zu lassen. Aber du lässt mich nicht.«

»Sag es einfach.«

Sie schlägt ihre Augen auf und ihr Blick trifft meinen. In ihren Augen sehe ich ein rauschendes Durcheinander, dunkles Blau und tiefes Grün, eine Mischung aus Wollen und Lust. Sie *will* mich um Erlösung bitten. Ihr bereitet es Freude.

Es gibt ihr Macht.

»Ich brauche mehr, Robbie.« Ihre Stimme ist eine Oktave tiefer geworden, der rauchige Ton ist zurück. Und er lässt Dinge in mir entstehen, die ich nicht erklären kann. *»Bitte.«*

Ich stoße in sie hinein. Aus den Tiefen ihres Körpers kommt eine Welle, ein Zittern, ein Vorbote der anstehenden Explosion. Ich lehne mich ein kleines Stückchen zurück, so weit, wie nötig, um sie zu beobachten, wie sie zerfällt.

Ihre Augen sind fest zugedrückt, ihr Nacken nach hinten gebogen, ihr Körper unter Spannung.

Sie explodiert.

Und ich liebe jede Sekunde.

Ich werde schneller, schiebe mich tiefer und tiefer, bis ich den Gipfel meiner Lust erreiche und auf ihrer Welle reite.

Ich breche erschöpft auf ihr zusammen, mein Atem kommt nur noch stoßweise.

Ich liege nur da und gebe mir Mühe, nicht mein ganzes Gewicht auf ihr abzulegen.

Wir haben unser Ziel erreicht. Meine Fantasie von vor drei Wochen ist erfüllt. Ich sollte mich … erleichtert fühlen.

Aber das tue ich nicht.

Ich habe von ihr gekostet und ich habe nicht genug.

Was zur Hölle haben wir angerichtet?

DREIZEHN

MONTY

»Verhext und zugenäht …«, murmele ich, während ich mich bemühe, die Decke irgendwie um meinen Oberkörper zu wickeln und gleichzeitig zu pinkeln.

Als ob das der richtige Zeitpunkt ist, züchtig zu sein, Monty.

Ich kann nicht pinkeln. Es fühlt sich an, als wäre zu viel Druck auf meiner Blase. Vielleicht liegt es daran, dass ich weiß, wer hinter der Tür ist.

Robbie.

Nackt.

Und er wartet auf mich.

Wir hatten eben Sex. Und ich bin keine Jungfrau mehr.

Was haben wir getan? Was habe ich *getan?*

Nie zuvor habe ich je etwas so Unmontyhaftes getan. Und ich habe jede Sekunde davon geliebt. Ich spüre noch den Orgasmus in meinem Körper pulsieren. Ich bin hungrig, ich will mehr. Ich will *viel* mehr.

Mit Robbie.

Dieser Gedanke lässt mich innehalten. Abgesehen von

dem leichten Brennen, wenn ich pinkele, und dem kleinen Schmerz zwischen den Oberschenkeln und davon, dass sich meine Muskeln anfühlen, als wäre ich eben fünf Kilometer gerannt, fühle ich mich keinen Deut anders. Der Druck, der sich in mir seit der ersten Begegnung mit Robbie aufgestaut hat, ist nicht weniger geworden. Im Gegenteil, es ist schlimmer.

Für mich ist es jetzt unmöglich, einfach aus der Haustür zu laufen und nie wieder zurückzublicken.

»Alles okay da drinnen?«, höre ich seine Stimme hinter der Badezimmertür.

»J-ja«, antworte ich ihm. »Bin gleich draußen.«

»Gut. Es ist nämlich arschkalt hier. Du hast die Decke mitgenommen.«

Bei dem Geräusch seiner Schritte durch das Schlafzimmer muss ich lächeln, vor allem, als ich höre, wie die Matratze knarzt, als er sich wieder ins Bett legt.

Das Bett, in dem wir Liebe gemacht haben.

Ich seufze leise und rasch fliegt meine Hand vor den Mund. Ich fühle mich albern und durch den Wind, als wäre ich ein Teenager.

Ich. Hatte. Sex!

Und das mit einem umwerfend heißen Mann dazu.

Ein Mann, der darauf wartet, dass ich das Badezimmer verlasse und …

Bei dem Gedanken rutscht mir mein Herz in die Hose.

Will er etwa, dass ich gehe? War es das? Wir haben eigentlich erledigt, was wir uns vorgenommen hatten. Ist es jetzt vorbei? Ich will nicht, dass es vorbei ist.

Und ich habe keinen blassen Schimmer, wie ich Robbie das sagen soll, ohne wie eine jammernde Klette zu klingen.

Uff.

Ich bringe meinen Toilettengang zu Ende – endlich – und nutze einen Waschlappen, den ich unter dem Waschbecken gefunden habe, um mich, so gut es geht, sauber zu machen. Ich wickele mir die Decke erneut um, nehme einen tiefen Atemzug und gehe zurück zu Robbie.

Ich versuche, nicht zu enttäuscht zu gucken, als ich sehe, dass er sich wieder Boxershorts angezogen hat.

»Ich hatte zwar vor, mich nackt und sexy auf dem Bett zu drapieren, aber es ist arschkalt«, erklärt er mir, als könne er meine Gedanken lesen. »Komm her.«

»Warum hast du denn nicht die andere Decke genommen?« Die letzten Worte verschlucke ich, als mein Blick auf den Stoffhaufen in der Ecke fällt.

»Monty, du hast für schmutzige Wäsche gesorgt.«

Am liebsten würde ich vor Scham zurück ins Bad rennen und mich verstecken. »Ach ja, das Blut.«

»Genau. Das Blut. Du weißt schon, von deinem Hymen, dieser Kleinigkeit, die du mir verschwiegen hast. Und, dass es noch intakt war.«

Ich rolle gespielt mit den Augen und rutsche neben ihm auf das Bett, teile aber noch nicht die warme Decke mit ihm. »Du bist mir noch böse?«

Er fährt sich mit der Hand durch die dunklen Locken, dann atmet er tief aus. »Ja und nein. Es ist nur … ich hätte es gern gewusst, verstehst du?«

»Hätte es einen Unterschied gemacht?«

»Fuck, ja!«, ruft er.

»Hätten wir es dann nicht gemacht?«

»Ich ... wir ...« Ihm scheint es schwerzufallen, die richtigen Worte zu finden. »Ich glaube, wir wären am Ende so oder so hier gelandet. Wäre der Weg hierher anders gewesen? Vielleicht. Egal, welche Variante es gewesen wäre, ich hätte dich hier in meinem Bett gewollt. Wir sind zu sehr ... *wir*. Das Resultat wäre das gleiche geblieben.«

»Wir?«

»Genau. Du weißt schon, kompatibel und so. Wir passen gut zusammen auf der sexuellen Ebene.«

Ach so. *Sexuell*. Natürlich.

»Kannst du mir vergeben?«

Er grinst frech. »Ich hätte da ein paar Ideen, wie du es wiedergutmachen kannst.«

»Du willst doch nur, dass ich dein Würstchen wieder in den Mund nehme.«

Er lacht schallend, sodass das Bett wackelt. »Ich schwöre dir, ich werde dich jeden Tag anrufen und darauf bestehen, dass du Würstchen sagst.« Er schnipst mit den Fingern. »Nein, warte! Ich werde dich aufnehmen, wie du Würstchen sagst, und daraus meinen Klingelton machen.«

»Das würdest du nicht tun.«

»Wenn du wirklich glaubst, dass ich das nicht machen würde, dann scheinst du mich doch nicht zu kennen.«

»Du bist vielleicht der interessanteste Mann, der mir je begegnet ist.«

Er lehnt sich zu mir, bis unsere Münder nur noch ein paar Millimeter voneinander entfernt sind. »Ja? Gut so.«

Dann schnappt er sich die Decke und kuschelt sich hinein.

»Gemein!«, rufe ich und versuche mühsam, aber hoffnungslos, die Decke zurückzugewinnen. Ich habe keine Chance, er ist einfach zu stark für mich.

Ich gebe einen verärgerten Laut von mir und falte die Arme vor der Brust.

Meiner Brust.

»Robbie! Ich bin nackt!«

»Dessen bin ich mir bewusst«, grinst er und lässt den Blick genüsslich über meinen Körper gleiten. »Das macht nichts. Ich bin auch nackt.«

»Du hast wenigstens deine Shorts an.«

Er greift unter die Decke und bringt dann seine Boxershorts zum Vorschein, die er um seinen Zeigefinger schwingt wie ein Lasso. Dann lässt er sie in eine willkürliche Ecke des Zimmers fliegen.

»Siehst du? Ich bin auch nackt.« Er wirft das Laken auf. »Komm rein zu mir.«

»Ich rutsch nicht unter die Decke mit dir, wenn wir beide splitterfasernackt sind.«

Seine Augenbrauen berühren fast seinen Haaransatz. »Du machst Witze, oder? Monty. Wir haben eben miteinander geschlafen. Du verstehst, richtiger Sex. Da waren wir so was von nackt und ineinander verhakt.« Er lehnt sich zu mir. »Komm. Hier. Rein.«

Ich hasse und liebe es zugleich, wie mein Körper sofort auf seine Anweisungen reagiert. Es gab einige Situationen in dieser Nacht, in denen er diesen dominanten Ton angeschlagen hat. Und jedes Mal konnte ich ein Kribbeln entlang meiner Wirbelsäule spüren.

Wenn Robbie im Bett den Ton angibt, ist das einfach *heiß*. Und wenn es nach mir ginge, könnten wir das gerne ohne Unterbrechung wiederholen.

Ich krieche unter die Decke, und er rollt auf seine Seite, um mich ansehen zu können.

»Hey«, sagt er leise. Sanft streicht er mir mit einem Finger eine Locke aus dem Gesicht und steckt sie hinter mein Ohr.

»Hi«, flüstere ich zurück.

Für eine Weile sagen wir kein Wort. Wir liegen nur da. Die einzige Berührung, die uns verbindet, ist Robbies Daumen, der sanft meine Wange streichelt. Ich schließe die Augen und gebe mich diesem Gefühl hin.

Ich spüre, wie sich Müdigkeit in mir breitmacht. Aber ich kämpfe dagegen an. Sollten dies die letzten Momente mit diesem Mann sein, will ich keine einzige Sekunde davon verpassen.

»Darf ich etwas super Schnulziges sagen, obwohl ich befürchten muss, dass du meine Männlichkeit infrage stellst?«

Ich muss bei diesen Worten lächeln, öffne meine Augen aber nicht. »Ich kann nichts versprechen.«

»Freche Göre.« Ich spüre einen sanften Kuss auf meiner Nasenspitze. »Danke, dass du mir deinen Körper anvertraut hast, Monty. Danke, dass du mich ausgewählt hast, der Erste zu sein. Danke, dass du mir erlaubst hast, diesen Teil von dir zu bekommen ...« Seine Stimme verliert sich und er bemüht sich offensichtlich, seine Gefühle unter Kontrolle zu bringen. »Ja, einfach danke. Es bedeutet mir sehr viel.«

Meine Augen springen auf und ich stelle überrascht fest, dass seine Augen nass glänzen.

»Robbie, es bedeutet mir auch sehr viel. Und keine Angst, du hast keinen Hauch deiner Männlichkeit verloren.«

Er muss lachen und sein Mund findet meinen mit einem unerwarteten Kuss. Er ist langsam und genüsslich. Sinnlich und weich.

Und dann wandelt er sich zu etwas anderem. Etwas ... mehr. Das wunde Gefühl zwischen meinen Beinen ist längst vergessen und an dessen Stelle ruft eine tiefe Sehnsucht, ein Verlangen nach Robbie. Es fühlt sich an, als wäre es viel zu lange her gewesen.

Ich drücke gegen ihn, bis er sich auf den Rücken rollt. Dann klettere ich auf ihn. Sein harter Schwanz reibt genüsslich meine empfindlichen Stellen und ich kann meine Hüften nicht davon abhalten, zu kreisen, auf der Suche nach einer engeren Verbindung.

Seine Lippen lösen sich von meinen und er strahlt mich an. »Oh, du oben. Das gefällt mir sehr, sehr gut.«

»Ich habe das noch nie gemacht. Ich kann nicht versprechen, dass das hier gut wird.«

»Du kannst mir glauben«, antwortet er und streckt die Arme, bis seine Hände unter seinem Kopf landen, »ich werde das hier genießen. Egal wie, es wird gut.«

»Da bin ich mir nicht sicher.«

Bevor ich michs versehe, hat er sich aufgesetzt und seine

Arme um meine Taille gelegt. Er hält mich fest an sich gedrückt und rutscht zurück, bis er sich ans Kopfende anlehnt.

Er starrt mich mit Augen an, die so voller Entschlossenheit und Lust sind, dass es mir den Atem raubt.

»Gib mir ein Kondom, Monty.«

Ich lehne mich zur Schublade, die er vorhin geöffnet hatte, und nehme eine quadratische Folie. Er schnappt sie mir aus der Hand und reißt sie auf. Er stößt an mein Gesäß und ich weiß, dass es ein Zeichen ist, meinen Allerwertesten zu heben, damit er das Kondom aufziehen kann. Ich kann mein Stöhnen bei der Berührung nicht unterdrücken.

Robbies Blick fliegt zu mir und er grinst. »Das merke ich mir.«

»Sei still und beeile dich«, kichere ich zurück.

Er streift sich das Kondom über seine Länge und umfasst meine Hüften. Er positioniert seinen harten Schwanz an meiner Öffnung.

»Du führst.«

»Hä?«

»Du führst.«

Er hat eine Hand an meiner linken Gesäßhälfte, während die andere meine Klitoris sucht. Er streicht mit seinem Daumen über das Nervenbündel, mein Orgasmus beginnt sich bereits aufzubauen.

Sein Blick ist auf meinen Körper gerichtet, als er haucht: »Ich will dir zuschauen.«

Langsam und behutsam nehme ich seine Länge in mir auf. Es zieht und ich zucke kurz zusammen. Sein Daumen auf meiner Klitoris lässt mich den Schmerz schnell vergessen. Als er endlich zur Gänze in mir ist, stöhne ich auf. Von ihm ausgefüllt zu werden, ist das schönste Gefühl, das ich bisher erleben durfte.

Er greift meinen Hintern fester und fordert mich auf: »Beweg dich. Reite mich, Monty.«

Ich bewege mich auf ihm, versuche, den Winkel, das Tempo zu finden, das sich gut anfühlt. Robbie starrt auf die Stelle, wo sich unsere Körper verbinden, und der Glanz in seinen Augen sagt mir, dass er den Anblick genießt, egal, wie unerfahren ich bin.

Meine Oberschenkel glühen und mein Körper wünscht sich nichts sehnlicher, als sich zu erlösen.

Als sein Daumen meine Klitoris verlässt, quengle ich. Er lacht.

»Ruhig. Du wirst das hier mögen. Halt dich am Kopfteil fest.«

Ich folge seiner Anleitung und er grinst mir zu, Schalk in seinen Augen.

»Halte dich gut fest.«

»Wie – *oh*.«

Er hämmert in mich und ich kann mir nicht erklären, wie er das Tempo beibehält, aber ich beschwere mich nicht.

Es ist der Wahnsinn.

Robbie flucht und ohne große Vorwarnung zerspringe ich. Er stöhnt laut und kommt ebenfalls.

Während wir beide von unserem High runterkommen, wechselt er seinen Rhythmus zu kürzeren und langsameren Bewegungen.

Ich kuschle mich an ihn, befriedigt und ausgelaugt.

»Fuck, bin ich krass gefickt«, grummelt er.

»Wortwörtlich«, flüstere ich.

Er lacht und küsst meine Schläfe. »Lass uns schlafen, Monty. Um den Rest kümmern wir uns morgen.«

VIERZEHN

ROBBIE

»Zwei Sachen. Erstens, deine Füße sind arschkalt. Zweitens, du musst dich bewegen, weil ich wirklich pinkeln muss.«

Sie kichert, kuschelt sich noch näher an mich und ihre eisigen Füße schiebt sie zwischen meine Beine.

»Nein, es ist so gemütlich.«

Nachdem wir nur eine Stunde geschlafen hatten, wurde sie wach und wollte mehr. Nichts lieber als das. Ich habe die ganze Nacht ihren Hunger gestillt ... immer und immer wieder.

Um vier Uhr sind wir eingeschlafen – vor zwei Stunden, wie ich feststelle, als ich auf meinen Wecker linse.

»Warum bist du schon wach?«

»Wenn die Sonne aufgeht, bin ich wach«, antworte ich.

Sie ächzt. »Robbie, ich kann nicht mehr. Bitte keinen Sex mehr.«

Lachend beuge ich mich zu ihr und streiche eine Locke aus ihrem Gesicht. »Monty, ich habe nicht von meinem Schwanz gesprochen.«

»Oh.«

»Wie kommt es, dass du enttäuscht klingst?«

Sie blickt zu mir. »Wirklich?«

Ich nicke.

»Das war nicht meine Absicht. Ernsthaft, ich bin erschöpft. Nicht mehr bumsen.«

»Niemals mehr?«

»Nicht gleich verrückt werden«, sagt sie und streckt sich. Dabei verrutscht die Decke und entblößt ihre Brüste.

Vor der letzten Nacht wäre sie deswegen ausgeflippt. Verdammt, auch nach unserem ersten Mal wäre das noch *zu viel des Guten* gewesen. Sie hätte sich so schnell die Decke geschnappt, dass ich kaum einen Blick auf ihre perfekt runden Brüste werfen könnte.

Aber in den letzten Stunden hat sich etwas in Monty verändert.

Sie wirkt viel entspannter. Selbstsicher. *Sexy*.

Es ist nicht so, als wäre sie vorher nicht sexy gewesen. Dieser Zugeknöpfte-brave-Mädchen-Look, den sie perfektioniert hat, lässt meinen Schwanz steinhart werden. Aber dieses neue Selbstwertgefühl macht sie noch unwiderstehlicher als zuvor. Und das ist echt zu viel für meine Libido. Fuck.

Sie erinnert mich an die Lehrerin, in die jeder Junge heimlich verknallt war. Die Lehrerin, die immer streng war und keinen Spaß erlaubte, aber fucking heiß in ihrer kleinen Strickjacke war. Es gab keinen Grund für diese unerklärliche Anziehung, außer, dass sie zurückhaltend war und du keine Chance hattest, ihr jemals näherzukommen.

So wie Monty. Bis auf letzte Nacht.

»Was?«, fragt sie mit einem Lächeln und verschlafenen Augen.

»Hm?«

»Du starrst mich an … ist was?«

»Du bist wunderschön, Monty. Einfach verdammt schön.«

Mit ihren Händen verdeckt sie ihr breites Lächeln. »Hör auf.«

Ich nehme ihre Hände und halte sie neben ihren Körper und rolle mich auf sie. Ich passe so gut zwischen ihre Beine, als wäre ich dafür gemacht. Mein Schwanz streift ihre Pussy und ich muss lachen, als sie sich um mehr Kontakt bemüht.

Von wegen kein Bumsen mehr.

Ich halte ihre Hände über ihrem Kopf und blicke auf sie herab.

»Niemals. Du bist verdammt noch mal wunderschön und ich werde niemals aufhören, dir das zu sagen.«

»Wenn du mir das sagst, werde ich rot. Und das sieht peinlich aus.«

»*Sexy* – du siehst sexy aus, wenn du rot wirst.«

»Robbie.«

»*Nope*. Keine Ausreden.« Ich übersäe sie mit Küssen, von ihrem Kinn bis zu ihren Lippen. »Du kannst mir das nicht schlechtreden. Ich habe einfach recht.«

»Du bist morgens ziemlich nervig.«

»Wie kannst du nur so gemein zu mir sein?«, frage ich empört und schmiege mein Becken an ihres. Mein Schwanz gleitet dabei über ihre Lustperle. »Ich bin nicht nachtragend und gebe dir gerne die Möglichkeit, es wiedergutzumachen.«

Sie stöhnt. »Bitte keinen Sex mehr.«

»Daran habe ich nicht gedacht, aber da du es erwähnst …«

Sie wirft mir einen harten Blick zu. »Nein.«

Ich muss lachen. »Okay. Wie wäre es, wenn du mit unter die Dusche kommst?«

»Nein, Robbie. Auch kein Sex in der Dusche. Dusch-Sex ist immer noch Sex.«

»Sex in der Dusche ist total überbewertet. Da ist es nur kalt und nass und echt schwer, nicht auszurutschen. Es lohnt sich überhaupt nicht. Ich meinte wirklich nur zum Waschen. Wir müssen sowieso bald los, weil ich Xavie um halb acht abholen muss.«

Mir graut es schon vor dem Wort und mir scheint, ihr geht es nicht anders.

Tschüss.

Es kommt auf uns zu und wir wissen es beide.

Der Plan war von Anfang an darauf ausgerichtet, dass wir uns aus dem System vögeln und dann jeder seiner Wege geht. Ich bin immer der Typ Mann gewesen, der sich an den abgemachten Plan hält. Aber jetzt? Jetzt will ich nichts mehr, als diesen beschissenen Plan in den Wind zu schießen.

Aber es geht hier nicht nur um mich. Ich muss an Monty denken. Wäre sie dazu überhaupt bereit? Sich auf mehr als nur ein bedeutungsloses Abenteuer mit einem alleinstehenden Vater einzulassen? Das ist hart.

Und wäre das etwas, wozu *ich* bereit bin? Ich habe endlich ein harmonisches Verhältnis mit Holly und Xavie geschaffen. Es läuft gut. Wäre es eine gute Idee, eine neue Person mit in den Kreis zu bringen?

Fuck. Ich weiß es nicht. Ich hasse, dass es so schwierig ist.

Sie hat mir noch nicht geantwortet. Ich kann den kleinen Rädchen in ihrem Hirn beim Drehen zuschauen. Sie überlegt, ob sie Nein sagen soll.

»Ich ... äh ... lieber nicht«, lügt sie. »Ich fahre lieber nach Hause und dusche dort. Sei mir bitte nicht böse, aber ich mag nicht in fremden Bädern duschen.«

Sie benutzt es wieder, dieses Wort.

Fremd.

Ich bin kein Fremder, und sie weiß das auch.

Aber ich verstehe sie. Es ist ihre Art, sich zu lösen.

»Kann ich verstehen. Wartest du auf mich? Ich brauche nur fünf Minuten.«

Sie nickt. »Klar. Ich warte hier.«

Ich gebe ihr einen letzten Kuss und rolle aus dem Bett. Als ich mich kurz zu ihr umdrehe, überrascht es mich nicht, dass sie mich auf ihren Ellenbogen aufgestützt von oben bis unten abcheckt.

»Du wolltest nur einen guten Blick auf meinen Hintern erwischen, was?«

»Ich bekenne mich schuldig.« Sie grinst mich frech an.

Ihr Blick gleitet meinen Körper entlang und landet auf meinem Steifen. Sie lässt sich Zeit, das gesamte Bild meiner Figur aufzunehmen. Ihre Lippen zwischen den Zähnen eingezogen, erforscht sie mit ihren Augen zum millionsten Mal meine Tattoos, als könnte sie nicht genug davon bekommen.

Die Art, wie sie mich anschaut ... Fuck. Es macht was mit mir. Ich kann es nicht erklären. Ich kann es nur *fühlen*, am ganzen Leib. Als würde sie mit ihren Fingern über meinen Körper streichen, nicht nur mit ihrem Blick.

»Es ist komisch«, murmelt sie, ohne den Blick zu lösen. »Du sagst, ich sei schön. Aber dann sehe ich dich und ich denke, das kann nicht wahr sein. Die Götter selbst müssen dich erschaffen haben, Robbie.«

»Nix da, Babe. Dieser Körper wurde durch harte Arbeit geformt, voller Einsatz und mit meinem harten Trainer im Platinum Gym. Die Götter hatten damit nichts zu tun.« Ich zwinkere ihr zu. »Aber danke für die Blumen.«

Sie wirft den Kopf in den Nacken und lacht. Ihre langen roten Haare fließen über das Bett und das sanfte Morgenlicht strahlt verlockend auf ihre helle Haut. Für einen Moment steht die Zeit still.

Sie leuchtet vor Schönheit, sie wirkt frei und selbstsicher und das hier, genau jetzt, das ist der schönste Moment unserer gemeinsamen Zeit.

Ich laufe zurück zum Bett, schnappe mir ihr Gesicht mit beiden Händen. Durstig suchen sich meine Lippen ihre für einen harten, festen Kuss.

Unsere Münder verschmelzen perfekt, man könnte meinen, wir hätten Jahrzehnte nichts anderes gemacht.

Dieser Kuss fühlt sich anders an. Er wirkt ... final.

Es kann auch sein, dass mir mein Kopf einen Streich spielt.

Als ich mich von ihr löse und sie wieder frei lasse, ringt sie nach Luft. Ich liebe dieses Geräusch, das durch den Raum hallt.

»Ich brauche nur fünf Minuten. Maximal«, sage ich und krabbele vom Bett.

»Ich warte«, verspricht sie.

Gut.

Denn ich weiß, eine Nacht mit ihr wird nicht genug sein.

• • •

»Warte. Verstehe ich das richtig? Du hast sie entjungfert, ihr habt die ganze Nacht süße Liebe gemacht und während du unter der Dusche warst, ist sie einfach abgehauen?«

»Yeah. Weg war sie. Aus dem Staub gemacht, abgezischt. Hat sich verdammt noch mal in Luft aufgelöst.«

»Wow.« Zach schüttelt den Kopf. »Ich hätte nie gedacht, dass du so scheiße im Bett bist.«

Ich starre ihn an. »Du hast über meine Skills im Schlafzimmer nachgedacht?«

»Bei diesen Oberarmen, komm schon, das kannst du mir nicht verübeln.« Er zwinkert mir zu. »Nein, Mann. Ich dachte immer, du wärst der volle Casanova-Typ. Du weißt schon, im Vergleich zu mir. Du bist die Muskeln, ich das Hirn. Du bist Fonzie und ich bin Richie. Du bist Jason, ich Tommy.«

»Hast du uns mit den *Power Rangers* verglichen?«

»Ja, und?«, sagt er ernst. »Aber darum geht es nicht. Was ich sagen will, ich bin wirklich überrascht, dass sie abgehauen ist. Ich dachte, ihr zwei hättet hier was Gutes am Laufen.«

»Hatten wir ja auch … aber wir hatten einen Deal.«

»Deal? Was für ein Deal?«

»Den Bums-Plan.«

»Halt den Mund, was? Das ist nicht dein fucking Ernst.«

»Hey, es war deine Idee!«

»Was?«, ruft er empört. »Wie das?«

»Du hast gesagt, wir müssten nur miteinander vögeln, damit könnten wir uns aus dem System bekommen. Und das haben wir gemacht.«

»Ich habe damit doch keine einmalige Bums-Nummer gemeint. Ich dachte an eine Beziehung. Daran, dass du den ersten Schritt in Richtung echte, gesunde Beziehung mit einer neuen Frau gehst.«

»Ich … na ja, Scheiße. So habe ich das nicht verstanden. Wir hatten die Überlegung, eine Nacht dem Drang nachzugeben, frei zu vögeln, und dann war's das. Jeder geht dann wieder seinen Weg.«

Zach hebt eine seiner buschigen Augenbrauen. »Und du meinst, ich bin der Typ für so was? Nein? Genau. Warum also meinst du, dass ich *jemals* solch einen Ratschlag geben würde?«

»Weil *ich* so ein Typ bin«, verteidige ich mich.

»Nein, das bist du nicht. Du glaubst zwar, so ein Typ zu sein, aber das stimmt nicht. Du hast das Zeug nicht dazu, nicht wirklich. Okay, du überlegst selten zwei Mal, wenn es ums Rummachen geht, aber es hatte einen Grund, warum du immer wieder zu Holly zurückgegangen bist. Und dein

Sohn war nicht der einzige Anlass. Du bist nicht der Typ, der mit fremden Frauen vögelt. Nicht nach Holly und der Schwangerschaft. Du bist zu vorsichtig und gehst lieber auf Nummer sicher.« Er klopft sich mit dem Zeigefinger an die Stirn. »Denk mal drüber nach.«

Ich hasse, einzugestehen, dass er recht hat. Holly fühlte sich *sicher* an und deshalb bin ich immer wieder zurück zu ihr. Natürlich spielte unser Sohn eine Rolle.

Holly war eine sichere Nummer. Ich wusste jedes Mal, worauf ich mich einließ, wenn ich zu ihr zurückkehrte.

Monty hingegen ... ich habe keine fucking Ahnung. Mit jeder Wendung in unserer Story überrascht sie mich aufs Neue.

So auch heute Morgen, als sie mich nass und nackt stehen ließ nach unserer Nacht voller Sex.

Wer macht so was?

War ihr die Situation peinlich? Fühlte sie sich beschämt? *Verletzt?*

»Du hast recht«, gestehe ich. »Ich mag es zwar nicht, wenn du Depp richtigliegst, aber so ist es.«

»Danke. Selber Depp.«

»Du weißt, ich habe dich lieb.«

»Klar. Du hast mich so lieb, dass du dir ein Kaninchen gekauft hast, damit ich nicht mehr ohne Vorwarnung bei dir aufkreuze. Gib es zu!«

»Erst mal, wer zur Hölle hat eine Kaninchen-*Phobie*? Kaninchen! Das sind die unschuldigsten und süßesten Tierchen auf dem Planeten!«

»Hey! Marshy würde dir vehement widersprechen.«

Ich rolle mit den Augen. »Zweitens, bitte lass Thumbelina Bruce Wayne aus dem Spiel. Sie hat nichts damit zu tun.«

»Sie plant meinen Untergang. Ich sehe es in ihren kleinen Augen. Ihre Lebensaufgabe ist es, mich zu zerstören.«

»Du bist ernsthaft gestört.«

»Das sage ich ihm schon die *ganze* Zeit.« Delia gähnt genüsslich, als sie sich in die Küche schleppt. »Morgen, Jungs. Übrigens, ich habe eure süßen Liebesschwüre eben mitbekommen.« Sie fuchtelt mit dem Handy in Zachs Richtung. »Ich habe es für zukünftige Erpressungsmöglichkeiten sicherheitshalber aufgenommen.«

Ich zwinkere meinem Kumpel zu. »Deine Freundin ist der Teufel. Das ist dir klar, oder?«

Er schlingt seine Arme um ihre Taille und legt seinen Kopf auf ihre Schulter. »Ich weiß. Und hat sie nicht die hübschesten Hörner?«

»Ich schwöre, das Schicksal hätte zwei besser passende Spinner nicht zusammenbringen können.«

»Aber Robbie, das Schicksal hatte damit nichts zu tun. Du warst das. Vergiss das nicht. Du hast an allem Schuld«, wirft Delia ein.

»Wie konnte ich das nur zulassen!«

»Aber du liebst uns doch.« Sie gestikuliert mit dem Handy. »Ich habe Beweismaterial.«

Ich stöhne und vergrabe das Gesicht in meinen Händen. »Wo ist mein Kind?«

»Draußen mit den anderen Kindern.«

»Wow, so nennst du die Tiere?«

»Komm schon, das sollte dich nicht überraschen.« Er küsst Delia auf die Wange und macht sich an der Kaffeemaschine zu schaffen. »Kaffee, Babe?«

»Scheißt ein Bär in den Wald?«

»Guter Punkt. Ein Kaffee kommt sofort.« Er hebt die Kanne in meine Richtung hoch. »Du auch?«

Ich stelle meinen Becher ab. »Nein danke. Ich hatte schon drei Becher. Wenn ich noch einen trinke, kann ich heute Nacht nicht schlafen.«

Zach lacht durch die Nase. »Als ob du heute Nacht schlafen könntest. Nicht nach der letzten Nacht und was heute Morgen passiert ist.«

»Oh.« Delia legt ihren Ellenbogen auf den Tisch und lehnt sich zu mir. »Was ist passiert? Ich will *alle* schmutzigen Details.«

»Ja, Robbie, erzähl uns bitte, was für eine Niete du im Bett bist.«

»Hey, ich bin keine Niete im Bett.«

Delia runzelt die Stirn. »Das ist aber eine Enttäuschung. Ich dachte, du wärst der Hammer.«

»Ich habe genau das Gleiche gesagt«, pflichtet Zach ihr bei, bis er aufmerkt: »Moment, heißt das, du hast dir Gedanken gemacht, wie Robbie in der Kiste ist?«

»Bei Bizepsen wie diesen?«

»Verdammte Scheiße«, lache ich. »Ich gehe lieber mein Kind finden. Ich habe für heute genug von euch zweien gehabt.«

»Wieso?«, fragt Delia unschuldig. »Was hab ich gesagt?«

Zach grinst stolz. »Genau das Gleiche wie ich.«

Delia lacht laut los. »Ich liebe uns.«

»Ich liebe uns auch. Weißt du, was ich sonst noch liebe?«

»Pizza? Ich auch! Ich kann uns welche machen.«

Sie öffnet den Kühlschrank und holt Pizzateig raus. Dann nimmt sie eine Bratpfanne, schaltet den Herd an und dreht sich zurück zu mir.

»Willst du was Abgefahrenes sehen, das ich auf dem Facebook gesehen habe?«

»*Dem* Facebook, hm?«, trieze ich sie. »Klar. Zeig mir deine Pizzatricks, D.«

»Du lässt die Pfanne schön heiß werden und …«

Sie erklärt Schritt für Schritt, was zu tun ist, und Zach schenkt ihr all seine Aufmerksamkeit, so, als hätte er es noch nie vorher gehört. Ich bin mir sicher, heute ist nicht das erste Mal.

Ich blende ihre Kocherklärung nach dem ersten Schritt aus.

Ich liebe Delia wie eine Schwester, aber ich kann an nichts anderes denken als an Monty.

Monty, die mich zurückließ.

Monty, die floh.

Monty, die mich sitzen ließ, nachdem ich ihr die Jungfräulichkeit genommen habe.

Fuck, wer macht denn so was?

Meine erste Reaktion heute Morgen war, sie anzurufen und sie ausfindig zu machen. Ich wollte eine Erklärung – ich *brauchte* eine Erklärung.

Dann kam der Ärger. Ich war sauer und wütend wie selten zuvor. Wie konnte sie einfach abhauen? Nach dieser Nacht?

Es hatte keine Anzeichen gegeben, dass sie fliehen würde. Es hat mich so überrascht, weil es nicht zu ihr passt. Verdammt noch mal, selbst nach unserer Klo-Aktion im *Lola's* hat sie mir noch ihre Handynummer in die Hand gedrückt. Ich hätte schwören können, dass sie auf dem Bett liegen würde, wenn ich aus dem Badezimmer komme. Aber sie war weg, und ich stand in einer leeren Wohnung mit diesem mir unbekannten, leeren Gefühl in meiner Brust. Ich spüre es immer noch, wenn ich an sie denke. Ich kann diese Situation nicht auf sich beruhen lassen. Das bin nicht ich. Wenn sie meint, diese Geschichte zwischen uns wäre beendet, dann irrt sie sich.

» … und voilà! So macht man perfekte aufgewärmte Pizza«, erklärt Delia und schiebt mir einen Teller hin.

Ich habe kein Wort von dem, was sie eben erklärt hat, mitbekommen. Aber das muss ich ihr nicht unbedingt sagen.

Ich nehme das Stück Pizza auf meinem Teller und beiße rein. »Krass. Schmeckt echt geil.«

»Oder? Wenn du meinen genialen Trick klaust, dann mich als Referenz nennen.«

»Du meinst den genialen Trick von Facebook.«

Sie zuckt mit den Schultern. »Gehupft wie gesprungen.«

Ich verschlucke mich vor Lachen fast an der Pizza im Mund. »Ich fass es nicht. Du hast es tatsächlich geschafft, dass jetzt auch sie das sagt.«

»Dafür kannst du unseren Assistenten Will verantwortlich machen. Das ist allein seine Schuld.«

»Fucking Will«, murmele ich.

»Der Kerl ist zum Schießen. Er hat null Filter, wenn er spricht.«

»Filter sind überbewertet«, sagt Delia mit dem Mund voller Teig und Käse. Ich stimme ihr mit einem Nicken zu. Dann verputze ich den Rest meines Pizzastücks und stehe auf.

»Ich mache mich auf den Weg«, kündige ich an. »Ich schnappe mir mein Kind und dann sind wir weg. Ich will die restliche Zeit mit ihm genießen, bevor er mich für den Rest der Woche verlässt.«

Ich laufe durch die Küche und drücke Delia.

»Delia, es war wie immer die reine Freude.«

Sie drückt mich voller Zuneigung zurück, ihre Arme um meine Hüfte gelegt. Dann wird sie plötzlich steif wie ein Brett und sagt todernst: »Du wischst dir gerade deine öligen Pizza-Finger an meinem Shirt ab, oder?«

»Ich? Niemals!«

»Robbie!«, ruft sie empört.

Ich entwinde mich ihren Armen und küsse sie auf die Wange, bevor ich mich vor ihrer Faust ducke.

Sie dreht sich zu ihrem Freund um. »Du schuldest mir ein neues Hemd.«

»Warum ich?«

»Weil er dein Freund ist.«

»Ich werde so tun, als wäre es für mich total in Ordnung, dass du mich nicht als deinen Freund bezeichnest. Ich habe nämlich keine Lust, dir ein neues Hemd zu kaufen.« Delias Augen leuchten gespielt verärgert, als sie meinen Kommentar hört. Ich bemühe mich sehr, nicht zu lachen, als sie merkt, dass sie sich in ihrem eigenen Netz verheddert hat. »Ich muss los. *Ciao!*«

Ich winke kurz, greife mir Xavies Rucksack und verlasse die Küche durch die Hintertür.

Xavie sitzt vor der Hütte, die Zach für seine Ziegen gebaut hat, und reicht einer nach der anderen Leckerlis.

»Hey, Kiddo, bereit, zu gehen?«

»Darf ich Marshy mitnehmen?«

»Ich sage nur zwei Worte: nie und nimmer.«

Er quengelt ein bisschen, gibt der Ziege noch ein Leckerli und nimmt sich dann alle Zeit der Welt, um zu mir zu kommen. »Doof.«

»Ich weiß, dass du das bist. Aber was bin ich?«

»Sehr lustig, Papa.«

Ich muss über diesen kleinen Scheißer lachen, den ich über alles in der Welt liebe. Sanft, aber bestimmt führe ich ihn zum Auto. Letzte Nacht war großartig. Egal, wie viel Spaß ich hatte, ich habe diesen kleinen Kerl vermisst. Und wir haben nur noch wenige Stunden zusammen. Ich will das Beste draus machen.

Und um das zu tun, muss ich wohl oder übel das Einzige machen, was ich seit heute Morgen vermieden habe. Während Xavie ins Auto klettert und sich anschnallt, schnappe ich mir mein Handy.

ICH: Monts, ich habe dir zwei Sachen zu sagen.
Bist du bereit?

ICH: #1: Es hat nicht funktioniert. Was auch immer wir letzte Nacht gemacht haben, es hat verdammt noch mal nicht funktioniert. Ich muss unaufhörlich an dich denken. Und ich will mehr – verdammt viel mehr.

ICH: #2: Du kannst weglaufen, aber das mit uns ist nicht vorbei. DAS ist nicht zu Ende. Verstanden?

MONTY: Verstanden.

FÜNFZEHN

MONTY

PYTHON: Ich habe dir einen Tag lang Zeit gelassen. Jetzt kann ich nicht länger warten. Zuerst wollte ich anrufen, aber dann dachte ich mir, schreiben würde dir vielleicht leichter fallen.

ICH: Da hast du recht.

ICH: Ich bin kein Angsthase oder so. Wir machen einen Mädchenabend, meine Schwester und ich. Wir schauen einen Film und die einzige goldene Regel ist: keine Telefonate.

PYTHON: Aber schreiben ist in Ordnung?

ICH: Eigentlich nicht. Aber ich bin heute rebellisch.

PYTHON: Finde ich gut.

ICH: DAS HIER IST EIN MÄDELSABEND. PACK DEINEN MAGIC-DADDY-SCHWANZ EIN. WIR MACHEN UNS HEUTE EINEN SCHWANZFREIEN ABEND.

PYTHON: Denny, hi. Schön, von dir zu hören.

PYTHON: Ich mag meinen neuen Spitznamen: Magic-Daddy-Schwanz. Da gehe ich mit.

ICH: Meine Schwester will nichts lieber, als damit zu spielen. UND JETZT KLAPPE.

PYTHON: Verstanden. Sorry.

PYTHON: Psst … Monty. Sind wir sicher? Ist sie weg?

ICH: NEIN, BITCH.

PYTHON: Ich muss ehrlich sein. Ich kann nicht anders, als mir vorzustellen, dass Monty all diese schmutzigen Worte spricht. Und das ist zum Totlachen. Ich hab schon Seitenstechen. Danke dafür.

ICH: Okay, ich würde NIEMALS so reden. Und du,

schlag dir diese Ideen gleich aus dem Kopf. Verstanden? Und darüber hinaus, sorry! Sie ist unmöglich.

PYTHON: Ich weiß nicht … dieser kleine Austausch hat meinen bisher düsteren und grauen Tag um einiges aufgehellt.

ICH: Dann … gern geschehen. Glaube ich.

ICH: Andererseits, ich befürchte, der Grund, weshalb dein Tag so düster und grau war, könnte etwas mit mir zu tun haben.

PYTHON: Korrekt.

PYTHON: Monty, warum bist du einfach abgehauen?

ICH: Wow. Wir kommen gleich zur Sache, hm?

PYTHON: Wenn dir was daran liegt, dass ich nicht den Verstand verliere, dann ja.

ICH: Okay.

ICH: Ich habe Angst bekommen.

PYTHON: Ich brauche mehr als das.

ICH: Mir war klar, dass die eine Nacht nicht reicht.

PYTHON: Warum muss das etwas Schlechtes sein?

ICH: Ist es nicht. Ich meine, rein rational weiß ich, dass es nichts Schlechtes ist. Aber es macht mir Angst, Robbie. Du bist … so viel mehr, als ich jemals sein werde. Du machst mir Angst.

PYTHON: Aber nicht auf eine schlimme Art, oder?

ICH: Nein, und das macht mir auch Angst.

PYTHON: Monty, ich mache dir keine Angst. Ich schubse dich aus deiner Komfortzone.

PYTHON: Das ist etwas, wonach du dich einerseits sehnst und was du gleichzeitig hasst.

ICH: Ich weiß.

ICH: Ich meine, ich weiß einfach nicht, was wir hier machen.

PYTHON: Bumsen.

ICH: Robbie …

PYTHON: Was? Das ist, was wir tun. Wir schlafen miteinander, haben Spaß und genießen, zusammen zu sein.

PYTHON: Können wir nicht einfach nur sein, Monty? Wir müssen es nicht verkomplizieren. Wir können einfach nur zusammen Spaß haben.

PYTHON: Und vögeln. Reichlich vögeln.

ICH: Der Teil hat mir Spaß gemacht.

PYTHON: Das glaub ich dir gerne, Babe. Ich weiß. Ich habe noch Kratzer als Beweismaterial.

ICH: Ich habe dich nicht gekratzt!

PYTHON: Nein. Solltest du aber. Ist heiß.

ICH: Du bist so nervig.

PYTHON: Gib's zu, das magst du so an mir.

ICH: Stimmt nicht.

PYTHON: Monty?

ICH: Ja?

PYTHON: Zwischen uns ist alles cool, oder? Es ist in Ordnung, das hier locker zu halten und zu schauen, was sich ergibt, oder?

ICH: Es macht mir etwas Angst.

PYTHON: Dann lass es.

ICH: Ich kann nicht.

PYTHON: Da hast du deine Antwort.

ICH: Ja, das habe ich.

• • •

PYTHON: DOWNLOAD ATTACHMENT

ICH: THUMBELINA!

ICH: Ich muss dir was gestehen.

PYTHON: Du hast versucht, mein Kaninchen zu stehlen. Stimmt's?

ICH: ...

ICH: Ja.

ICH: WOHER WEISST DU DAS?!

PYTHON: Weil sie einfach scheiße süß ist. Deshalb.

ICH: An menschlichen Fäkalien ist absolut nichts süß.

PYTHON: Mach ruhig weiter, Monty. Ich liebe es, wenn du so schmutzig redest.

ICH: Ekelhaft. Hör auf!

ICH: Themenwechsel. Wie geht es jetzt weiter mit uns? Es sind schon zwei Tage seit ... du weißt schon.

PYTHON: Verzeih bitte, aber höre ich hier recht? Erbittest du etwa eine weitere Nacht mit Magic-Daddy-Schwanz? Monty. Ich habe nicht geahnt, dass du so ein geiles Luder bist.

ICH: DAS HAB ICH DOCH GAR NICHT GEFRAGT!

ICH: Aber wenn du es so anbietest ...

ICH: IGNORIERE MICH! EINFACH IGNORIEREN! BITTE! Dummes Zeug, was ich schreibe. OMC.

PYTHON: OMC?

PYTHON: Ach, *cats*. Verstehe.

PYTHON: Nur um das festzuhalten, ich biete es IMMER an.

ICH: Gut zu wissen.

• • •

ICH: Erinnerst du dich, als ich auf cool machen wollte und »gut zu wissen« geschrieben habe?

PYTHON: Du meinst gestern? Ja, und weiter?

ICH: Also ...

ICH: Ich bin in zwanzig Minuten bei dir.

ICH: STOPP! Wäre es in Ordnung, wenn ich was zu essen mitbringe? Danach bin ich bestimmt hungrig.

PYTHON: Monty, ich habe schon jetzt Hunger, aber nicht auf Essen. Beeil dich.

ICH: Ich komme, ich komme.

PYTHON: Das verspreche ich dir.

• • •

PYTHON: DOWNLOAD ATTACHMENT

ICH: Das ist doch nicht etwa …

PYTHON: Du solltest es wissen. Du hattest sie an. Und dein Arsch sah gut darin aus.

PYTHON: Übrigens. Dein Arsch ist mein Lieblingsarsch weit und breit.

ICH: *verdreht die Augen* Das sagst du nur, um mir wieder an die Wäsche zu gehen.

PYTHON: Es dreht sich bei dir absolut alles nur um Sex, oder?

ICH: Robert …

PYTHON: Was? *blinzelt unschuldig*

ICH: Unschuldig wie mein Hintern.

PYTHON: Mmh, dieser Arsch …

ICH: Lechzt du gerade meinem Hintern nach?

PYTHON: Ja, tue ich. UND ICH SCHÄME MICH NICHT DAFÜR.

ICH: OH NEIN! Mir kommt gerade ein schlimmer Gedanke. Was, wenn Thumbelina frei hoppelt und versehentlich meine Unterhose gefressen hätte? Das wäre FURCHTBAR!

PYTHON: Ich kann das toppen. Was, wenn MEIN SOHN deine Unterhose gefunden hätte?

ICH: Oh. OH! Oh nein. Mir wird übel bei dem Gedanken.

PYTHON: Recht so, du sexhungriges Weib.

ICH: ROBBIE! ICH MEINE ES ERNST!

PYTHON: ICH AUCH!

PYTHON: Wirklich im Ernst. Es ist alles in Ordnung. Er kommt erst in einigen Tagen nach Hause und hätte sie gar nicht finden können. Ich habe nämlich die merkwürdige Angewohnheit, meine Wohnung regelmäßig aufzuräumen, weißt du.

ICH: Ich weiß, ich weiß. Ich habe mir nur Sorgen gemacht.

ICH: Warte mal ... dein Sohn! OMG. Du bist ja Vater!

PYTHON: Ja. Genau. Das hatten wir schon festgestellt.

ICH: Nein. Ich meine, wie gehen wir mit dieser Situation um?

PYTHON: Oh. Hm. Fuck. Keine Ahnung. Bisher hatte ich die Situation nicht, dass ich ihm eine Frau vorgestellt habe.

PYTHON: Will mich hier auf keinen Fall zu weit aus dem Fenster lehnen. Immerhin sind wir aktuell nur am Vögeln. Aber, du weißt schon, für den Fall der Fälle. Das sollten wir wohl im Vorfeld besprechen. Am besten gehen wir zusammen was trinken. Und haben danach Sex. Viel Sex.

ICH: Okay, wer ist hier sexhungrig?

PYTHON: Das bist immer noch du. Ich mache dir deinen Titel nicht streitig.

ICH: Du bist so gemein.

PYTHON: Du magst es, wenn ich gemein zu dir bin.

ICH: Musst du heute Abend arbeiten?

PYTHON: Es geht schon wieder los …

ICH: UFF.

PYTHON: Ja, ich habe heute Spätschicht. Sorry.

ICH: Schade. Ich hatte Lust auf das Magic-Daddy-Würstchen.

PYTHON: Jesus! Ich will dich jetzt küssen. Und ich hasse mich dafür, weil es einfach totaler Unsinn ist, dass du das Wort Würstchen benutzt. Ich hasse es, dass ich es so liebe, wenn du das sagst.

ICH: Ich will dich eigentlich nur küssen, weil ich es mag, dich zu küssen.

PYTHON: Das screenshotte ich.

SECHZEHN

MONTY

ICH: Ich bin in einer Bar.

PYTHON: Bist du auf der Suche nach deinem nächsten Opfer?

ICH: Ja. Du bist langweilig und eine Niete im Bett.

PYTHON: Okay, das reicht. Heute Abend bekommst du den Arsch versohlt.

ICH: WAR NUR EIN SCHERZ.

ICH: Außerdem bist du mit Abstand der Beste, den ich je hatte.

PYTHON: Das ist den Umständen entsprechend nicht so schwer. Es zählt trotzdem.

PYTHON: Warum bist du in einer Bar?

ICH: Na ja, es ist eher so, dass ich an der Bar in einem Restaurant sitze. Gilt trotzdem, oder?

PYTHON: Du bist so krass, Monty. Tagsüber am Trinken.

ICH: Ach, hör auf. Ich trinke einen Eistee und das weißt du. Ich bin mit meinen Kollegen unterwegs. Unsere wöchentliche Mittagsverabredung, bevor die Schule losgeht und vor dem Elternabend heute.

PYTHON: Bist du nervös?

ICH: Und wie! Das ist mein erster richtiger Erwachsenenjob.

PYTHON: Du wirst das super machen.

ICH: Oder die Kinder werden mich hassen.

PYTHON: Das wird nicht passieren. Ich verspreche es. Es wird eher vorkommen, dass der ein oder andere sich in dich verguckt. Aber dich hassen, nein, das wird keiner.

ICH: Wie schaffst du es, dass die Kinder im Zentrum dich mögen?

PYTHON: Süßigkeiten. Tonnenweise Süßigkeiten.

ICH: Klar.

PYTHON: Und mein Charme. Davon habe ich reichlich.

ICH: Ist mir auch schon aufgefallen.

ICH: Nur zu. Mach davon auch einen Screenshot.

PYTHON: Schon geschehen.

»Du hast wirklich ein sehr hübsches Lächeln, Monty.«

Brandon setzt sich auf den Barhocker neben mich und ich stecke mein Handy rasch in meine Handtasche.

»Ähm, danke, Mr Donahue.«

Er grinst und es wirkt matt im Vergleich zu Robbies Lächeln.

Robbie.

Meine Gedanken beginnen, zu Robbie abzudriften, und ich muss mich zusammenreißen, bevor ich meiner Fantasie freien Lauf lasse. Denn wenn es um diesen verboten sexy

Single-Vater geht, in dessen Bett ich die letzten Nächte verbracht habe …

»Ich hatte bereits gesagt, du darfst mich außerhalb der Schule gerne Brandon nennen.«

»Stimmt. Verzeihung. Es fühlt sich komisch an, wenn wir außerhalb des Klassenzimmers anders kommunizieren.«

Meine Worte sind eine Anspielung auf seine unangemessenen Kommentare.

Er scheint sie zu überhören, was mich nicht überrascht.

Vielleicht sollte ich nicht so streng mit ihm sein. Er hat mir lediglich ein Kompliment über mein Lächeln gemacht. Das ist an sich nicht schlimm, oder? Robbie sagt mir fast täglich viel krassere Dinge.

Aber Brandon ist nicht Robbie.

»Außerhalb des Klassenzimmers sind wir Freunde und keine Kollegen. Ab und zu ist es auch wichtig, locker zu lassen und Spaß zu haben.«

»Wie wahr.«

Er zeigt auf mein halb leeres Glas. »Möchtest du noch was trinken?«

»Nein, ich –«

»Ich hole dir was«, unterbricht er mich und geht zum Barkeeper am anderen Ende der Bar.

In dem Moment, in dem er mir den Rücken zukehrt, nehme ich mein Handy aus der Handtasche.

PYTHON: Wieso schreibst du mir, wenn du eigentlich beim Mittagessen sein solltest?

ICH: Störe ich dich etwa?

PYTHON: Du störst nie, Monty. Ich hab mich nur gewundert, warum du nicht mit deinen Kollegen abhängst.

PYTHON: Warte mal, ist etwa Mr-kapiert-den-Wink-mit-dem-Zaunpfahl-nicht da?

ICH: Ja. Und er ist der Grund, warum ich mich an die Bar zurückgezogen habe. Er ist mir auf die Pelle gerutscht und hat mir keinen Raum gelassen. Aber er hat beschlossen, mir hierher zu folgen, und jetzt holt er mir einen Drink.

»Hier. Ich hab dir süßen Eistee geholt.«

»Danke«, antworte ich höflich und tue so, als würde ich einen Schluck durch den Strohhalm trinken, während er mich beobachtet. Ich *hasse* süßen Tee.

»Bist du wegen heute Abend nervös?«

»Ein bisschen«, antworte ich ehrlich. »Ich mache mir Sorgen, dass die Eltern mich ansehen und denken, dass ich dumm bin oder so.«

»Das werden sie nicht. Außerdem, selbst wenn es heute Abend schiefgehen sollte, du darfst das ganze Theater nächsten Mittwoch gleich mit der anderen Hälfte der Eltern ein zweites Mal spielen.«

»Stimmt. Das ist vom Bezirk eine nette Idee gewesen, aber für uns die doppelte nervliche Herausforderung.«

Er lacht. »Da hast du recht.«

Heute Abend findet der erste von zwei Elternabenden statt. Der nächste folgt kommenden Mittwoch. Der Bezirk ist sich bewusst, dass es heutzutage viele arbeitende Eltern gibt oder Patchworkfamilien mit zwei Haushalten. Und damit alle Elternteile den Lehrer oder die Lehrerin kennenlernen können, veranstalten wir zwei Elternabende an unterschiedlichen Terminen. Und ich darf mich der Qual gleich zwei Mal stellen, vor einem Raum voller Erwachsenen sprechen zu müssen.

Ich bin so nervös, dass ich noch nicht einmal mein Mittagessen genießen konnte. Und dabei liebe ich Chicken Nuggets.

»Monty, du wirst eine großartige Lehrerin für die Grundschulklassen sein. Da bin ich mir sicher. Du hast diese ... eine gewisse Art an dir. Als wärst du dafür geschaffen. Es ist einfach dein Ding.«

»Ich ... wow. Danke dir, Brandon. Das von dir zu hören, das bedeutet mir wirklich viel.«

Noch bevor ich das letzte Wort ausgesprochen habe, wünschte ich, dass ich die Sätze zurücknehmen könnte. Besonders als ich bemerke, wie seine Wangen erröten.

Ich will gerade ansetzen, ihm zu erklären, dass ich das rein freundschaftlich gemeint habe, da vibriert mein Handy auf der Theke.

»Python?«, fragt Brandon mit Blick auf das Display. »Ist das ein Code für jemanden?«

Ich schnappe mir das Handy und schiebe es schnell in meine Handtasche.

»Na ja, also, irgendwie schon.«

»Dein fester Freund?«

Ich fühle mich von der Frage überrumpelt.

Erstens ist sie zu persönlich.

Zweitens, ist Robbie mein fester Freund? Wie kann ich erklären, was er mir bedeutet? *Ab und zu lasse ich ihn recht versaute Dinge mit mir anstellen, aber eigentlich ist er nicht mein fester Freund*, das hört sich nicht unbedingt wie die passende Antwort hier an. Auf keinen Fall.

Ich zerbreche mir den Kopf, um eine bessere und vor allem einfachere Antwort zu finden.

»Weißt du was? Das geht mich eigentlich nichts an. Bitte verzeih, dass ich gefragt habe.«

Erleichtert atme ich auf. »Er ist nicht wirklich mein fester Freund. Es ist kompliziert.«

»Kompliziert? Das hatte ich auch mal. Mehr als nur einmal, wenn ich ehrlich bin. Willst du was Interessantes über mich hören?« Er macht eine Handbewegung, ein Zeichen, dass ich mich näher zu ihm beugen solle, als wolle er mir ein Geheimnis verraten. »Ich war mal verlobt.«

Als ich das höre, lehne ich mich ruckartig wieder zurück.

»Jep«, sagt er und nimmt einen weiteren Schluck von seinem Getränk. »Nur noch zwei Monate bis zur Hochzeit. Die Einladungen waren verschickt, die Location war gebucht, die Gästeliste stand. Alles, was dazugehört. Dann habe ich sie im Bett erwischt … mit unserem ehemaligen Sportlehrer.«

Ich schnappe nach Luft. In seinen Augen schimmert die Traurigkeit.

Eine Traurigkeit, die mir allzu vertraut ist.

»Das tut mir sehr leid, Brandon. Ich kann das sehr gut nachempfinden«, gestehe ich ihm. Unsere Blicke kreuzen sich und für einen Moment scheint es, dass wir uns gegenseitig verstehen.

Vielleicht sind seine Flirts keine Flirts, sondern Versuche, eine Freundschaft aufzubauen. Vielleicht habe ich die Situation falsch verstanden.

Zumindest hoffe ich, dass es so ist.

»Ach ja?« Er hebt sein Glas und stößt mit meinem an. »Das tut mir auch sehr leid, Montana.« Er räuspert sich und löst die Emotionen, die sich in seinem Hals geballt haben. »Nachdem ich es geschafft habe, diesen Moment etwas peinlich werden zu lassen, gehe ich lieber zurück zu den anderen. Und du kannst dich wieder ganz deinem Handy widmen.«

»Ich bin auch in ein paar Minuten zurück.«

Ich beobachte ihn, wie er mit hängenden Schultern davongeht. Er tut mir irgendwie leid.

Am liebsten würde ich ihm hinterherrennen und ihn drücken. So bin ich einfach. Gleichzeitig will ich ihn nicht auf falsche Ideen bringen ... nicht schon wieder.

Vielleicht kann ich ihn mit jemandem verkuppeln? Einfach nur, damit er auf andere Gedanken kommt. Vielleicht Denny?

Besser nicht. Sie würde ihn zum Frühstück verspeisen. Sie sind einfach zu unterschiedlich.

So wie Robbie und ich.

Apropos …

Ich ziehe mein Handy aus der Tasche und schaue nach, ob er geschrieben hat. Zwei ungelesene Nachrichten.

PYTHON: Nervt er dich noch?

PYTHON: DOWNLOAD ATTACHMENT

Ein kleiner Schrei lässt drei Gäste an der Bar in meine Richtung blicken. Und es macht mir nichts aus, kein bisschen. Mein Gesicht ist heiß und knallrot. Ich starre auf mein Display.

ICH: ROBERT CROSS. WAS IN ALLER WELT …

ICH: Ich falle gleich in Ohnmacht.

ICH: DAS IST DEIN WÜRSTCHEN!

PYTHON: Ich weiß. Gern geschehen. Das kannst du meiner Konkurrenz zeigen.

ICH: Das zeige ich niemandem.

PYTHON: Ab und zu darf man angeben, Monty.

ICH: Aber das ist nicht MEIN Würstchen. Damit kann ich nicht angeben.

PYTHON: Aber du bist diejenige, die sich damit amüsiert.

ICH: Stimmt, damit könnte ich tatsächlich etwas angeben.

ICH: Aber auf keinen Fall mit diesem verruchten Foto!

PYTHON: ... weil du es ganz für dich allein haben willst, richtig?

ICH: JA!

PYTHON: *zwinkert*

Meine Oberschenkel spannen sich an, als ich merke, worauf er anspielt.

Ich soll mich selbst befriedigen.

ICH: Doch nicht so, du Perversling!

PYTHON: Na klaaaaaar.

ICH: Okay, vielleicht ein kleines bisschen doch.

PYTHON: Ich wusste es. Du wirst es dir heute Abend so was von besorgen.

Ja.

Der Gedanke daran lässt mich heiß vor Scham werden.

ICH: Kein Kommentar.

PYTHON: SCREENSHOT

SIEBZEHN

ROBBIE

ICH: Also ... gestern Abend hat Spaß gemacht.

MONTY: Es war okay.

ICH: OKAY? War etwa das, was ich mit meiner Zunge gemacht habe, auch nur okay? Du hast GESCHRIEN!

MONTY: Meinst du den Moment, als du mich an der Tür begrüßt hast und meine Gesichtshälfte mit deiner Zunge ABGESCHLECKT hast?

ICH: Ja, und dann hast du mich zwanzig Minuten ignoriert und die ganze Zeit mit meinem Kaninchen gespielt.

MONTY: Weil du mich abgeleckt hast. Das war ekelig!

ICH: Du hast es geliebt.

MONTY: Ich habe es gehasst. GEHASST.

ICH: Lügnerin.

MONTY: Geh mal lieber arbeiten oder so.

ICH: Nö.

ICH: Dich zu nerven macht mehr Spaß.

MONTY: Allerdings versuche ich tatsächlich, zu arbeiten. Lass mich also in Ruhe.

ICH: DOWNLOAD ATTACHMENT

ICH: Psst … niemandem was sagen.

MONTY: Sag mir, dass du nicht …

ICH: Doch, habe ich.

MONTY: Und das bei der Arbeit? Wirklich?

ICH: Warum nicht? Sie ist einfach zu süß und sonst so einsam!

MONTY: Robbie, du hast ein Kaninchen in deiner Schreibtischschublade. EIN KANINCHEN!

ICH: Hör auf, mich zu verurteilen.

MONTY: Tue ich nicht.

MONTY: Okay, vielleicht ein bisschen.

MONTY: Aber ich bin extrem neidisch, weil sie die süßeste Knuddelmaus der Welt ist.

ICH: Gute Antwort.

MONTY: Gut. Und jetzt mach dich an die Arbeit.

ICH: Yes, Ma'am.

ICH: Oh, das gefällt mir.

MONTY: NEIN! Das nehmen wir nicht in unser Schlafzimmer-Repertoire auf.

ICH: Das werden wir sehen.

• • •

MONTY: DOWNLOAD ATTACHMENT

MONTY: Sagt dieses Outfit: ernst, aber lustig?

ICH: Ich bin mir ziemlich sicher, das Outfit sagt »fick mich«.

MONTY: Stimmt nicht! Der Rock geht bis zum Knöchel und darüber trag ich einen Blazer!

ICH: Was? Verzeih mir, aber ich habe eine Störung, wenn es um dich und deine Oma-Klamotten geht. Sie sind krass heiß.

MONTY: Hör auf, mich anzubaggern, und hilf mir, etwas Passendes zum Anziehen zu finden. Ich brauche ein gutes Outfit für meinen ersten Tag.

ICH: Nur um kurz was klarzustellen, ich werde dich niemals NICHT anbaggern.

ICH: Und ja, das ist eine gute Kombi für den ersten Arbeitstag.

ICH: Hör auf, dir Sorgen zu machen. Du wirst super sein.

MONTY: Nur noch ein paar Mal schlafen.

ICH: Wollen wir noch mal vögeln? Das kann dich entspannen.

MONTY: Ich kann nicht glauben, dass ich das sage, aber ... JA BITTE!

ICH: Was habe ich aus dir gemacht?

MONTY: GENAU DAS. Es ist deine Schuld!

ICH: Ich nehme die Schuld gerne auf mich.

ICH: Monty, du kannst gerne zu mir auf die Arbeit kommen. Dann kannst du Zach kennenlernen.

ICH: Stopp! Besser nicht. Sonst verknallst du dich in ihn. Ich nehme die Einladung zurück.

MONTY: Zu dumm! Das war die ganze Zeit mein Plan: Ich lasse mich von dir in euer Büro einladen, damit ich endlich diesen Hollie treffen kann und mich total in ihn verknalle.

ICH: Delia würde es niemals zulassen, dass ihr jemand ihr Herzblatt klaut ...

MONTY: Es gibt eine Chance?

ICH: Nicht einmal einen Hauch. Gott sei Dank.

MONTY: Doof!

MONTY: Und wir können uns nicht während der Mittagspause treffen. Ich habe dich nur geneckt. Muss noch viel erledigen.

ICH: Vielleicht heute Abend?

MONTY: Leider nein. Ich habe schon Pläne mit Denny.

ICH: *heult wie Padmé* YOU'RE BREAKING MY HEART!

MONTY: Äh, wer?

ICH: ...

MONTY: ICH SCHERZE! ICH SCHERZE! Ich habe *Titanic* gesehen.

ICH: Es reicht. Wir müssen Schluss machen.

MONTY: ICH HABE WITZE GEMACHT.

MONTY: Außerdem, wie können wir Schluss machen, wenn wir nur Freundeplus sind?

ICH: Na klar. Wenn ich dich nicht mehr an meinen Schwanz lasse, wäre das quasi wie Schlussmachen.

ICH: Obwohl, warte … Es ist zu schön, wenn ich dich mit meinem Schwanz locke.

MONTY: Robbie …

ICH: *blinzelt unschuldig* Was?

MONTY: Du schaffst es noch, dass ich ein Mittagsschläfchen brauche.

ICH: Nackt?

MONTY: Nein!

ICH: Doch.

• • •

ICH: Unser letztes Stelldichein ist Tage her.

MONTY: Ich bin nur dein Booty Call.

ICH: Dachtest du, das hier wäre mehr als das? Sorry.

ICH: Im Ernst. Ich vermisse dich, irgendwie.

ICH: Und mit irgendwie meine ich FUCK, ich vermisse dich. Und nicht nur wegen unserer umwerfenden Vögelei.

MONTY: Umwerfend? Schleimst du dich ein, weil du was von mir willst?

MONTY: Keine verrückten Stellungen.

ICH: Darüber reden wir ein anderes Mal.

ICH: Zurück zu meiner eigentlichen Frage ... Hast du Lust, heute Abend abzuhängen? Einfach so?

MONTY: Ich kann leider nicht. Ich muss meinen Stundenplan für die erste Schulwoche vorbereiten. Es geht in wenigen Tagen schon los.

ICH: Du bringst mich um den Verstand!

MONTY: Du wirst es überleben.

ICH: Nicht, wenn ich tot bin.

MONTY: Dramaqueen.

ICH: *weint tausend Tränen*

MONTY: Hätte ich gewusst, wie anstrengend das mit dir wird ...

ICH: Komm schon, es lohnt sich und du weißt das. 😉

• • •

ICH: Wir sehen uns heute Abend. Ich akzeptiere kein Nein.

MONTY: Doch, das wirst du. Ich kann nicht.

ICH: Du kannst wohl.

ICH: Mach dich bereit.

ICH: Es wird passieren.

MONTY: Ich bin zu müde für Sex.

ICH: Du glaubst, jetzt müde zu sein? Warte, wie du dich danach fühlen wirst.

ACHTZEHN

MONTY

»Guten Morgen, ich bin Mrs Andrews.«

Ich schlage mir mit der flachen Hand gegen die Stirn.

»Nein. Das hört sich dumm an. Noch ein Versuch.«

Ich ziehe die Schultern runter, hebe den Kopf hoch und nehme erneut Anlauf. »Guten Morgen, liebe Schulklasse. Mein Name ist Mrs Andrews und heute …«

Ich unterbreche mich erneut, weil ich mir einfach zu lächerlich vorkomme.

Seit dreißig Minuten stehe ich vor dem Spiegel und übe meinen Auftakt am ersten Schultag. Alles, was ich sage, klingt in meinen Ohren dumm oder als wäre ich ein Roboter. Dazwischen gibt es wenig.

Genau so war es auch am Mittwoch beim ersten der zwei Elternabende. Ich stand vor den strahlenden Eltern und fühlte mich dumm und dämlich. Ich könnte schwören, dass ich ein paar peinlich berührt lächeln sah, als mein quietschiges »Guten Abend« ertönte. Die Vorstellung, all das am kommenden Mittwoch zu wiederholen, dreht mir den Magen um.

Gut, dass ich Zeit habe, zu üben. Mit etwas Glück sind die Kinder etwas nachsichtiger.

Ich räuspere mich und setze erneut an.

»Guten …«

Es klopft laut an der Tür, und ich fahre aus der Haut vor Schreck.

Ich wette, Denny hat wieder ihren Schlüssel vergessen.

Ich ziehe meinen Bademantel über den Schlafanzug und laufe zur Wohnungstür.

Es klopft erneut.

»Ich komme ja, du kopfloses Huhn.«

In dem Moment, als ich die Tür öffne, bereue ich, nicht vorab durch den Türspion geschaut zu haben. Die Person vor der Tür ist nicht die, die ich erwartet hatte.

Ganz und gar nicht.

Er lehnt lässig am Türrahmen, die großen Arme vor der Brust verschränkt und mit einem breiten Grinsen auf den Lippen.

»Kopfloses Huhn? Ist das die schlimmste Beleidigung, die dir einfällt?« Er hebt die Hände in die Luft und schüttelt den Kopf. »Stopp! Warte! Du musst nicht antworten. Es ist die schlimmste.«

»Mir würde absolut etwas Besseres einfallen. Ich könnte zum Beispiel … also, ich könnte sie …«

»Nur zu. Ich habe Zeit.«

»Ich kann nicht klar denken, wenn man mich unter Druck setzt!« Ich ziehe meinen Bademantel enger um meinen Körper. »Warum bist du hier? Wie bist du hierhergekommen?«

»Klar, schön, dich zu sehen, liebe Monty. Heißes Outfit übrigens. Sehr sexy. Es gibt da so eine verrückte Erfindung namens Fahrzeug.«

Mein Haar ist zu einem wuscheligen Knäuel auf meinem Kopf zusammengeknotet. Ich trage meine kürzesten Schlafshorts, ein Tanktop und natürlich keinen BH. Ich gebe keine gute Figur ab.

Zornig starre ich ihn an. »Ich meinte, woher weißt du, wo ich wohne?«

»Das war einfach: Denny!«

»Denny? Wie das?«

»Du erinnerst dich an Zoe?«

»Die unverschämt schöne Frau von der Bar? Klar, ich erinnere mich.«

»Höre ich da etwa Eifersucht in deiner Stimme?«

Absolut!, würde ich am liebsten schreien. Das ist komplett lächerlich, denn tief in mir weiß ich, dass ich mir keine Sorgen zu machen brauche. Ab und an werden wir aber von unseren Emotionen eingeholt und dann reagiert man in gewissen Situationen anders als sonst. Daher meine um eine Oktave höhere Stimmlage, als ich antworte: »Nein.«

»Du hast wirklich keinen Grund zur Eifersucht. Erstens: Zoe hat einen Freund. Zweitens: Für mich ist sie wie eine Schwester. Drittens: Du bist meine Favoritin.« Dabei zwinkert er mir zu und ich hasse, dass ich ihn am liebsten an mich reißen und meine Lippen auf seine pressen möchte.

»Was auch immer«, meint er, »Denny und Zoe haben

sich angefreundet seit dem Abend. Da Zoe eine meiner besten Freundinnen ist, war sie so nett und hat mir Dennys Handynummer gegeben. Und deine Schwester hat mir eure Adresse genannt.«

»Hat sie also.«

Er nickt. »Genau. Sie hat sogar gesagt, und ich zitiere: ›Meine Schwester hat es gerade nötig.‹ Nach diesem schönen Satz hat sie mir die Adresse gegeben und mir zugerufen, ich solle sie nicht wieder bei der Arbeit stören. Dann hat sie aufgelegt.« Er streckt mir seine Arme entgegen. »Überraschung, hier bin ich.«

»Warum?«

»Warum was?«

Ich seufze und verschränke die Arme vor der Brust. »Warum bist du hier, Robbie?«

»Da scheint heute Abend jemand schlecht gelaunt zu sein.« Er macht ein paar freche, stoßartige Beckenbewegungen in meine Richtung. »Brauchst du ein bisschen Liebe?«

»Ich mache gleich die Tür zu«, warne ich.

»Wirst du nicht. Du hast mich zu sehr vermisst.«

»Stimmt nicht.«

Sein Grinsen wird nur noch breiter. »Du bist eine schlechte Lügnerin, Monts. Komm schon, zieh dir was an. Wir gehen aus.«

»Auf keinen Fall. Ich habe dir gesagt, dass ich heute Abend arbeite und meine Stunde vorbereiten will.«

»Was du wirklich brauchst, ist Entspannung. Du hast noch den ganzen Tag morgen. Ich bin mir sehr sicher, dass du eh nicht schlafen kannst mit all deinem Lampenfieber.«

Er hat recht. Und es ärgert mich, dass er recht hat.

Ich hatte schon immer Probleme damit. Die Nacht vor meinem ersten Schultag? Kein Auge konnte ich zumachen. Die Nacht vor einer großen Reise? Wenn ich Glück habe, schaffe ich es, für eine Stunde zu schlafen. Vor einem Arzttermin? Keine Chance.

Ich bin zu angespannt, um mich zu entspannen.

Das ist auch der Grund, warum ich in der vergangenen Woche wie eine Verrückte rumgerannt bin und mir kaum einen Moment Pause gegönnt habe.

»Robbie, nein. Ich muss noch so viel erledigen.«

»Bitte, Monty. Nur heute Abend. Ich mach das hier für dich, nicht für mich. Du *brauchst* das.«

»Ich brauche das? Oder *du* brauchst das?«

»Okay, ich gebe zu, es ist ein bisschen eigennützig. Ich habe dich wie blöd vermisst, weißt du. Aber ernsthaft, du solltest etwas entspannen. Sonst verschreckst du die Kinder am Montag mit deiner Überspannung.«

»Ich ...« *Zu dumm. Er hat recht.* »Nur heute Abend. Und du musst mir versprechen, mich den ganzen Sonntag in Ruhe zu lassen.«

Er hält die Hände hoch. »Ich schwöre hoch und heilig.«

Ich blicke ihn von der Seite an und warte, dass er unter meinem forschenden Blick aus der Rolle fällt. Tut er aber nicht. Er scheint, es ernst zu meinen.

»In Ordnung«, stimme ich zu.

»Super!« Er stößt sich vom Türrahmen ab und drängt mich in die Wohnung. »Los, pack deine Titten in was Hübsches, und dann nichts wie raus hier.«

»Woher weißt du, dass ich keinen BH trage?«

Er zuckt lässig mit den Schultern, während er hinter sich die Tür schließt. »Ich bin ein Naturtalent.«

»Du willst mir eigentlich sagen, dass du mir die ganze Zeit auf den Busen gestarrt hast, oder?«

»Erwischt.« Er streckt seine Hand aus, als wolle er mir an den Busen greifen. Ich schlage ihm die Hand weg. Er lacht und läuft neugierig durch die Wohnung. »Was soll ich sagen, ich schaue mir gerne deine Brüste an.«

Er sieht sich unsere Wohnung an, was nicht lange dauert. Mehr als diese Zweizimmerwohnung ist nicht drin.

»Hübsch hier.«

»Kleiner als deine Wohnung«, bemerke ich. »Ich wünschte, wir hätten etwas mehr Platz. Aber das ist alles, was wir uns im Moment leisten können.«

»Die Größe deiner Wohnung ändert nichts an meiner Meinung von dir, Monty. Wenn du meinst, ich würde in Geld schwimmen, dann hast du dich vertan.«

»Gut. Warte mal, nein«, ich fange an, mich zu verhaspeln. »Nicht nein, weil du nicht in Geld schwimmst. Sondern, dass du deine Meinung ändern würdest. Nicht dass ich dachte, meine Wohnung würde darauf Einfluss nehmen. Was ich meine, ist …«

Ich atme hörbar ein, als er mein Gesicht sanft zwischen seine Hände nimmt. Gekonnt und fast elegant berührt sein Mund meinen und er gibt mir einen weichen, beinahe unschuldigen Kuss auf die Lippen, der mich sofort nach mehr verlangen lässt.

»Ich habe dich vermisst«, sagt er leise, als er sich wieder von mir löst.

»Ich weiß.«

»Und …?«

»Ich glaube, ich habe dich auch vermisst.«

Er lacht und gibt mir noch einen Kuss. Dann rückt er von mir ab.

»Wenn du jetzt nicht gehst, dann könnte der Abend sich anders als gedacht entwickeln. Und wir wollen nichts überstürzen.«

»Was wäre daran so falsch?«

»Weil wir was vorhaben. Mach schon, pack die Titten ein, sonst kann ich für nichts garantieren.«

Widerwillig gehe ich ins Schlafzimmer und ziehe mich um. Ich will nach einem meiner Röcke greifen, aber dann halte ich inne. *Wenn Robbie mich überraschen kann, dann kann ich mich dafür auch revanchieren.*

Ich schnappe mir ein paar Kleidungsstücke und laufe ins Bad. Dort schlüpfe ich in mein Outfit. Ich starre in den Spiegel und frage mich, was ich mit meinen Haaren anstellen könnte.

»Deine Netflix-Watchlist lässt tief blicken«, ruft Robbie durch die Wohnung

»Hey! Nicht herumspionieren!«

»Öde!«, ärgert er mich und macht sich über die Dokumentarfilme und Kochsendungen lustig, die ich so liebe.

Es dauert weitere fünf Minuten, bis ich meine rote Mähne unter Kontrolle gebracht habe. Schnell noch einen Hauch Lipgloss. Ich lege meine Lieblingskette um. Ich nehme einen tiefen Atemzug, um mich zu beruhigen. Dann gehe ich zu Robbie ins Wohnzimmer.

»Schaust du diesen Scheiß ernsthaft an? Es ist so …«

Was immer er eben sagen wollte, es bleibt ihm im Hals stecken, als er mich sieht. Sein Mund steht offen und er scheint seinen Augen nicht zu trauen.

»Fuck, heilige Scheiße. Nie im Leben hätte ich geglaubt, dass Jeans das heißeste Kleidungsstück an einer Frau sein könnten. Frau, verdammt, du siehst zum Umfallen aus.« Er kreist mit einem Zeigefinger in der Luft. »Zeig mal, wie dein Arsch darin aussieht.«

»Robbie! Ich bin kein Stück Fleisch. Du sabberst ja fast. Hör auf!«

»Ich hätte kein Problem, dich auf der Stelle aufzuessen.« Er grinst schelmisch und zwinkert mir zu. »Aber das weißt du.«

Mein Gesicht läuft heiß an und ich schüttele den Kopf. »Lass uns jetzt los! Sonst ändere ich noch meine Meinung und möchte nicht mit dir in der Öffentlichkeit gesehen werden.«

Er schaltet den Fernseher aus und kommt zu mir. »Du liebst es, mit mir auszugehen.«

»Wenn wir ehrlich sind, das ist das erste Mal, dass wir tatsächlich *ausgehen*.«

»Stimmt nicht. Wir waren im *Lola's*.« Er hält Zeige- und Mittelfinger hoch. »Zwei Mal sogar.«

»Das zählt nicht. Beide Male war es reiner Zufall, dass wir gleichzeitig da waren. Das hier ist unser erstes echtes Date.«

»Das kann nicht sein! Wir …«

Er verstummt und seine Augen weiten sich, als er merkt, dass ich recht habe.

Seit über einem Monat schreiben wir uns. Er hat mich entjungfert und seitdem sind wir mehrere Male im Bett gelandet. Aber wir hatten bisher keine richtige Verabredung.

»Fuck, Monty. Ich komme mir wie ein totales Arschloch vor. Es war nicht meine Absicht, dich nicht auszuführen oder so. Es ist nur, wir kennen uns seit Wochen, quatschen jeden Tag. Mir war es gar nicht klar, dass wir bisher kein normales Date hatten.« Enttäuscht über sich selbst schüttelt er den Kopf. »Es tut mir leid.«

»Kein Problem. Es ist ja nicht so, als würden wir hier richtig daten. Wir haben nur Spaß. Da ist nichts Ernstes zwischen uns, sondern wir machen diese lockere Nummer, nicht wahr? Daher verwundert es mich nicht, dass wir noch kein richtiges Date hatten.«

»Macht es dich nicht ein bisschen traurig?«

Ich überlege und zerknautsche meine Lippen. »Ich glaube, wenn du nicht so lustig wärst und ich nicht so viel Spaß hätte, wenn wir texten, dann vielleicht. Dann hätte ich das Gefühl, dass uns was fehlen würde. Aber das habe ich nicht.«

»Gut, das ist gut. Ich fühle mich gleich besser.«

»Aber …«

»Aber?«

Ich schaue ihn streng an. »Aber das heißt nicht, dass ich es nicht trotzdem schön fände, mit dir auf ein richtiges Date zu gehen. Muss nichts Wildes sein, aber so ein Dinner oder Kino, das könnte schön sein.«

»Heute Abend gibt es leider kein Dinner und Kino, sorry. Ich habe etwas Lustigeres geplant.«

»Dann los. Nach dir«, antworte ich. »Lass uns Spaß haben!«

»Nein, nach dir«, er geht zur Seite, um mir den Vortritt zu lassen. »Damen gehen vor.«

Ich drängle mich an ihm vorbei und erst als ich hinter mir höre, wie er durch die Zähne scharf einatmet, geht mir ein Licht auf.

Ich schaue über meine Schulter und sehe ihn mitten im Wohnzimmer stehen und auf seine Faust beißen. Er starrt auf meinen Hintern.

»Verdammt!«

»Also wirklich!« Ich trete durch die Tür und schließe sie vor seinem grinsenden Gesicht.

»Dieser Arsch ist pures Traummaterial, Babe!«, ruft er aus der Wohnung.

Ich rolle mit den Augen, aber kann das Grinsen, das sich auf meinem Gesicht breitmacht, nicht aufhalten.

Worauf habe ich mich nur eingelassen?

• • •

»Okay, ich gebe zu, du hattest recht. Heavy Metal ist gar nicht schlecht. Besonders diese Band Parkway Drive. Wusstest du, dass die aus Australien sind und surfen?«

Robbie grinst, als er das hört. »Wusste ich. Aber woher weißt du das?«

»Ich habe die Band recherchiert. Und der Leadsänger ist auch süß.«

»Kaum vögelst du einen tätowierten Bad Boy, schon ist das dein neues Beuteschema, was?«

»Hör auf!« Verspielt stupse ich ihn an, während er das Auto parkt.

»Wir sind hier. Bleib sitzen, lass mich für dich die Tür öffnen.«

Ich bleibe geduldig im Sitz, während er das Fahrzeug umrundet. Er öffnet die Beifahrertür, macht dabei eine übertriebene Verbeugung und hält mir seine Hand entgegen. »Meine Dame.«

»Vielen Dank«, sage ich und steige aus dem Auto. Ich schaue um mich. »Das ist der geheime Ort, an den du mich unbedingt bringen wolltest?«

»Gibt es hier ein Problem, Prinzessin Montana?«

Ich schaue auf die Billardkneipe vor uns. Wir stehen vor einem ziemlich runtergekommenen Gebäude, Teil eines verlassenen Einkaufszentrums. Ein paar Leute stehen oder sitzen in Gruppen draußen an Tischen, rauchen Zigaretten, trinken Bier und lachen.

Auch wenn das kein Ort ist, den ich selbst aufsuchen würde, bin ich gespannt, was uns drinnen erwartet.

»Ich habe noch nie Billard gespielt«, gestehe ich.

»Kein Problem. Ich bringe es dir bei.«

Er legt seine Hand auf meinen unteren Rücken und lenkt mich zum Eingang.

Das Erste, was mir auffällt, ist der sonderbare Geruch im Gebäude. Es riecht, als wären hier in der Vergangenheit zu viele Zigaretten geraucht worden. Der Geruch ist gar nicht so unangenehm. Der Teppich ist abgenutzt und das Licht gedimmt. Alles in allem ist das Lokal nicht so anrüchig, wie ich von außen glaubte.

Wir setzen uns auf zwei Stühle an der großen, weiten Bar. Die meisten Gäste sind an den Billardtischen verteilt.

»Macht es dir was aus, wenn ich mir ein Bier bestelle?«

»Nur weil ich kaum Alkohol trinke, soll dich das nicht davon abhalten. Mir macht es nichts aus. Nur als Vorwarnung: Wenn wir gehen, fahre ich. Selbst wenn du nur ein einziges Bier trinkst.«

Er greift in die Hosentasche und reicht mir die Schlüssel. »Zwei Dinge. Zuerst, es ist einfach verrückt, wie sexy ich dein Verantwortungsbewusstsein finde. Zweitens: Gut, dass ich mich heute gegen mein Motorrad entschieden habe.«

»Wie bitte, du hast ein Motorrad?«

»Genau.«

»Ich wollte schon immer mit einem fahren. Wir hätten das Motorrad nehmen sollen.«

»Ich wusste nicht, wie du reagieren würdest«, gibt er ehrlich zu. »Aber ich merke es mir für unser nächstes Date. Ja, es wird ein weiteres offizielles Date geben.«

Das bringt mich zum Lächeln.

Die Kellnerin kommt zu uns. »Hey, Robbie, gut, dich zu sehen. Wie immer, eins vom Fass und einen Tisch für eine Stunde?«

»Ja bitte, Nicht-Pam. Das wäre super.«

»Und du, Liebes? Was darf es für dich sein?«, fragt sie mich.

»Für mich nichts, danke.«

Sie nickt und macht sich daran, Robbies Bier zu zapfen.

Ich wende mich an Robbie. »Nicht-Pam?«

»Hast du jemals *The Office* geschaut?«

»Ab und zu.«

»Erinnerst du dich an die Sekretärin? Die, in die Jim so verknallt ist? Pam?«

»Sehr vage.«

»Die sehen sich zum Verwechseln ähnlich.«

»Nicht wahr.«

Er holt sein Handy aus der Hosentasche und tippt auf das Display, dann reicht er mir es.

»Schau, das ist sie.«

Ich blicke auf das Bild vor mir. Dann schaue ich zwischen dem Foto der Schauspielerin und der Kellnerin hin und her, die mit Robbies Bier vor uns steht.

»Er zeigt dir, warum er mich Nicht-Pam nennt. Stimmt's?«

Ich nicke. »Die Ähnlichkeit ist einfach ... wow.«

»Ich weiß. Das höre ich die ganze Zeit. Gott sei Dank ist sie eine Süße.« Sie zwinkert. Dann verschwindet sie hinter der Bar und kommt kurz danach mit einem Set Billardkugeln und einem Stück Queue-Kreide wieder. »Hier, ihr Lieben. Ihr kennt die Regeln.«

Sie wendet sich ab und geht zu einem anderen Paar an der Bar, das reingekommen ist.

Robbie hopst mit dem Bier in der Hand vom Hocker. »Greifst du die Bälle?«

»Wie konntest du das sagen, ohne eine Miene zu verziehen?«

»Hab ich nicht«, gesteht er. »Meine Lippe hat gezuckt. Du hast es nur nicht gesehen.«

Ich verdrehe die Augen und nehme die Kugeln, während er uns zu einem Billardtisch an der Fensterwand führt.

Wenn man bedenkt, dass dies ein Ort ist, an dem gerne mal eine Kugel durch die Luft fliegt, trauen die sich was mit den Fenstern und all den Spiegeln an den Wänden.

Er stellt sein Bier auf dem Beistelltisch ab und arrangiert die Kugeln.

»Lass uns erst nur die Kugeln stoßen, damit du dich an den Tisch gewöhnst. Danach können wir mit den Wetten loslegen.«

»Wetten? Was für Wetten?«

»Wir wetten um Küsse, lustige neue Stellungen, Arsch-Sachen und das Übliche.«

Mein Mund verzieht sich zu einem Lächeln. »Dann lass uns doch gleich mit dem ersten Spiel in den vollen Einsatz gehen.«

»Gleich von Anfang an?« Er kratzt sich seine Bartstoppeln am Kinn, überlegt und schaut mich von oben bis unten an. »Von mir aus. Was möchtest du, für den Fall, dass du gewinnst?«

»Zehn Küsse, jederzeit, egal wo.«

Er grinst, weil er schon geahnt hat, dass ich das sagen würde und wie zahm mein Wunsch sein würde.

Er weiß allerdings nicht, was seine Küsse in mir auslösen.

»Okay. Wenn ich gewinne, entscheide ich, was ich dafür will.« Er reibt sich die Hände vor Vorfreude. »Ich denke, neue Stellungen. Da würden mir gleich ein paar verrückte einfallen, die ich gerne mit dir ausprobieren möchte. Bist du dir sicher, dass du gleich von Anfang an wetten willst?«

Ich nicke. »Sicher.«

»Keine Ausreden, egal, was ich mir einfallen lasse?«

»Keine Ausreden.«

»Abgemacht.«

Wir schlagen ein.

Er kramt durch die Queues auf der Suche nach dem richtigen. Er probiert sie am Tisch aus und entscheidet sich schließlich.

»Ich stoße an«, bestimmt er und nimmt die Position ein.

Mit einem festen Stoß verteilt er die Kugeln auf dem Tisch und versenkt eine ganze und eine halbe Kugel.

»Ich nehme die ganzen.«

Vier Stöße später und ich bin dran.

Ich gleite um den Tisch und suche den richtigen Winkel, aber es will mir nicht gelingen. Ich schieße daneben und er lacht.

»Du musst dir die Kugeln wie auf einer Geraden vorstellen«, erklärt er. »Wie hier. Komm mal her.«

Er zieht mich nah zu sich ran, bis ich an ihm klebe wie eine Briefmarke. Er beugt uns beide vor. Mein Hintern passt perfekt in den Raum seines Schoßes. Er leitet mich an, wie ich den nächsten Stoß schießen soll. Das geht so weiter, bis wir beide nur noch zwei Kugeln auf dem Tisch haben sowie die schwarze Acht.

»Meinst du, die zwei schaffst du allein?«

»Ich hoffe. Ich versuche es.«

Innerhalb einer Minute habe ich beide Kugeln versenkt, angesagt, wo die Acht reingehen wird und die Runde gewonnen.

Süffisant grinse ich ihn an, lehne meinen Queue an den Billardtisch und setze mich auf den Stuhl.

Er steht da und schaut wie ein Auto.

»Ich fasse es nicht«, meint er ungläubig.

»Was denn?«, frage ich unschuldig.

»Du weißt genau, was ich meine.«

»Ich habe keinen blassen Schimmer, wovon du sprichst.«

»Du hast mich reingelegt.« Er hebt einen Finger. »*Du*« – dann dreht er den Finger zu sich – »hast *mich* reingelegt.«

Ich klimpere unschuldig mit meinen Wimpern. »Habe ich das? Nennt man das so?«

Er kommt auf mich zu und hält erst an, als seine Nasenspitze fast meine berührt.

»Ich könnte dich küssen wie verrückt.«

Ich hebe eine Schulter. »Du schuldest mir ohnehin einige Küsse.«

»Das würde dir gefallen. Aber nach der Nummer, die du gerade abgezogen hast, verschaffe ich dir keine Genugtuung.«

Ich grinse ihn an. »Lust auf noch eine Runde?«

»Verdammt, Monty«, murmelt er, bevor er seinen Mund auf meinen senkt.

Seine Lippen drücken fest gegen meine. Es dauert keine Sekunde und ich bin vollkommen im Kuss verloren, möchte meine Beine voller Verlangen um seine Hüfte schlingen und den Billardtisch nutzen.

»Nehmt euch doch ein Zimmer!«, ruft uns Nicht-Pam von der Bar zu.

Er lacht und löst sich widerwillig von mir.

Mit dem Billardqueue in der Hand umrundet er den Tisch und sammelt die Kugeln ein.

»Wie kommt es, dass du so gut bist?«

»Wir hatten einen Billardtisch bei uns in der Garage stehen. Ich habe *viele* Stunden dort mit meinem Vater verbracht.«

»Erkläre mir bitte diesen krassen Stoß über Bande, den du draufhast.« Er hebt das Dreieck.

»Du hast gewonnen, also darfst du anstoßen.«

Ich mache mich bereit und lasse die Kugeln in alle Richtungen schießen.

»Nicht schlecht«, murmelt er.

Als ich über meine Schulter zu ihm blicke, merke ich, dass er nicht den Anstoß gemeint hat.

Sondern meinen Hintern.

Schon wieder.

»Deine perverse Seite macht heute Überstunden.«

»Da hast du recht. Ich ahnte schon, dass Billard eine super Idee sein würde.«

»Du hast mich hergebracht, um mir auf den Po zu starren?«

Er lehnt sich über den Tisch, und dann grinst er mich an.

»Ja, Monty. Ich habe dich hierhergebracht, um dir auf den *Po* zu gucken.«

»Hör auf, mich zu veräppeln.«

»Dann sag Arsch.« Er stößt und verpasst die Kugel. »Du bist dran.«

»Nein!« Ich versenke die ersten zwei Kugeln der Runde. »Gestreift oder ganz?«

»Wie wäre es, wenn du abstreifst und ich zeige dir meinen Ganzen?« Er blickt dabei auf sein Gemächt.

Ich verdrehe die Augen und kämpfe gegen ein Lachen an. »Spiel einfach mal weiter, Robbie.«

»Mein Vorschlag: Wenn ich gewinne, dann strippst du und bekommst meinen *Ganzen* zu spüren. Falls du gewinnst, höre ich mit den schmutzigen Anspielungen auf und spiele Billard ohne anzügliche Unterbrechungen.«

»Hm ... das ist eine schwierige Entscheidung. Ich stehe eigentlich auf deinen *Ganzen*.« Er bemüht sich, sein Lachen mit einem gespielten Husten zu kaschieren. Es hilft nicht. Ich weiß genau, wie sehr es ihn amüsiert, dass ich seine Erektion den *Ganzen* nenne. Der Depp. »Andererseits habe ich seit Ewigkeiten kein Billard mehr gespielt und hatte mich auf ein paar gute Runden gefreut.«

»Du hast Angst, dass ich tatsächlich gewinnen könnte.«

»Du denkst, mit dir ins Bett zu gehen, macht mir Angst?«

»Oh Monty, ich weiß, dass es das tut.«

Man könnte meinen, dass nach den vielen Nächten, die wir mittlerweile zusammen verbracht haben, meine Nervosität etwas weniger geworden wäre. Aber jedes Mal, wenn wir uns ausziehen, überkommt sie mich.

Es ist nicht so, dass ich Angst vor Robbie habe. Ich habe Angst vor dem, was er in mir entfacht.

Was wir hier machen, sollte locker und flockig sein. Ich sollte keine Schmetterlinge im Bauch spüren, jedes Mal, wenn ich in seiner Nähe bin.

Aber so empfinde ich nun einmal. Und das bereitet mir Angst.

Aufregend.

Und ich kann nicht Nein zu ihm sagen.

»Abgemacht.«

Er ist dran und stößt.

Ich schmeiße das Spiel.

NEUNZEHN

MONTY

PYTHON: Ich weiß, es ist früh, aber ich wollte dir nur viel Erfolg für deinen ersten Arbeitstag wünschen. Du wirst das Ding rocken! Das weiß ich. Schreib mir oder ruf an, wenn du Zeit hast.

PYTHON: Übrigens, danke für gestern. Die neue Stellung ist einfach der Wahnsinn.

ICH: Danke dir. Mit Vergnügen.

ICH: Werde versuchen, dir zwischendurch zu schreiben.

ICH: Ich vermisse dich.

PYTHON: Weiß ich doch.

ICH: *rollt die Augen*

• • •

ICH: Bitte sag mir, dass du das nicht warst.

PYTHON: Von mir aus. Ich war's nicht.

ICH: Das habe ich gebraucht. Dringend.

ICH: Danke für die Blumen, Robbie. Sie sind bezaubernd.

PYTHON: Bezaubernde Blumen für eine bezaubernde Frau.

PYTHON: Das war schnulzig.

ICH: Ich habe es voll und ganz genossen.

PYTHON: Wie war dein erster Tag?

ICH: Heiliger Bimbam. Heute war ANSTRENGEND! Ich durfte einen Streit schlichten. In der Mittagspause habe ich Kaffee über mein Outfit gekippt. Ich bin mir sicher, drei Kinder halten mich für die schlechteste Lehrerin, die sie je hatten.

ICH: Wäre ich dem Alkohol mehr zugeneigt,

hätte ich jetzt schon eine halbe Flasche Wein intus. Sonst alles okay.

PYTHON: Nur eine halbe Flasche? Schwach.

PYTHON: Ich lasse es durchgehen, weil du süß bist.

PYTHON: Sorry, dass dein erster Tag kacke war.

ICH: Halb so wild. Hätte viel schlimmer kommen können.

PYTHON: Ja, aber auch besser. Ich weiß, dass du dazu neigst, Perfektionistin zu sein. Ich bin mir sicher, dass es dich von innen auffrisst, wie der Tag gelaufen ist.

ICH: Absolut.

ICH: Sei mir nicht böse, aber ich muss das hier kurz halten … Sorry.

PYTHON: Kein Grund, dich zu entschuldigen. Du bist jetzt im harten Arbeitsleben angekommen. Ruh dich schön aus. Süße Träume, Monts.

PYTHON: *sexy. Nicht süße.

PYTHON: Sorry, mein Fehler.

ICH: Ich bin mir nicht sicher, wer anstrengender ist. Du oder die Kinder.

PYTHON: Ich plädiere für unentschieden.

ICH: Gute Nacht, Robert.

• • •

ICH: DEIN ERNST?

PYTHON: Yeah.

ICH: Das war NICHT nötig.

PYTHON: Ich weiß. Aber ich wollte es tun.

ICH: Woher wusstest du, dass ich Pizza mag?

PYTHON: Wie bitte? JEDER mag Pizza. Es ist eine Sünde, sich ihr zu verweigern.

PYTHON: Ich bin geschockt, dass du das überhaupt für möglich hältst.

PYTHON: Warte. Du magst Pizza, oder nicht?

Ich mache mir Sorgen, mit was für einer Frau ich mich hier einlasse …

ICH: Doch. Ich liebe Pizza.

ICH: Tausend Dank dafür. Aber hör bitte auf, mir Dinge zu schicken. Am Ende kommt mir noch der Gedanke, dass du mich magst.

PYTHON: Ich mag dich doch.

PYTHON: Wie war Tag Nummer zwei?

ICH: Ich habe es geschafft, den Kaffee erst NACH der Mittagspause über mich zu schütten. Eine Verbesserung, würde ich sagen.

PYTHON: Frau, das gibt's doch nicht.

PYTHON: Ich wünschte, ich könnte dich jetzt umarmen.

ICH: Nackt umarmen, oder?

PYTHON: Moment mal, hast DU etwa gerade eine nackte Umarmung vorgeschlagen? Ich glaube, ich lese nicht richtig.

ICH: Es war ein langer Tag.

PYTHON: Es wird besser. Das ist die normale Aufregung der ersten Woche. In null Komma nichts bist du ein Profi.

ICH: Ich hoffe es. Mein Leben lang wollte ich Lehrerin sein, ich will den Kindern helfen und etwas in der Welt bewegen, weißt du. Ich hätte nicht gedacht, dass es so schwer sein wird.

PYTHON: Es wird leichter werden, Babe. Ich verspreche es.

PYTHON: Jetzt geh und ruh dich aus. Wir quatschen morgen weiter.

• • •

ICH: Mir tun die Füße weh!

PYTHON: Und das ist so wichtig, dass du mir das um sechs Uhr früh schreibst? Bist du verrückt, Frau?

ICH: Verzwickt! Sorry! Ich habe nicht an die Uhrzeit gedacht. Du bist in letzter Zeit einfach die erste Person, der ich schreibe.

PYTHON: Ich liebe das, aber ich liebe auch Schlaf.

ICH: Habe ich dich geweckt?

PYTHON: Wo denkst du hin. Bin schon seit Stunden wach.

PYTHON: Außerdem. Sollte das eine Aufforderung für eine Fußmassage sein, vergiss es. Füße sind ekelig. Auch deine zuckersüßen Füßchen.

ICH: Das war einfach unhöflich.

• • •

PYTHON: Ich hatte eine Idee.

ICH: Ich kriege es jetzt schon mit der Angst zu tun.

PYTHON: Wow, wow. Im Ernst, Monty? WIRKLICH?

PYTHON: Ich sehe, was aus dir wird, wenn du ein paar Tage keinen Sex hast. Du wirst hangry.

ICH: Hangry? Ich glaube, du benutzt die Kombi aus *hungrig* und *angry* falsch.

PYTHON: Nein, du hast das falsch verstanden. *horny* + *angry* = hangry.

ICH: Uff.

PYTHON: 😉

PYTHON: Zurück zu meiner Idee. Ich werde dich diese Woche nicht sehen, da du einfach zu müde vom Unterrichten sein wirst.

ICH: Ja, stimmt. Sprich weiter ...

PYTHON: Da dachte ich mir, wie wäre es mit Abendessen am Freitag?

ICH: Robbie? Lädst du mich auf ein Date ein?

PYTHON: Das tue ich tatsächlich, Montana.

ICH: Ich bin dabei.

ICH: Warte, hast du diese Woche nicht deinen Sohn?

PYTHON: Da ist der Haken.

PYTHON: Mein Sohn ist tatsächlich diese

Woche bei mir. Daher wäre er beim Abendessen dabei. Was denkst du?

ICH: Ich ... wow. Ich ... ich weiß nicht, Robbie.

ICH: Das ist groß.

PYTHON: *That's what she said.*

ICH: Huh? Wer?

ICH: Ach, nicht so wichtig.

ICH: Im Ernst. Das ist ein großer Schritt.

PYTHON: Ich weiß, ich weiß. Aber ... Okay, weißt du was? Ich ruf dich an, damit du keinen Screenshot machen und mir meinen hart erarbeiteten Bad-Boy-Ruf ruinierst. Und du gehst besser ran.

Mein Handy leuchtet auf und ich lasse es fast fallen. Wie dämlich, er hat mir eben gesagt, dass er mich anrufen wird. Ich tippe auf das grüne Symbol auf dem Display und halte das Handy ans Ohr.

»Ich werde jetzt schnulzig werden«, sagt er als Begrüßung.

»Hallo, Robbie.«

»Hör zu.«

Ich muss über seine Bestimmtheit lachen, aber folge seinen Anweisungen. Ich halte das Handy fest an mein Ohr, bereit, jedem kitschigen Wort zuzuhören.

Er atmet tief aus und sammelt seinen Mut, stelle ich mir vor.

»Ich mag dich, Monty. Ich mag dich *sehr.*« Seine Worte könnten kindisch wirken, aber die Überzeugung hinter ihnen lässt sie kraftvoll klingen.

Ich halte das Telefon so fest, dass meine Fingerknöchel weiß werden.

»Ich mag dich auch sehr, Robbie«, antworte ich ihm.

»Nein, du verstehst das nicht. Ich kann nicht aufhören, an dich zu denken. An deinen Hintern und deine Titten ... oder deinen verfluchten Knutschmund.« Ich kichere, weil diese Konversation wieder in eine typische Robbie-Richtung geht. »Mir geht deine verrückte andere Art nicht aus dem Kopf oder deine merkwürdigen sexy Oma-Outfits. Das ist schon peinlich, wenn man genauer darüber nachdenkt.«

»So schlimm sind sie nicht.«

»Ich sehe das anders. Egal, ich mag es, mit dir zusammen zu sein und mit dir Zeit zu verbringen. Und ich möchte das weiterhin tun ... und zwar oft.«

Es ist still in der Leitung und für einen kleinen Moment sorge ich mich, dass die Verbindung tot ist.

Und dann verstehe ich es, was in diesem Moment passiert, was er mir versucht, zu sagen, ohne es laut auszusprechen.

Mein Herz fängt an, schneller zu schlagen, und mir wird schwindelig. Plötzlich durchströmt mich all diese Energie.

»Robbie … sagst du mir gerade, dass du mit mir fest zusammen sein willst?«

»Ich glaube schon.« Er murmelt etwas, das ich nicht verstehe. Es klingt ein wenig wie sein liebstes Stoßgebet. »Ja. Ich meine, ja. Das will ich.«

»Ich … ich weiß nicht, was ich dazu sagen soll.«

»Ich weiß, das sollte nur so zum Spaß sein, aber es hat sich entwickelt. Ich will mehr als nur Spaß. Ich will Verbindlichkeit. Ich will was Ernstes. Ich will dich.«

Seine Worte nehmen mir fast den Atem. Ich schaffe es gerade noch, zu fragen: »Du willst mich?«

»Fuck. Ja. Ich will dich. Morgens, wenn ich aufwache, denke ich als Erstes an dich. Okay, nach meinem Sohn und nachdem ich pinkeln war.«

»Gut zu wissen, dass ich in der Reihenfolge nach deiner vollen Blase komme.«

»Mach dich nicht lustig über mich. Mir fällt dieses Zeug mit Emotionen nicht leicht.«

»Sorry. Ich … ich habe Angst.«

»Ich auch, Monty. Ich habe eine gottverdammte Angst. Es schnürt mir den Hals zu. Aber ich glaube, du bist es wert. Du bist das Risiko wert.«

»Du glaubst?«

Er lacht. Ich höre, wie er am anderen Ende der Leitung hin und her geht. »Normalerweise bin ich ziemlich gut darin, Menschen einzuschätzen. Irgendetwas an dir schüchtert mich ein. Egal, wie cool und locker ich zu sein versuche und voll auf ›Klar, Babe, ich bin mir meiner Sache sicher‹ tun will, mit dir kann ich das nicht. Du bist anders als all die

Frauen, die ich vorher getroffen habe. Mit dir will ich was anderes, Verbindlichkeit. Und dieser verfickte kleine Unterschied jagt mir Angst ein.«

»Mir zu sagen, dass du genauso viel Angst hast wie ich, das ist sehr mutig von dir. Ich will Ja zu dir sagen.«

»Dann sag es.«

»Ich … uff.«

Ein *Ping*-Ton erklingt in meinem Ohr und ich sehe eine Nachricht von Robbie.

»Hast du mir gerade eine Nachricht geschickt?«

»*Nope*. Das war ich nicht.«

»Warte kurz.«

Ich ziehe die Notifications-Anzeige runter, um die Nachricht zu lesen.

»Was hast du mir geschickt?«

»Keine Ahnung, wovon du redest.«

Ich halte das Display vor mich und öffne die Nachricht.

Und ich muss sofort laut lachen.

»Du benutzt tatsächlich das Kaninchen, um mich zu fragen, ob wir was Festes wollen?«

»Ich habe keine Schamgrenze, Monts. Wenn es um dich geht, halte ich mich nicht zurück.«

Er macht eine Pause und flüstert: »Sag Ja.«

Ohne Zögern antworte ich: »Ja.«

»Bist du …?« Er stolpert über seine Worte. »Bist du sicher?«

»Ich bin mir sicher.«

»Wirklich sicher? So sicher, wie du dir vorher nie warst?«

»Ja.«

»Komplett und ohne Zweifel?«

Ich lache. »Bring mich nicht dazu, es zurückzunehmen.«

»Wiederholen ist gestohlen. Das ist unsere Regel ... Girlfriend.«

• • •

ICH: Ich wollte dir nur ein Lebenszeichen von mir schicken.

PYTHON: Ich hatte mir langsam Sorgen gemacht.

PYTHON: Wie war der dritte Schultag?

ICH: Besser als die vorherigen Tage.

PYTHON: Gut, das freut mich.

PYTHON: Ist es okay, wenn ich dich heute Abend anrufe? Bist du nach neun noch wach? Ich muss mich vorher um ein paar Dinge kümmern, aber danach hätte ich Zeit.

ICH: Das passt. Ich bin noch in der Schule. Heute ist ein laaanger Tag.

PYTHON: Ich hätte da was Langes für dich.

PYTHON: DOWNLOAD ATTACHMENT

ICH: Ich hatte Angst, die Nachricht auf der Arbeit aufzumachen. Aber jetzt bin ich froh, dass ich mich getraut habe. Ich brauchte was zu lachen.

PYTHON: UNVERSCHÄMT! Was fällt dir ein, dich über mein Würstchen lustig zu machen.

ICH: Moment mal. Dein WÜRSTCHEN?

ICH: Du bist jetzt mein Freund. Damit ist das MEIN Würstchen.

PYTHON: Willst du mir sagen, ich habe eine Pussy gewonnen?

ICH: Meine Güte! Sag das doch nicht so.

PYTHON: Gleichberechtigung, Babe.

ICH: Ich muss leider fragen, warum sieht es so komisch aus?

PYTHON: Monty, du KANNST einen Mann doch nicht fragen, warum sein Würstchen komisch aussieht. Kennst du keinen Anstand?

ICH: Antworte doch einfach.

PYTHON: Es ist ein Putenfleischwürstchen. Ich versuche, mich gesund zu ernähren.

ICH: Das klingt ... unappetitlich.

PYTHON: Kein. Anstand.

PYTHON: Hör zu. Ich muss los, mein Kind füttern. Wir haben heute noch was vor. Lass uns die Sexkussion später weiterführen.

ICH: Die ... was?

PYTHON: SEX-Kussion. Das ist eine unterhaltsame Diskussion mit anzüglichem Unterton, die mit Sex endet.

ICH: Das hast du dir gerade ausgedacht. Gib es zu.

PYTHON: Ich kann es weder bestreiten noch bestätigen.

ZWANZIG

ROBBIE

»Ich will nicht gehen. Erst schickst du mich ins Day Camp. Dann muss ich dort noch in die Schule. Jetzt soll ich am Abend hin? Schon wieder?« Er verschränkt seine Arme vor der Brust und zieht eine Schnute. »Nein danke.«

»Und ich will nicht arbeiten gehen und die Rechnungen zahlen. Aber das ist Teil vom Erwachsensein. Reiß dich zusammen und lass uns gehen. Sonst verspäten wir uns.«

»Das ist dann deine Schuld. Du warst beim Abendessen die ganze Zeit mit dem Handy beschäftigt.«

»Du hast langsamer als eine Schnecke gegessen.«

»Du hast spät das Abendessen gekocht.«

»Es waren Hotdogs! Das dauert keine zwei Minuten, die zu essen. Woher hätte ich wissen sollen, dass du dafür eine halbe Stunde brauchst.«

Er schüttelt seinen Kopf und die Locken hüpfen um sein Gesicht. »Du weißt nichts über deinen eigenen Sohn.«

»Ich weiß, dass ich diesen Sohn in den nächsten Mülleimer stopfe, wenn er nicht gleich einen Gang höher schaltet und schneller läuft.«

»Würdest du nicht machen.«

Ich schaue ihn von der Seite an. »Meinst du?«

In seinem Blick ist etwas Sorge zu erkennen, dann hechtet er den Gang entlang.

»Auf geht's! Los!«

»Na, danke schön«, rufe ich ihm hinterher, bevor er um die nächste Ecke verschwindet.

Kleiner Scheißer.

Ich beeile mich, ihn einzuholen. Es war keine Übertreibung, wir sind spät dran. Und das, weil er sich so viel Zeit beim Essen gelassen hat. Ich mag es nicht, zu spät zu kommen.

Okay, ich hatte auch einen Beitrag geleistet, weil ich Monty wie ein Trottel geschrieben habe. Aber ich schiebe die Sache lieber Xavie in die Schuhe. Er hat am Ende immer Schuld.

Ich brettere um die Ecke und komme abrupt zum Halt, bevor ich in die Person reinpresche, die ich wohl als Letzte hier erwartet hätte. Sie steht am Ende des Ganges und unterhält sich mit meinem Sohn.

»Monty?«

Als sie meine Stimme hört, reißt sie den Kopf hoch und unsere Blicke treffen sich.

Schock. Verwirrung. Sorge.

So viele Reaktionen in so kurzer Zeit.

»Nein«, murmelt sie.

»Erster, Papa! Wer wird jetzt in den Mülleimer gestopft?« Xavie feixt und macht ein kleines Siegertänzchen.

»Das wärst immer noch du«, antworte ich ihm.

»Unfair! Ich habe gewonnen. Stimmt's, Mrs Andrews?«

Da hätten wir es. Die Bestätigung, die ich brauchte.

Monty Andrews, die Frau, in die ich mich Stück für Stück verliebe, die Frau, die ich gestern Abend gefragt habe, ob sie meine feste Freundin sein möchte, ist die Lehrerin meines Sohnes.

FUCK.

Als Xavie erwähnte, dass der Name seiner Lehrerin Andrews war, dachte ich sofort an Monty. Aber er sagte Mrs, und das konnte auf keinen Fall Monty sein, weil sie nicht verheiratet ist. Außerdem war ich mir sicher, dass sie an der weiterführenden Schule unterrichtet und nicht an der Grundschule, daher habe ich nicht weiter daran gedacht.

Diese wunderschöne junge Frau kann nicht die Lehrerin meines Sohnes sein.

Falsch.

Fucking falsch.

»Stimmt, du warst tatsächlich Erster«, antwortet sie meinem Sohn.

»Auf wessen Seite bist du denn?«

»Ich stecke in einer Zwickmühle«, meint sie, und die Doppeldeutigkeit ihrer Worte ist mir sofort bewusst.

»Kiddo, warum gehst du nicht vor ins Klassenzimmer? Ich bin gleich da.«

Er rennt rein und lässt Monty und mich im Flur stehen.

Ich will wegrennen.

Ich will schreien.

Ich will sie verdammt noch mal küssen.

Ich will so viele wilde Dinge mit ihr machen und nichts davon wäre eine angebrachte Reaktion auf diese Situation.

Sie macht einen vorsichtigen Schritt auf mich zu und ich erkenne, wie unsicher sie ist. Ihre Schultern sind gerade und ihr Blick ist streng.

»Was machst du hier?«, fragt sie.

»Was machst *du* hier?«

»Das ist mein Arbeitsplatz.«

»Und das ist die Schule meines Sohnes.«

»Ich ...« Sie fasst sich an die Stirn und sie scheint die Situation zu begreifen. »Wie kann das sein?«

»Ähm, weil er sieben Jahre alt ist.«

»Wie kann es sein, dass dein Sohn sieben ist? Wir sind doch gleich alt?«

»Ich bin sechsundzwanzig.«

»Ich ... ich dachte die ganze Zeit, dein Sohn sei jünger. Zwei oder höchstens drei Jahre. Nicht sieben.« Sie zieht ihre Augenbrauen zusammen. »Wie alt warst du, als er geboren wurde? Achtzehn?«

»Neunzehn«, antworte ich.

»Oh. Wow.«

Sie verurteilt mich. Das ist eigentlich nichts Neues, aber ich kenne es nicht von Monty.

Sie realisiert, wie ihre Worte klingen, und der Kiefer klappt ihr herunter.

»Verflixt. Sorry. Ich wollte nicht so ... unhöflich sein. Ich verurteile dich auf *keinen* Fall dafür, dass du so jung Vater geworden bist.«

»Gut. Ich lehne es komplett ab, mich dafür zu schämen.«

»Das hast du auch nicht nötig.«

»Ich weiß.«

Es wird still im Flur. Ich mache mir Sorgen, dass sie hören kann, wie stark mein Herz klopft und mir fast aus der Brust springt.

Verdammt. Was passiert hier gerade?

»Wieso haben wir nie darüber gesprochen?« Die Worte purzeln schnell aus ihrem Mund, ich verpasse sie beinahe. »Ich meine, in all den Unterhaltungen, die wir geführt haben, warum war das nie Thema?«

Ich zucke mit den Schultern. »Wir haben Dinge voneinander angenommen und sie nicht infrage gestellt.«

»Ich bin keine Person, die Mutmaßungen anstellt.«

»Du hast dich auch nicht als jemanden gesehen, der mit einem Fremden auf der Toilette knutscht. Es ist trotzdem geschehen.«

»Das stimmt.« Mit einer Hand hält sie sich die Stirn, die andere liegt auf ihrem Bauch. »Ich gehe einen Schritt aus meiner Komfortzone, und dann passiert *so was*. Karma. Dafür, dass ich meine Familie zurückgelassen habe. Weil ich mich nicht an die Regeln gehalten habe, weil …«

Sie tigert hin und her. Ich packe sie und beruhige sie.

»Stopp.«

In ihren Augen glitzern Tränen und Sorgen. »Tut mir leid«, flüstert sie, als sie zu mir raufschaut. »Das ist alles meine Schuld.«

»Nein, Monty. Es ist einfach ein verkackter Zufall.«

»Wieso warst du letzte Woche nicht hier?«

»Warum ich nicht hier war?«

»Hier. Zum Elternsprechtag. Du warst nicht dabei.« Plötzlich weiten sich ihre Augen. »Oh nein, ich habe deine Ex getroffen! Holly! Sie war so nett und so hübsch und … überhaupt nicht wie ich.«

»Du gefällst mir besser.«

Auch wenn mein Kommentar wahr ist, ist es eine Ablenkung, um sie zu beruhigen. Aber sie lacht nicht.

»Sorry. Letzte Woche Mittwoch hatte ich die Spätschicht im Jugendzentrum. Das weißt du.«

»Ich wusste das, als du noch Robbie warst, der Typ, mit dem ich im *Lola's* rumgeknutscht habe. Nicht mein Freund und der *Vater* einer meiner Schüler.«

Sie zieht ihre Unterlippe zwischen die Zähne und ich möchte sie küssen. Aber ich darf nicht.

»Es ist okay, Monty.«

Sie schüttelt den Kopf und versucht, sich aus meinem Griff zu lösen. Ich lasse sie nicht los. Ich kann nicht. Noch nicht.

»Wieso? Wieso haben wir nicht darüber gesprochen?«

»Ehrlich gesagt war es am Anfang nur Sex. Nichts weiter.«

»Es hat sich zu mehr entwickelt.«

»Hat es. Trotzdem sollte es locker und flockig sein.« Ich ziehe sie näher an mich ran und schlinge meine Arme um ihre Taille. Dann bringe ich meine Lippen an ihr Ohr. »Ich hatte nicht vor, so süchtig nach dir zu werden.«

»Robbie … was bedeutet das?«

Unsere gesamte Beziehung zieht vor meinem inneren Auge vorbei.

Ich habe sie in einer Bar kennengelernt. Wir haben uns auf der Toilette geküsst. Meine Finger waren tief in ihr drin. Mit meinen Nachrichten habe ich sie Stück für Stück für mich gewinnen können. Ich hatte unzählige schmutzige Träume und kalte Duschen, alles wegen ihr.

Und dann habe ich sie gevögelt. Immer und immer wieder.

Wir haben keine Stelle in meiner Wohnung ungenutzt gelassen. Und in ihrer.

Ich habe sie über meine Couch gebeugt, ich hatte sie in meinem Bett. Auch wenn wir beide der Meinung waren, dass Sex unter der Dusche nicht unser Ding ist, waren wir auch dort.

Sie ist die Lehrerin meines Sohns. Und ich kann meine verdammten Hände nicht von ihr lassen.

Ich atme schwer aus und gehe einen Schritt weg. Sobald sich meine Finger von ihr lösen, vermisse ich sie wie verrückt.

»Es bedeutet, dass du die Lehrerin meines Sohns bist und wir miteinander Sex hatten, viel Sex. Wir haben uns erst gestern Abend dafür entschieden, eine Beziehung miteinander zu führen und das bedeutet …« Ich reibe mir meinen angespannten Nacken. »Es bedeutet, dass alles um einiges komplizierter geworden ist.«

• • •

»Zuletzt möchte ich mich bei Ihnen allen für Ihr zahlreiches Erscheinen bedanken. Ich weiß es sehr zu schätzen, dass Sie sich die Zeit genommen haben für ein gemeinsames Kennenlernen. Ich freue mich schon auf unsere Zusammenarbeit in diesem Schuljahr.«

Mein Herz schwillt an voller Stolz.

Sie schlägt sich großartig.

Ha. *Meine Freundin* – wie lange das noch zutrifft, kann mir auch keiner sagen, nach der Enthüllung von heute Abend.

Wie konnten wir das übersehen? Wieso kamen wir nicht ein einziges Mal auf die Idee, das abzuklären? Ich war zu sehr damit beschäftigt, ihr die Kleidung vom Leib zu reißen, sodass ich keinen Gedanken daran verschwendet habe, zu fragen, was sie unterrichtet. Überhaupt, wie groß ist die Chance, dass die fremde Frau, die ich in einer Bar kennenlerne, die Lehrerin meines Sohnes ist?

Die Eltern schütteln einer nach dem anderen Montys Hand, tauschen Nettigkeiten aus und Monty beantwortet noch offene Fragen.

Schließlich sind nur noch Monty und ich übrig. Und mein Sohn.

Von der anderen Seite des Raumes findet ihr Blick mich. Sie ist unruhig.

Ich habe auch Angst, will ich am liebsten rufen.

Sie kommt durch das Klassenzimmer auf uns zu und faltet ihre Hände in ihrer typischen Lehrerinnen-Art.

»Mr Cross, gibt es von Ihrer Seite noch Fragen?«

Als sie meinen Namen ausspricht, zuckt es in meinen

Boxershorts. Für diese unangebrachte Reaktion möchte ich mich selbst ohrfeigen.

»Ja, ich habe tatsächlich einige Fragen.«

»Ich auch.«

»Vielleicht könnten wir unsere Fragen zu einem späteren Zeitpunkt klären?«

»Würde Ihnen einundzwanzig Uhr passen?«

Sie bezieht sich auf unsere Telefonverabredung später am Abend. Ich nicke.

»Prima, wir sprechen uns dann.« Sie wendet sich an meinen Sohn. »Xavier, es war mir eine Freude, dich zu sehen. Bis morgen.«

»Gute Nacht, Mrs Andrews«, sagt er und gähnt.

Ich führe Xavie zum Ausgang, ohne ein weiteres Wort zu verlieren.

Ich kann nichts sagen. Zu groß ist die Sorge, was aus meinem Mund kommen könnte.

Die Heimfahrt ist kurz, zu kurz. Und es dauert auch nur halb so lang wie sonst, Xavie ins Bett zu bringen.

Um halb neun ist er im Tiefschlaf versunken, und mir bleibt nichts anderes übrig, als in meiner Wohnung auf und ab zu laufen, während mir tausend Fragen durch den Kopf schießen.

Ich starre die Uhr an und mein Herz schlägt wie wild. Die Minuten scheinen schnell und langsam zugleich zu verstreichen.

Was werde ich ihr sagen? Was wird sie mir sagen? Wie um alles in der Welt werden wir aus diesem Schlamassel wieder rauskommen?

Genau um einundzwanzig Uhr klingelt mein Telefon.

»Hey«, sagt sie leise, als ich rangehe.

Ich lasse mich rückwärts auf die Couch fallen. Mein ganzer Körper fühlt sich plötzlich müde an, so sehr, dass ich mich nicht länger auf den Beinen halten kann. Ich seufze und nehme einen Schluck vom Bier, um meine Nerven zu beruhigen.

»Was für ein Chaos, Monts.«

Sie lacht zaghaft. »Ich weiß.«

»Was machen wir jetzt?«

»Ich bin mir nicht sicher«, gesteht sie.

»Was willst *du* machen?«

»Ich bin mir nicht sicher«, wiederholt sie.

Ich weiß auch nicht, was ich tun möchte.

Ich will sie nicht aufgeben. Gleichzeitig will ich nicht, dass sie sich unwohl fühlt.

Wir sitzen schweigend am Handy. Es vergeht so viel Zeit, dass ich fast befürchte, sie könnte eingeschlafen sein.

»Bist du noch da?«, frage ich flüsternd.

»Ja. Ich denke nach.«

»Über uns?«

»Natürlich. Wie könnte ich gerade an etwas anderes denken?«

»Ich weiß nicht. Ich hatte gehofft, du hättest eine gute Ablenkung gefunden und könntest sie mit mir teilen. Nichts scheint zu helfen. Sogar Alkohol hilft nicht. Seit einer halben Stunde nippe ich an meinem Bier.«

Mehr Stille.

Lange Seufzer.

Tiefes Ausatmen.

»Wir sollten es lassen, bevor es zu kompliziert wird. Oder?«, fragt sie schließlich.

»Das sollten wir. Aber ich will nicht.«

»Ich ... Ich will es auch nicht.«

»*Dürfen* wir denn daten? Gibt es an der Schule irgendwelche Vorschriften, die das verbieten?«

»Ich bin mir nicht sicher. Als man mir den Leitfaden gegeben hat, habe ich darauf nicht geachtet. Nie hätte ich gedacht, dass ich mir über so etwas Gedanken machen muss.«

Sie klingt bissig. Ich weiß, dass es nicht gegen mich gerichtet ist, sondern gegen die Situation, in der wir sind.

»Darf ich etwas Merkwürdiges sagen?«

»Klar.«

»Als dein Sohn ins Klassenzimmer kam, hatte ich das Gefühl, dass er mir bekannt vorkam. Ich konnte nicht ausmachen, woran es lag«, gesteht sie.

»Seine Augen. Er hat meine Augen.«

»Das ist es! Abgesehen von den Augen sieht er dir nicht sonderlich ähnlich. Wie kommt es, dass ihr nicht den gleichen Nachnamen habt?«

»Seine Mutter wollte es so.« Ich seufze. »Ich bereue es jeden Tag, dass ich mich darauf eingelassen habe. Damals war mir das nicht wichtig. Es machte mir nicht viel aus, dass mein Kind einen anderen Nachnamen tragen würde. Heute wünsche ich mir nichts sehnlicher.«

»Kann man das nicht ändern?«

»Ja. Ich will aber, dass Xavie das selbst entscheidet.«

»Xavie? Ist das sein Spitzname?«

»Außerhalb der Schule, ja.«

»Xavier Levy.« Sie spricht seinen Namen mit Bewunderung.

»Xavier *Zachary* Levy. Ich durfte den zweiten Vornamen aussuchen.«

»Du hast ihn nach deinem ziegenliebenden besten Freund genannt?«

Ich muss bei der Beschreibung schmunzeln. »Der unübertroffene Zach.«

»Das ist ihm sicher zu Kopf gestiegen.«

»Du kannst es dir nicht vorstellen.«

Ich lausche dem Rauschen, das aus der Leitung kommt.

»Was machst du?«, frage ich.

»Ich geh ins Bett.«

»Bist du nackt?«

»Nein!«, lacht sie. »Außerdem kannst du nicht mehr so mit mir reden.«

»Warum nicht? Wir sind noch zusammen, oder?«

Es wird wieder still auf ihrer Seite. Ich höre nicht, ob sie sich noch bewegt, nur ihre Atemzüge.

Zwei Minuten verstreichen, bevor sie wieder spricht.

»Ja.«

Mein Herz fließt über bei diesem Wort.

So klein und einfach. Und doch steckt darin enorme Kraft.

»Wie wollen wir die Situation handhaben?«

»Vorsichtig. Und gemeinsam. Es ist nicht illegal, mit dir zusammen zu sein. Und es ist auch nicht unmoralisch. Wir sollten nur vorsichtig und achtsam sein. Es wäre am besten, wenn wir Xavier vorerst nichts erzählen. Und wir sollten keinen Sex mehr haben, bis wir diese Situation für uns geklärt haben.«

Ich springe von der Couch.

Hölle, nein. Ich gebe Sex mit ihr nicht auf. Das wird nicht passieren. Besonders nicht, seitdem ich weiß, wie fucking gut es sich anfühlt, in ihr zu sein.

»Sorry, aber hast du gerade gesagt, was ich glaube, gehört zu haben?«

»Ja, Robbie.« Nun seufzt sie. »Keinen Sex mehr.«

»Wir haben schon miteinander geschlafen. Das Argument zählt nicht.«

»Ich …« Sie schnalzt mit der Zunge. »Uff. Von mir aus. Du hast recht. Ich wünsche mir nur, dass ich ansatzweise das Gefühl zurückbekomme, die Situation irgendwie unter Kontrolle zu bekommen. Lass uns einfach … vorsichtig sein. Sehr vorsichtig. Kein Mensch darf wissen, dass wir ein Paar sind.«

»Wir daten also im Verborgenen?«

»Kann man so sagen.«

»Hm. Das könnte mir gefallen. Es klingt … sexy. Nach Spaß. *Gefährlich.*«

Sie kichert. Als ich die echte Freude in ihrer Stimme höre, kann ich zum ersten Mal an diesem Abend entspannen.

»Hey, Monty?«

»Ja?«

»Ich bin froh, dass du noch meine Freundin bist.«

»Ich bin auch froh.«

EINUNDZWANZIG

MONTY

ICH: Regel #1. Keine schmutzigen Nachrichten mehr, während ich in der Schule bin und DEIN SOHN in meinem Klassenzimmer sitzt.

PYTHON: Das wird schwer, aber ich kann mit der Regel leben. *Next.*

ICH: Regel #2. Ich kann nicht mehr zu dir kommen. Es fühlt sich einfach merkwürdig an. Du und Thumbelina könnt zu mir kommen, oder wir treffen uns an einem öffentlichen Ort.

PYTHON: Hör auf, mich zu überreden, mit dir in der Öffentlichkeit Sex zu haben. Wirklich, Monty.

ICH: Mach ich nicht!!!

PYTHON: Klar, rede dir das nur ein, Babe.

ICH: Regel #3. Du nennst mich nicht mehr Babe. Es gefällt mir zu gut.

PYTHON: Geht klar, Babe. Mach ich nicht mehr, Babe.

ICH: Das klappt hervorragend.

PYTHON: Wie sagt man? Regeln sind da, um gebrochen zu werden?

ICH: Unsinn. Regeln sind dafür da, dass man sie BEFOLGT. Es ist wichtig, dass man Regeln einhält. Besonders unsere Regeln.

PYTHON: War mir nicht bewusst, dass ich so eine Spießerin date.

ICH: War dir wohl.

PYTHON: Stimmt. Vielleicht sollten wir doch Schluss machen.

PYTHON: ICH SCHERZE. Verlass mich bitte nicht. Ich mag dich zu sehr.

ICH: Ich mag dich auch. Und das ist unser Problem.

PYTHON: Wenn du Problem sagst, meinst du eigentlich das Beste, was dir je widerfahren ist. Richtig?

ICH: Das wird sich zeigen.

PYTHON: Gemerkt, Monty. GEMERKT.

ICH: Ich könnte meinen Job verlieren!

PYTHON: Stimmt nicht. Du hast selbst gesagt, dass im Leitfaden nichts dazu stand, als du nachgeschaut hast. Wir machen nichts falsch. Solange Xavie bei dir in der Klasse ist, sollten wir uns professionell verhalten und keine große Nummer daraus machen.

ICH: Du meinst für das GESAMTE SCHULJAHR?

PYTHON: JA. HÖR AUF, MICH ANZUSCHREIEN. VERDAMMT, ICH KANN NICHTS DAFÜR, DASS ICH EINEN MAGISCHEN DADDY-SCHWANZ HABE, DEM DU NICHT WIDERSTEHEN KANNST.

ICH: Es ist alles deine Schuld.

ICH: Außerdem, nenn ihn nicht mehr so. Ich kenne deinen Sohn, das ist widerlich.

PYTHON: Yeah. Das ist für mich ruiniert. Danke, Langweilerin.

ICH: *Küsschen*

• • •

PYTHON: Weil wir unsere Verabredung heute absagen mussten, wie wäre es, wenn ich dich am Sonntagabend ausführe? Ich kann dich abholen, nachdem ich die Brut bei seiner Mutter abgesetzt habe.

ICH: Hm ... Ich notiere mir das vorsichtig mit Bleistift in meinem Kalender.

PYTHON: Bleistift? Ich notiere dich mit *meinem* Bleistift.

PYTHON: Warte. Nein.

PYTHON: Ich glaube, ich habe eben meinen Schwanz mit einem Bleistift verglichen. Dabei wissen wir beide, dass er eher eine Pringles-Dose ist.

PYTHON: Und das war mein katastrophaler Versuch, sexy und lustig zu sein.

PYTHON: Ich halte mal lieber die Klappe.

ICH: Das wäre tatsächlich das Beste.

ICH: PS: Du bist meine liebste Pringles-Sorte. 😉

PYTHON: Wow. Der ist dir schnell über die Lippen gekommen.

ICH: Mag sein, aber bei dir komme ich immer schnell.

PYTHON: OH FUCK! Montana Andrews, hast du eben einen Witz über SEX gemacht? Du Luder!

ICH: Hör. Auf.

PYTHON: *Nope!* Ich hab drei fucking Screenshots gemacht, sicher ist sicher. Falls ich aus Versehen einen lösche. Ich drucke mir die aus. Warte nur.

ICH: Okay, das war's. Ich mache Schluss.

PYTHON: Sorry, aber mich wirst du nicht los.

PYTHON: Du bist aufgeregt, ich weiß es.

ICH: *nicht (Du hast da ein kleines Wörtchen vergessen).

PYTHON: Ohh, auch noch frech.

• • •

PYTHON: Magst du Tacos?

ICH: Magst du Luft zum Atmen?

PYTHON: Ich bin mir nicht sicher, aber kann man das als Morddrohung interpretieren?

ICH: So hatte ich das nicht gemeint, aber von mir aus …

ICH: Ja, ich mag Tacos. Warum?

PYTHON: Wollte nur sichergehen für unser Date morgen.

ICH: Wir gehen morgen Tacos essen?

PYTHON: Mal sehen.

ICH: Warum fragst du, wenn wir gar nicht

Tacos essen gehen? Du kannst mich nicht heiß machen und dann nicht abliefern!

PYTHON: Wow, jemand mag ihre Tacos. Ich werde es mir merken.

ICH: Sorry, ich bin gerade hangry.

PYTHON: Warum bist du *horny*? Hast du wieder die Bilder angeschaut, die ich dir geschickt hatte?

ICH: Robbie ...

PYTHON: Das ist der Moment, in dem ich mich rausziehe und aufhöre. Möchte keinen Tritt in die Eier riskieren. Die sollen heil bleiben. Ich hatte vor, sie zu behalten. Wer weiß, vielleicht soll ja irgendwann noch ein Kind gezeugt werden. So, yeah, bye.

PYTHON: Um es klarzustellen ... Ich meine NICHT, dass ich ein Kind mit dir möchte.

PYTHON: Nicht, weil du abstoßend wärst und ich mir das nicht vorstellen kann. Aber nicht jetzt.

PYTHON: Weißt du was? Das ist komplett in die

falsche Richtung gegangen. Können wir bitte so tun, als hätte das eben nicht stattgefunden und ich hätte mich schon vor einer Weile verabschiedet?

PYTHON: Bye.

ICH: Robbie?

PYTHON: Ja?

ICH: Ich hab dich sehr gern.

ICH: Aber bitte hör auf, zu schreiben.

PYTHON: Versprochen.

• • •

ICH: Wann treffen wir uns für unser Date heute?

ICH: Und soll ich bei der Kleiderwahl auf was achten?

PYTHON: Ich hole dich um sieben ab. Und von mir aus kannst du nackt sein.

ICH: Du möchtest mich nackt ausführen?

PYTHON: Nein, das nicht. Aber ich habe nichts dagegen, eine Vorspeise zu essen. Für die Hauptspeise gehen wir aus.

PYTHON: Und mit Vorspeise meine ich dich, Monty.

PYTHON: Genau gesagt meine ich deine Pussy. Für den Fall, dass dir das nicht klar war.

ICH: Ich ... ähm. Ja. Ich habe es verstanden. Aber danke für diese, ähm, bildliche Erklärung.

PYTHON: Bildlich, ja? Was geht dir konkret durch den Kopf?

ICH: Du weißt schon.

PYTHON: Erkläre es mir bitte. Bis ins kleinste Detail. Danke.

ICH: Werde ich nicht.

PYTHON: Okay. Sei nackt.

ICH: Oder was?

PYTHON: Oh, Monty. Wenn du meinst, dass

dein Widerstand irgendeinen Einfluss auf meinen Steifen hat, dann irrst du dich.

PYTHON: Sei. Nackt.

ZWEIUNDZWANZIG

MONTY

»Dafür werde ich in der Hölle schmoren.«

Er kommt wieder empor und beugt sich frech grinsend über mich. »Halt mir einen Platz frei.«

»Nein, ich kann es nicht fassen, dass ich das zugelassen habe.«

»Ich schon. Es ist unmöglich, mir zu widerstehen.«

»Manchmal wünsche ich mir, dass das nicht so wäre. Es gibt Momente, da bist du zu viel für mich. Plus, lass uns nicht vergessen, dass ich die Lehrerin deines Sohnes bin. Ich wäre all meine Sorgen los.«

»Okay, dann lass uns heute Abend so tun, als wären wir nur Monty und Robbie. Ich kein Vater und du nicht Lehrerin meines Sohnes. Nur zwei Leute, die sich fucking hart bemühen, sich nicht zu schnell ineinander zu verknallen. Wir gehen aus, um eine gute Zeit zu haben. Vielleicht küssen wir uns. Vielleicht wird gekuschelt. Vielleicht möchte ich dich wieder lecken. Lass uns schauen, was der Abend bringt. Was sagst du?«

Als ich seine Worte höre, drücken sich meine Beine automatisch zusammen. Ich nicke.

»Yeah?« Sein Grinsen wird noch breiter. »Welcher Teil sagt dir besonders zu?«

»Du weißt schon.«

»Verdammt, Babe, klar weiß ich es.« Er lehnt sich runter, um mich zu küssen, und ich drücke sein Gesicht von mir weg. Er streckt seine Zunge aus und leckt meine Hand ab.

»Oh Gott, nimm die Zunge weg.«

»Vor ein paar Minuten hast du das nicht gesagt.«

Ich seufze und greife mir das nächste Kissen, um ihm damit auf den Kopf zu hauen, bevor ich mein rotes Gesicht darunter verstecke.

So wie Robbie es sich gewünscht hatte, war ich pünktlich um sieben nackt ... oder zumindest so nackt, wie es möglich ist, wenn man noch die Tür öffnen soll.

Als er hereinkam, trug ich nichts außer meinem Morgenmantel, eng um meinen Körper gewickelt. Sobald ich ihn sah, drückten meine harten Brustwarzen gegen das dünne Material.

Und er sah es auch.

Ohne ein Wort zu verlieren, schob er mich in die Wohnung. Er hielt erst an, als wir im Schlafzimmer waren. Er zog mir den feinen Stoff vom Körper, legte mich auf das Bett und ließ seine Zunge in meine Mitte gleiten, bis es für mich kein Zurück mehr gab. Zwei Mal.

Er zerrt mir das Kissen vom Gesicht und lächelt. »Gern geschehen.«

Ich ziehe eine Augenbraue hoch. »Ich werde nicht auf die Knie fallen und mich bei dir bedanken.«

Er schließt die Augen und atmet ein. »Oh, die Bilder, die mir durch den Kopf jagen …« Er schüttelt den Kopf. »Dafür ist keine Zeit. Wir müssen los, sonst verpassen wir es.«

»Verpassen was? Tacos?«

»Genau. Da ist ein Foodtruck, den ich dir zeigen will. Der ist nur für eine bestimmte Zeit an dieser Location. Wir müssen uns beeilen, wenn wir ihn erwischen wollen.«

»Es gibt Menschen, die aus einem Truck essen?«

Er schaut mich ungläubig an. »Klar. Zieh dir was an, mein Luder.«

Ich rolle mich aus dem Bett und ziehe mich an. Robbie geht ins Bad.

»Ich benutze deine Mundspülung!«

Bei dem Gedanken wird mir ganz anders. »Ich werde nicht mit dem Mund dran gehen. Also kannst du aufhören, Panik zu schieben«, fährt er fort.

Eine angenehme Wärme fließt bei seinen Worten durch meinen Körper. Er kennt mich schon so gut, dass er weiß, wenn mich etwas anekelt. Wir haben uns vor noch gar nicht langer Zeit kennengelernt, wir daten erst seit Kurzem. Und trotzdem kennt er mich schon.

Es sind Momente wie dieser, die das alles so schwierig machen.

Als ich Robbie letztens im Schulflur auf mich zukommen sah, klopfte mein Herz so schnell, weil ich ernsthaft dachte, er sei wegen mir da.

Dann zählte ich eins und eins zusammen und mein Herz setzte aus.

Das, was wir hier machen, nämlich Zeit miteinander verbringen, ist nicht per se falsch ... aber es ist auch nicht unbedingt richtig.

Wenn man im Leitfaden der Schule nachliest, dann verstoßen wir gegen keine einzige Regel, die die Schule aufgestellt hat. Aber wir haben bereits die ein oder andere moralische Regel gebrochen. Das ist nicht gut.

Ich würde niemals aufgrund meiner Beziehung zu Robbie seinem Sohn einen schulischen Vorteil verschaffen. Und ich weiß, dass Robbie das niemals von mir erwarten würde.

Aber die Schwierigkeit ist, wie wir diese Situation einem Siebenjährigen erklären sollen. Daher sollten wir das hier geheim halten, solange ich Xavies Lehrerin bin. Nächstes Jahr, wenn er nicht mehr in meiner Klasse ist, dann können wir es ihm erzählen.

Nächstes Jahr.

Ich lächele bei dem Gedanken, dass Robbie und ich so viel Zeit miteinander verbringen werden.

Gleichzeitig bedeutet es auch, dass wir unsere Beziehung geheim halten müssen, und zwar für ein ganzes Jahr – und das bringt mich fast zum Weinen.

Eine Wand voller Wärme drückt sich an mich, als er mich von hinten umarmt.

Er legt seine schweren Hände auf meine Hüften und seine Lippen streifen mein Ohr. Ich zittere bei seiner Berührung.

»Egal, wie sexy und fuckable du in diesem absolut albernen Rock aussiehst, der wird heute Abend nicht gehen.«

Mit einer schnellen Handbewegung hat er den Verschluss geöffnet und das Kleidungsstück fällt auf den Boden. Ich stehe da in T-Shirt und Slip.

»Robbie!«

Er gibt mir einen Klaps auf den Hintern, hart genug, dass ich ihn in den nächsten Stunden nicht vergessen werde, wenn ich mich setze. Dann wirft er sich zurück auf mein Bett.

»Was? Ich bin mit dem Motorrad hier. Du kannst unmöglich den Rock tragen.«

»Das Motorrad?«, quieke ich schrill und klatsche in die Hände. »Oh, ich bin aufgeregt!«

»Ich auch. Ich kann es gar nicht erwarten, deine Beine um mich zu spüren. Jetzt schlüpf in deine Skinny Jeans vom letzten Mal und schnapp dir deine Jacke.« Er tippt auf seine Uhr an seinem Handgelenk. »Die Zeit läuft.«

Ich rase durch mein Zimmer, schnappe mir meine Jeans und ziehe sie rasch an. »Du weißt, dass wir reichlich Zeit gehabt hätten, um dahin zu kommen, wo immer wir auch hinmüssen, wenn du nicht darum gebeten hättest, dass ich nackt auf dich warten sollte.«

»Sorry, höre ich recht? Du beklagst dich, dass du gleich mehrere Orgasmen hattest? In Zukunft kann ich es auch sein lassen, es dir zu besorgen, wenn dir das Unannehmlichkeiten bereitet.«

»Nein!«, rufe ich einen Tick zu schnell. Ich schlüpfe in

meine Turnschuhe und stoße mir dabei den Kopf an einem Hängeregal. »Au! Mist.«

»Monty, sag einfach ›fuck‹«, ärgert er mich.

»Nein.« Ich ziehe meine Jacke über und flechte mir die Haare seitlich zu einem Zopf. »Komm nicht auf den Gedanken, mir meine Orgasmen zu nehmen. Die mag ich zu sehr.«

Er drückt sich vom Bett hoch und hält vor mir. Er streift eine lose Haarsträhne hinter mein Ohr und sagt: »Ich weiß das doch. Es könnte sein, dass deine Nachbarn jetzt auch darüber Bescheid wissen.«

Bei der Andeutung verschlägt es mir fast den Atem vor Schreck. Ich gebe zu, beim letzten Orgasmus *war* ich laut.

»Wissen sie nicht. Lass uns gehen, bevor ich meine Meinung ändere und dich doch nicht mehr daten will.«

Er lacht und verdreht die Augen, als ich davonstolziere.

Ich kann spüren, dass er mir auf den Schritt folgt, während ich uns zur Wohnungstür führe. Schnell schnappe ich mir meine Handtasche und die Hausschlüssel. Dann ziehe ich ihn aus der Wohnung. Es scheint, als wäre er jetzt der Trödler unter uns.

Er steht gefährlich nah bei mir, als ich den Schlüssel im Schloss umdrehe. So nah, dass ich seinen Atem in meinem Nacken fühle.

Ich hasse es, dass ich jedes Mal einen Schauer im ganzen Körper spüre.

»Du drohst mir immer wieder und es ist so verdammt heiß, wenn du das tust«, flüstert er mir zu. Und plötzlich streift seine Zunge meinen Nacken.

»Robbie!«, schreie ich auf und haue ihn.

Er lacht und ich verknalle mich noch ein bisschen mehr in ihn.

• • •

»Das sind mit Abstand die besten Tacos, die ich je gegessen habe.«

»Oder? Ich wusste, dass du sie genießen würdest. Ich habe den Truck durch Zufall gefunden, als ich vor einiger Zeit mit dem Motorrad abends unterwegs war. Seitdem stalke ich ihre Social-Media-Seite. Dadurch wusste ich, wo sie heute stehen.«

»Es ist so lecker. So ... frisch. Es ist großartig, dass man jede Kombination haben kann. Es ist ... es ist wie ...« Ich schnipse mit den Fingern. »Oh *cats*, ich verstehe!«

Seine Brauen ziehen sich zusammen. »Du verstehst was?«

»Der Name! TacoWay! So wie Subway, aber für Tacos. Man stellt sich seine eigene Kreation zusammen.«

»Das hast du erst jetzt erkannt?«

»Sei nicht so streng mit mir und iss deinen Taco.«

»Deinen Taco könnte ich immer essen.« Er zwinkert mir zu und nimmt einen weiteren Bissen.

Ich starre ihn fassungslos an.

»Ich meinte damit deine Möse ...«

Meine Hand fliegt zu meinem Mund und ich schaue mich erschrocken um, ob irgendjemand gehört hat, was er gesagt hat. Die anderen Gäste laufen unbefangen vorbei, scheren sich nicht um uns und sind mit sich selbst beschäftigt.

Er lacht mich aus und ich werfe ihm einen bösen Blick zu.

»Ich hatte verstanden, worauf du anspielst, Perversling.«

»Du liebst meine perverse Art.«

»Manchmal. Ab und zu werde ich dabei so rot, dass ich Angst habe, mich in eine Tomate zu verwandeln. Ich wette, eines Tages wirst du mich noch so erröten lassen, dass meine Wangen knallrote Flecken bekommen und ich für immer so aussehen werde.«

»Ich mag es, wenn du rot wirst. Es ist süß.«

»Es ist peinlich und fleckig und hässlich.«

Er setzt seine Schale ab und starrt mich an, während ich mir den nächsten Bissen in den Mund stecke.

»Was?«, frage ich mit vollem Mund.

Er schüttelt den Kopf. »Nichts.«

Ich kaue und schlucke den Happen runter, bevor ich wieder spreche. »Sag schon. Bitte. Ich mag das nicht, wenn man das macht. In meinen Gedanken läuft dann ein Film ab, was die Person wohl sagen hätte wollen und meine Versionen sind alles andere als nett. Daher, bitte, sag es mir einfach, auch wenn ich es nicht schön finde.«

Er seufzt. »Hast du noch nicht erkannt, dass ich dich wunderschön finde, egal, wie? Die Sommersprossen, die du so hasst, sind so scheiße sexy. Deine –«

»Ich dachte, wir hätten uns darauf geeinigt, dass menschliche Ausscheidungen nicht sexy sind.«

»Hör auf, mich zu unterbrechen. Das ist unhöflich.«

»Sorry.«

»Was ich sagen möchte, ist«, er fährt fort: »Deine roten Haare, die du als schrill und unattraktiv bezeichnest, sind verführerisch. Ich fühle mich von ihnen wie in einen Bann versetzt. Dein Körper, über den du dich so oft auslässt, ist für die meisten Sterblichen perfekt. Deine langen Beine, die dich *wie eine Giraffe rumlaufen lassen*, fucking heiß! Besonders, wenn sie um mich geschlungen sind. Verdammt, selbst dein *Geister*-Teint ist sexy.«

Seine Worte bringen mich dazu, meine Arme um seinen Hals werfen zu wollen und ihn immer und immer wieder zu küssen.

Es brennt in meinen Augen wegen der Tränen, die ich zurückhalte. Ich bemühe mich, sie wegzublinzeln.

Bis jetzt habe ich mich in meinem Leben nie zugehörig gefühlt. Ich war immer das blasse, rothaarige Mädchen, das beim einfachsten Wort oder Kommentar so knallrot anlaufen konnte wie eine Ketchupflasche. Ich habe mich nie als schön empfunden – oder sexy.

Bis ich auf Robbie traf.

»Geister-Teint, aha. Danke vielmals.«

»Monty, du bist verdammt sexy. Ich will, dass du niemals was anderes von dir denkst. Ich möchte nicht, dass du jemals meinst, ich würde dich wegen deiner ›sogenannten‹ Fehler nicht wollen. Ich liebe dich, so wie du bist.«

Und als er die letzten Worte ausgesprochen hat, wird sein Rücken kerzengerade. Er öffnet den Mund, als wolle er noch etwas hinzufügen. Aber es kommt kein Wort raus.

Ich warte.

Und ich warte, und warte, und warte.

Er sagt nichts.

Ich auch nicht.

Es hilft nichts dagegen, dass mein Herz immer schneller zu schlagen beginnt.

Liebe.

Er hat es gesagt. Er weiß, dass er es gesagt hat. Ich weiß, dass er es gesagt hat.

Und doch scheinen wir beide es ignorieren zu wollen.

»Also, wie hat dir die Fahrt auf dem Motorrad gefallen?«

»Es war …«

»Beängstigend?«, schlägt er vor und lacht. »Ich habe dich laut schreien gehört, als wir auf den Highway abgebogen sind.«

»Ich persönlich würde es bevorzugen, so etwas nie wieder zu erleben.«

»Wir nehmen eine andere Strecke zurück.«

»Es gibt eine andere Strecke?«, schreie ich. »Warum sind wir die nicht von Anfang an gefahren?«

»Und das ganze Geschreie verpassen? Nein danke.«

Wir fallen zurück in ein angenehmes Schweigen, während ich aufesse. Dann platziere ich meinen leeren Teller auf seinen. Ich frage mich, ob es sich immer so mit ihm anfühlen wird, frei und einfach.

Vielleicht ist es in Wahrheit nicht so einfach …

»Sprich mit mir. Was geht dir durch den Kopf?«

»Wie?«

Er fährt mit einem Finger über die Falte, die sich zwischen meinen Augenbrauen gebildet hat. »Du denkst über etwas nach, worüber du nicht nachdenken möchtest. Was ist es?«

»Alles.«

»Alles mit uns, richtig?«

Ich nicke.

Er seufzt und schiebt sich runter von der Betonwand, auf der wir sitzen. Er läuft auf seinen langen Beinen hin und her, Hände in die Hüften gestützt, ein finsterer Blick auf seinem Gesicht.

»Wir stehen an einer verdammten Kreuzung, oder?«

»Wir sind gefickt und das meine ich nicht als Anspielung.«

Er lacht laut auf, aber hört nicht auf, hin und her zu tigern. »Das war gut. Du hast recht, wir sind gefickt. Ich glaube allerdings, dass wir kreativ genug sind, das zu schaffen.«

»Sollte es so schwer sein? Müssen wir ›kreativ‹ sein, um unsere Beziehung zu genießen?«

Robbie grinst mich an, als er an mir vorbeiläuft. »Ich mag es, dass du das hier Beziehung nennst. Ich fühle mich dann weich und warm.«

»Hör auf, mich zum Lachen zu bringen. Ich meine es ernst. *Das* hier ist eine ernste Situation.«

»Ich weiß das, Monty. Das ist mir klar. Aber wir können das schaffen. Es wird vielleicht hart, in mehr als nur einem Sinne …« Er zwinkert. » … aber am Ende wird es das wert sein. Legen wir uns jetzt ins Zeug und später können wir die Früchte unserer Arbeit genießen.«

»Später? Du meinst am Ende des Schuljahres? In zehn Monaten.«

»Ja, das Später.«

»Robbie, du planst eine gemeinsame Zukunft?«

Schnell steht er vor mir, seine Hände um mein Gesicht und er zieht mich zu sich. Er blickt streng und ernst. Sein Griff ist bestimmt, so als würde er mich dringend, fast verzweifelt, bitten, ihm zuzuhören.

»Verdammt, fuck, das tue ich.«

Sein Mund findet meinen und ich bebe. Ich hatte diese Wucht nicht erwartet, die auf mich prallt. Es hat eine Schwere, aber keine schlechte. Es ist gut … es fühlt sich richtig gut an.

»Du willst doch jetzt nicht schon aufgeben? Wir haben es noch gar nicht richtig versucht, Monts«, fragt er, seine Stirn an meine gelehnt. Sein Atem geht etwas schneller.

Ich muss schlucken und schüttle den Kopf. »Nein.«

»Gut.«

Er küsst mich wieder und es fühlt sich diesmal nach so viel mehr an als vorher.

Diese Wucht? So viel mehr.

Ich verliebe mich in ihn.

Tief und schnell, es passiert und ich will es nicht aufhalten.

Ein Schluchzen entfährt mir, als sich seine Lippen von meinen lösen. Er muss lachen und wirkt außer Atem. »Ich kann dich nicht hier in der Öffentlichkeit weiter so küssen.«

»Kannst du wohl«, will ich ihn überreden.

»Du willst also, dass ich dir vor der Familie da drüben die

Kleider vom Leibe reiße? Das gehört sich nicht für eine Lehrerin.«

»Das gehört sich für niemanden.«

»Lass uns das so stehen lassen.« Er platziert einen keuschen Kuss auf meinen Mund und löst sich von mir. Er greift meine Hand und hilft mir von der Mauer. »Tanz mit mir.«

»Ich tanze nicht mit dir, doch nicht mitten auf der Straße.«

»Komm schon.«

Er zieht mich hinter sich her und wir laufen auf den freien Platz. Man könnte meinen, dass dieser Ort an einem Sonntag verlassen wäre. Aber das Wetter ist perfekt und die Leute wollen sich den lauen Abend nicht entgehen lassen.

Ein Straßenmusiker spielt an der nächsten Ecke. Seine Musik hängt über der Menschenmenge. Jeder, der ihn hören kann, ist gebannt.

Wir stehen in der Menge, als Robbie plötzlich meine Hand loslässt.

»Warte hier. Ich bin gleich zurück.«

Er geht über die Straße zu dem Musiker, flüstert etwas in dessen Ohr und legt einen Geldschein in seinen Gitarrenkoffer. Der Musiker lacht und schüttelt den Kopf, dann schütteln sie sich die Hände.

Mein Blick folgt Robbie, als er sich einen Weg durch die Menschen zurück zu mir bahnt. Ein geheimnisvolles Lächeln liegt auf seinen Lippen. Er schlingt die Arme um meine Taille und zieht mich nah an sich.

»Lass uns tanzen.«

»Es spielt keine Musik.«

»Sie wird gleich anfangen.«

»Was hast du gemacht?«

Er bemüht sich offensichtlich, nicht zu lachen. »Keine Ahnung, wovon du sprichst.«

In dem Moment beginnt der Straßenmusiker, auf der Gitarre zu spielen. Eine bekannte Melodie ist zu hören. *I Got You Babe* von Sonny und Cher.

»Cher? Wirklich?«

Er zuckt mit den Schultern. »Ich weiß, dass du sie vergötterst.«

Ich lache und kuschele mich an ihn, während wir uns zu der Musik wiegen. Wir sind noch nicht so weit in dem ohnehin schon kurzen Lied, als seine Hände zu wandern beginnen, seine Handflächen in meine Gesäßtaschen gleiten und mein Hinterteil umschließen.

Ich schüttele über seine Dreistigkeit den Kopf. »Ich würde sagen, auch dies könnte man als unziemlich kategorisieren.«

»Bist du dir sicher?«

»Und wie.«

»Schade.«

Mit der Hand in meiner Hosentasche zieht er mich noch etwas näher an sich, als das Lied zu Ende geht. Ohne große Pause geht der Musiker über zum nächsten Stück. *Can't Help Falling in Love.*

Sollte Robbie mitbekommen, wie ich mich ein wenig versteife, lässt er es sich nicht anmerken.

»Hast du …?«, ich lecke über meine trockenen Lippen und setze erneut an. »Hast du dir dieses Lied gewünscht?«

»Nein«, flüstert er mir ins Ohr.

Irgendwie glaube ich ihm nicht.

Etwas an seiner Stimme ... er klingt anders, nicht so sicher und gelassen wie sonst.

Ich möchte ihm sagen, dass es okay ist, dass ich das Gleiche fühle. Aber ich habe zu große Angst.

Außerdem will ich nicht zu viel in diesen Moment reininterpretieren, nicht, wenn unsere Beziehung in dieser Situation ist. Nah am Abgrund.

Er drückt mich fester und ich bemühe mich, im Hier und Jetzt zu bleiben.

Bei *uns*.

Der Musiker spielt ein weiteres Lied, diesmal schneller. Wir lassen trotzdem nicht voneinander ab. Man könnte meinen, wir sind zusammengeklebt, nichts kann zwischen uns kommen.

Der tiefe, würzige Duft seines Eau de Cologne füllt meine Sinne. Ich kann nicht anders, als an ihm zu schnuppern.

Er schmunzelt. »Riechst du an mir?«

»Nein.«

»Lügnerin.«

»Bin ich nicht.« Ich schnüffele weiter an ihm. »Vielleicht ein bisschen. Du riechst zu gut. Sauber und frisch.«

»Der Dusche sei Dank«, neckt er mich.

Das dumpfe Ziehen, das ich zwischen meinen Beinen verspüre, wenn Robbie in der Nähe ist, nimmt immer mehr zu. Meine Lippen pochen von dem Kuss vorhin, seine Hände auf meinem Hintern, unsere Nähe … ich kann es kaum noch aushalten.

Mein Blick gleitet über die Menschenmenge, ich suche nach einem Ort, wo wir allein sein können.

»Ich habe eine Idee!« Die Worte klingen hastig, etwas aufgeregt.

Er schiebt sich weg von mir und grinst. »Was hat dieses Lächeln zu bedeuten?«

»Was meinst du?«

»Dieses Lächeln, als hättest du etwas richtig Freches mit mir vor.«

»Keine Ahnung, wovon du sprichst.«

Dann packe ich seine Hand und ziehe ihn durch die Menschenmenge. Ich fühle mich getrieben von Adrenalin und meiner tiefen Lust. Ich würde sonst nie so handeln.

Am Rand des Platzes steht ein einsamer Fotoautomat und ich bin mir sicher, dass es keinem auffallen wird, wenn wir ihn benutzen.

»Wir machen keine Fotos. Das ist kindisch und voll kitschig. Ich mach so einen Scheiß nicht«, meckert er, als wir uns dem Automaten nähern.

»Machen wir. Rein mit dir.«

Er gibt einen frustrierten Ton von sich und ich drücke ihn in die kleine Box.

»Was machst du?«, frage ich ihn, als er in seine Hosentasche greift und seinen Geldbeutel hervorzieht.

Er nimmt zwei Dollarnoten und schiebt sie in den Schlitz des Automaten.

»Es ist ein Fotoautomat. Der will Geld, sonst funktioniert er nicht.«

»Das ist nicht, was mir vorschwebt.«

Ich steige mit einem Bein über ihn und setze mich rittlings auf seinen Schoß.

»Oh«, sagt er überrascht, während seine Hände auf meinen Hüften Platz finden. »Das gefällt mir. Darauf lasse ich mich gerne ein.«

»Gut. Jetzt küss mich gefälligst.«

Er lacht über meinen Mut und küsst mich. Seine Lippen spielen mit meinen und ich habe noch nie solch eine Fertigkeit des Küssens erlebt, wie mit Robbie.

Meine Lust steigert sich ins Unermessliche und ich weiß nicht, wie es ihm geht, aber ich brauche Erlösung. Bald.

»Ich will, dass du mich berührst«, flüstere ich.

»Warum mussten wir mit dem Motorrad kommen? Motorräder sind doof. Jeans sind doof. Ich vermisse deinen Rock. Dann könnte ich meine Hand einfach darunterschieben.«

»Es ist alles deine Schuld.«

»Ich bin ein Idiot.« Er zieht mir die Jacke von den Schultern. »Aber ich komme zurecht.«

Der dünne Stoff fällt von meinem Körper und landet auf dem Boden. Mir ist es egal, dass er höchstwahrscheinlich dreckig ist.

Robbie ist dabei, meinen Körper in Brand zu setzen und ich kann es kaum abwarten, die Flammen zu spüren.

Ich bin glücklich, dass ich mich für das schulterfreie

Oberteil entschieden habe, während Robbie sich an die Arbeit macht.

»Ein weißer BH ... hätte ich mir denken können.«

»Hör auf. Du weißt, dass ich langweilig bin.«

»Ich mag deine Art von langweilig«, sagt er, während er meinen BH runterzieht und meine Brust entblößt. »Ich mag, wie du schmeckst.«

Als sein Mund meinen Nippel ansaugt, versuche ich mein Bestes, nicht zu laut zu stöhnen. Ich halte seinen Kopf mit beiden Händen fest, während seine Lippen über mich streifen. Jedes Mal, wenn er an mir saugt oder knabbert, schießt die Lust in mein tiefstes Inneres.

»Warum sollte ich diese Jeans anziehen?«, murmele ich.

»Berühr dich selbst«, fordert er mich auf, ohne die Lippen von mir zu lassen.

»Was? Ich ... das kann ich nicht tun.«

Er lässt meinen Nippel aus seinem Mund gleiten und zieht seine Zähne sanft über meine sensible Knospe. Seine Augen sind von Hunger erfüllt, als er zu mir schaut. Ohne den Blick von mir zu lassen, öffnet er meine Hose. »Komm, steck deine Hand in die Hose.«

»Nein!«

»Monty, steck deine Hand in die verdammte Hose oder ich reiße dir deine scheiß-sexy Jeans vom Leib, dreh dich um und fick dich laut und hart in dieser verfickten Fotobox. Ich verspreche dir, das wird ein Spektakel. Du hast die Wahl.«

Oh Gott.

Seine Worte feuern mich an und ich folge seiner Anweisung. Ich lasse meine Hand in meine Hose gleiten. Der erste Kontakt ist bittersüß, meine geschwollene Klitoris ist zu sensibel für die Berührung und es schmerzt, auch wenn es sich gleichzeitig so gut anfühlt.

Er führt seine Hand zwischen uns und sein Daumen drückt gegen meinen. Als er uns in langsamen Kreisen wiegt, stöhne ich laut.

»Das ... das fühlt sich gut an.«

Er lacht tief und kehlig. »Ich weiß.«

Als er seine Hand von meiner löst, stoppe ich die Bewegungen.

»Nicht aufhören, Monty. Mach weiter.«

»Ich ... oh ... okay.«

Scham überkommt mich und ich schließe die Augen. Ich bin ängstlich, einen so intimen Akt vor ihm zu vollziehen. Ich habe mich noch nie so nackt gefühlt.

Meine Augen sind fest verschlossen und meine Finger spielen mit meiner Klitoris. Ich spüre, wie Robbie sich bewegt und höre das wohlbekannte *Ratsch* seines Reißverschlusses.

Das Geräusch von Fleisch auf Fleisch füllt den kleinen Raum. Der Lärm der Menge draußen schwillt an, während der Straßenmusiker weiterspielt.

Meine Finger tanzen im Rhythmus mit meinem eigenen Körper und halten sich an das Tempo der Musik.

Robbies warmer Mund legt sich erneut auf meinen Nippel und ich explodiere.

Grelle Lichter leuchten hinter meinen Augenlidern und ich schwöre, ich sehe ein Feuerwerk.

Meine Bewegungen verlangsamen sich, aber ich lasse

meine Hand in der Hose und genieße die letzten Zuckungen, die durch mich strömen. Es ist zu schön, um zu schnell davon loszulassen. Dieses euphorische fließende Gefühl überkommt mich und ich würde am liebsten für immer in dieser Wärme baden.

Robbie ist mit sich selbst beschäftigt, die Geräusche holen mich zurück und ich öffne die Augen. Ich sehe ihm zu, wie er sich berührt. Ich kann nicht wegschauen, beobachte seine Handbewegungen. Sie sind gleichmäßig und sicher und ungeduldig. Ihn dabei zu beobachten, wie er sich selbst berührt, löst wieder diese vertraute Erregung aus, und ich kann nicht anders, als mit meinen Fingern über meinen schmerzenden Kitzler zu fahren.

»Jacke.«

»Selber Jacke«, antworte ich und kann den Blick nicht von seiner harten Länge lösen.

Er lacht rau auf und ich höre sein Stoßgebet, bevor er sich stöhnend entlädt. Genau über mich.

Ich kann ihm nicht einmal böse sein. Es ist das Schönste, was ich jemals gesehen habe.

Sein Kopf ist nach hinten geworfen, die Augen fest geschlossen und seine Brust bebt mit seiner schnellen Atmung.

Robbie ist ein wunderschöner Mann.

Wenn Robbie kommt, raubt er mir den Atem.

Er lässt sich gegen die Rückwand sacken und ich lehne mich an ihn. Wir sind beide erschöpft.

»Runter mit dir, das ist voll die Sauerei.«

»Du bist derjenige, der mich schmutzig gemacht hat.«

»Ich mag es, wenn du schmutzig bist«, raunt er mir ins Ohr. »Dich schmutzig zu machen, ist eine meiner Lieblingsaktivitäten.«

»Du hast einen schlechten Einfluss auf mich, Robbie. Bevor ich dich getroffen habe, hätte ich so was nie gewagt.«

»Das soll etwas Schlechtes sein?«

»Und wie. Aber es ist auch das Beste. Du bist …« Ich atme zittrig. »Du bist, was ich nicht wusste, dass ich es will, bis ich es hatte. Du bist Spaß und Abenteuer und Versuchung alles in einem. Ich will mich dir komplett hingeben.«

Wir beide wissen, dass ich von mehr spreche, als die Worte sagen. Ich meine nicht, dass ich mich den Impulsen hingeben möchte, die er in mir erweckt. Ich möchte mich dem hingeben, was er mich fühlen lässt.

Liebe.

»Dann gib dich hin.«

Diese Worte.

Sanft.

Geflüstert.

Bittend.

»Das habe ich.«

DREIUNDZWANZIG

ROBBIE

Sie musste es nicht sagen.

Ich weiß, was sie meint.

Ich weiß es, weil ich genau das Gleiche empfinde. Wenn man darüber nachdenkt, ist das einfach verrückt. Fuck.

Es gibt so viele logische Gründe, warum wir uns nicht ineinander verlieben sollten. Aber Liebe ist nicht logisch, oder?

Ihre Brüste liegen schwer in meinen Händen, als ich ihr den BH wieder überziehe. Es macht mich fix und fertig, dass ich so viel Schönheit erneut bedecken muss. Am liebsten würde ich sie komplett ausziehen und sie bis zum Morgengrauen vögeln. Aber wir haben bereits genug mit dem Feuer gespielt. Wir können von Glück reden, dass keiner den Vorhang des Fotoautomaten zur Seite geschoben und uns erwischt hat.

Sie zupft ihr Oberteil zurück an seinen Platz und schließt ihre Jeans, während ich meinen Schwanz wieder einpacke. Ich reiche ihr die Jacke.

»Du möchtest das vielleicht benutzen, um die Sauerei zu bedecken. Ich habe ein extra T-Shirt in meiner Satteltasche, das du anziehen kannst, wenn wir beim Motorrad sind.«

Ihr Blick verfinstert sich bei dem Anblick meines Spermas, aber darin liegt kein Groll. Sie hat, genau wie ich, jede Minute in der kleinen Box genossen.

Monty schiebt sich von meinem Schoß und richtet sich auf, so gut es in der kleinen Box geht.

»Ich kann nicht fassen, dass du mich hierzu überredet hast.«

»Ich?«, lache ich, als wir aus der Fotobox steigen. Ich gebe ihr einen Klaps auf den Hintern. »Wenn ich mich recht erinnere, warst du diejenige, die meinte: ›Oh Babe, komm mit mir in den Fotoautomaten, Babe, ich will freche Dinge mit dir anstellen.‹«

Sie läuft rückwärts und richtet ihren Zeigefinger grinsend auf mich. »Ich habe niemals und werde niemals so reden.«

»Hey, ein Mann wird ja wohl noch träumen dürfen«, meine ich und zwinkere ihr zu.

Sie schüttelt den Kopf, dreht sich um und prallt mit einem Passanten zusammen.

»Au!«

Ich eile an ihre Seite und werfe dem Vollidioten einen wütenden Blick zu, der sie beinahe umgestoßen hätte.

Er hält sie an den Schultern. Ich möchte ihm die Arme von ihrem Körper reißen.

»Mrs Andrews? Bist du's?«

Diese Stimme ... ich kenne sie.

Monty lächelt den Mann an. »Brandon, hi. Lustig, dich zu treffen.«

»Ich war bei TacoWay. Die sind nicht leicht zu finden, aber dafür haben sie die verflixt besten Tacos der Stadt.«

Ich mühe mich nach Kräften, nicht die Augen zu rollen, als er »verflixt« anstatt »verflucht« sagt.

»Was machst du hier?«, fragt er.

Sie wäre die weltschlechteste Spionin. Sie kann es nicht lassen, mir einen Blick über die Schulter zuzuwerfen.

Der Volltrottel merkt das natürlich.

In seinen Augen sehe ich kurz den Funken des Wiedererkennens aufleuchten.

»Ich bin auch wegen TacoWay hier. Ich, ähm, ich habe von einem Freund gehört, wie gut die sein sollen und dachte, das muss ich probieren.«

Er zeigt in die gegenüberliegende Richtung. »Der Truck ist da vorne, für den Fall, dass du ihn suchst.«

»Ach so, nein. Ich hatte meinen Taco schon. Ich war … ähm … beim Fotoautomaten.«

Sein Blick fliegt zwischen dem Automaten, ihr und mir hin und her. Das Arschloch ist aufmerksam. Ich erkenne es, wie er Montys zerzaustes Haar und die zerknitterte Kleidung betrachtet.

Wir wissen beide, dass ihre Kleidung normalerweise tadellos ist.

Und er weiß, dass sie eigentlich meint, *wir* waren im Fotoautomaten.

»Ach? Lust, ein Foto mit mir zu machen?«

»Nein!«, ruft sie zu schnell und zu laut. Sie streift sich

eine Haarsträhne hinters Ohr. »Ich meine, leider nein. Der Automat funktioniert nicht. Scheint kaputt zu sein. Ich hab es eben probiert.«

»Schade. Ich würde sagen, man kann da sicherlich viel Spaß drin haben.«

Meine Hand ballt sich zu einer Faust und ich würde nur zu gerne diesem Fucker eine Lektion erteilen. Ich bin wirklich keiner, der auf Gewalt steht, aber wenn er sich noch so einen Flirtspruch ihr gegenüber erlaubt, dann garantiere ich für nichts.

»Ich muss leider weiter, Brandon. War schön, dich zu sehen, aber ich muss heim und mich etwas ausruhen. Wir haben morgen einen langen Arbeitstag.«

»Verstehe. Erlaube mir bitte, dich zu deinem Auto zu begleiten. Was wäre ich für ein Gentleman, wenn ich das nicht täte.«

»Das ist nicht nötig.«

»Monty«, wie er ihren Namen sagt, klingt es, als würde er sie innig kennen. Ich knirsche mit den Zähnen. »Du kannst hier unmöglich allein rumlaufen.«

Sie schüttelt den Kopf. »Ich bin nicht allein. Mein Freund ist auf Toilette und kommt gleich zurück.«

Klug.

»Ach, dein *Freund.*« Das Wort spuckt er aus und dabei springt sein Blick erneut zu mir. »Dann sehe ich dich morgen?«

So viel Hoffnung in seiner Stimme, sein Tonfall, als würden seine Worte mehr bedeuten, als sie tatsächlich tun. Ich würde am liebsten zu ihm laufen, ihn am Kragen packen und ihn schütteln, bis er endlich begriffen hat, dass die Frau, die er hier erfolglos anbaggert, mir gehört.

»Ja, bis morgen«, antwortet ihm Monty.

Er greift wieder an ihre Schulter und drückt sie etwas. Bei dem Körperkontakt kann ich mich fast nicht zurückhalten.

»Guten Abend, Monty.«

»Guten Abend«, sagt sie und löst sich von seiner Berührung.

Schließlich wendet er sich ab und geht davon, verliert sich in der Menge. Ich sollte mich freuen, dass der Fucker endlich weg ist.

Aber ich kann nicht. Mit dieser kleinen Begegnung hat sich alles verändert.

Er ist Montys Kollege.

Letztes Jahr war er der Klassenlehrer meines Sohnes.

Er weiß genau, wer ich bin. Und er weiß auch, was wir in dem Fotoautomaten getrieben haben.

• • •

Als sie sicher ist, dass Brandon fort ist, kommt sie mit ihrem süßen Grinsen zu mir.

»Wow, das war knapp.«

Ich nicke, sage aber nichts. Ich kann mir gerade nicht vertrauen.

Ich nehme ihre Hand und führe sie zum Parkhaus. Ich möchte kein Risiko eingehen und noch irgendwem über den Weg laufen.

»Das ist der Typ, von dem ich dir erzählt habe. Mein Kollege, der nicht lockerlässt und mich den Sommer immer wieder auf einen Drink einladen wollte. Quasi deine Konkurrenz.«

Ich weiß, dass sie mich nur aufziehen will. Das ändert nichts daran, dass ich nicht mag, was ich da höre.

»Monty. Er ist …«

»Ein totaler Schleimbeutel?«, unterbricht sie mich.

Nein, er wird uns verraten. Er war Xavies Lehrer.

»Ja, ich weiß«, fährt sie fort. »Mir läuft immer ein Schauer über den Rücken, wenn er in meiner Nähe ist. Aber manchmal ist er nicht so schlimm. An manchen Tagen ist es kaum auszuhalten. Er ist gerade in einer schlechten Phase, denke ich. Dieses Jahr hat er die zweite Klasse übernommen. Letztes Jahr hatte er die Vorschüler und hat eine der Sekretärinnen gedatet. Sie waren sogar verlobt. Stellte sich aber angeblich heraus, dass sie gleichzeitig mit dem Sportlehrer angebandelt hatte.«

Ich höre es in ihrer Stimme. Sie hat Mitgefühl. Egal, wie penetrant der Typ es immer wieder bei ihr versucht, er tut ihr trotzdem leid.

Das ist *so* typisch Monty.

Sie lehnt sich an mich, ihr Körper an meinen, und ich nehme sie in meine Arme, ziehe sie fest an mich ran.

»Danke für den heutigen Abend«, sagt sie schüchtern. »Es war … schön.«

Mein Herz pocht so stark in meiner Brust, ich hoffe, sie kann es nicht hören.

Der heutige Abend war tatsächlich schön … bis Brandon ihn ruinieren musste.

Er wird seine Klappe nicht halten. Was ich in dem Jahr, als er Xaviers Lehrer war, gelernt habe, ist, dass er ein Obertrottel ist. Kein normaler Trottel, ein *Ober*trottel. Wir sind oft aneinandergeraten, zu *oft*. Ich bin mir sicher, die Antipathie beruht auf Gegenseitigkeit. Ich habe ihm meine Meinung häufig direkt ins Gesicht gesagt.

Er wird uns verraten. Keine Frage.

Aber er wird sich Zeit lassen. Er wird abwarten und die Bombe dann platzen lassen, wenn wir es nicht erwarten. Wir werden uns in Sicherheit wähnen, wir werden uns noch näher gekommen sein und uns noch mehr verliebt haben. Dann wird er uns den Boden unter den Füßen wegziehen.

Ich kann das nicht zulassen.

»Alles okay?«, fragt sie, als wir uns dem Motorrad nähern.

»Ja, alles super«, antworte ich und schenke ihr mein bestes Lächeln, zu dem ich imstande bin. Dann schwinge ich mein Bein über den Sitz. »Mir geht's super. Du *bist* super.«

»Ich weiß.« Sie zwinkert und grinst sexy, bevor sie sich den Helm aufsetzt und sich hinter mich aufs Motorrad schwingt.

Auf der Heimfahrt wirkt sie verändert. Auf dem Highway traut sie sich, die Arme weit auszustrecken und den Wind zwischen den Fingern zu genießen. Da ist noch mehr.

Sie wirkt … frei.

Abenteuerlustig.

Sie scheint bereit für – was auch immer ihr das Leben präsentieren will.

Heute Abend? Heute Abend wird es das letzte Mal sein, dass ich Monty für eine lange Zeit sehen werde.

Ich weiß nur noch nicht, wie ich ihr das sagen soll.

• • •

»Ich habe Scheiße gebaut. Fuck. Richtig heftig.«

»Erzähl mir was Neues«, antwortet mir mein bester Freund mit einem schiefen Grinsen.

Als ich nicht lache oder sonst wie reagiere, erkennt er den Ernst der Situation, setzt sich auf und schenkt mir all seine Aufmerksamkeit.

Es ist Montagmorgen und wir sitzen an Zachs Schreibtisch im Embody-Positivity-Büro.

Wir haben dieses Unternehmen jahrelang aus seinem Keller geleitet. Daher ist es für mich noch etwas ungewohnt, ihn hinter einem richtigen Büroschreibtisch zu sehen.

Aber hier sind wir.

Ich sitze ihm gegenüber und bitte um Hilfe ... Schon wieder.

»Was ist passiert?«

»Monty ist die Lehrerin von Xavie.«

Zach hebt eine seiner Brauen, und zwar die rechte. »Wie lange weißt du das schon?«

»Zu lange ... fast eine Woche.«

»Du erzählst mir das erst jetzt?«

»Weil es verdammt kompliziert ist, du Arsch. Je weniger Leute davon wissen, desto besser.«

»Aber ich bin dein bester Freund.«

»Ich brauche einfach deinen Rat.«

Er lehnt sich zurück und tut so, als würde er etwas Wichtiges vom Schreibtisch und in die Schublade packen. »Von mir aus. Was ist los?«

Ich seufze etwas entnervt. »Wir sind Sonntagabend unterwegs gewesen. Ich habe sie mit zu TacoWay genommen und ...«

»Sie ist voll auf die weltbesten Tacos abgefahren. Oder?«

»Natürlich. Unterbrich mich nicht. Wo war ich? Ich bin mir sicher, dass ich ihr gesagt habe, dass ich sie liebe. Wir haben zusammen getanzt. Und dann habe ich ihr noch mal gesagt, dass ich sie liebe.«

Weil Zach keinen Kommentar abgibt, erzähle ich weiter.

»Dann sind wir zum Knutschen, na ja, und mehr, in einen Fotoautomaten gegangen.«

Diesmal heben sich beide Augenbrauen und er kann sich ein Lächeln nicht verkneifen. Aber er sagt noch kein Wort.

»Und ich bin mir ziemlich sicher, dass sie mir ihre Liebe gestanden hat. Ehrlich gesagt, das haut mich krass um. Aber ich schweife ab.« Ich fahre mit einer Hand durch mein strubbeliges Haar. »Als wir aus dieser Fotokabine rauskamen und auch so aussahen, als hätten wir es getrieben, da laufen wir prompt ihrem Kollegen über den Weg.«

Zach legt seine Fingerspitzen aneinander und lässt dann sein Kinn auf den gefalteten Händen ruhen. »Na und? Der Typ weiß nicht, wer du bist.«

»Erinnerst du dich, dass ich erwähnte, Monty sei die Lehrerin von Xavier?« Zach nickt. »Und das bedeutet, dass Monty an der gleichen Schule arbeitet, die Xavie schon letztes Jahr besucht hat.«

»Was willst du mir damit sagen?«

»Ich will dir damit sagen, dass ich ihren Kollegen kenne. Und auf gewisse Weise kennst du ihn auch.«

Er zieht die Brauen zusammen, bis sich eine tiefe Stirnfalte bildet. »Alter, das musst du mir genauer erklären.«

»Du erinnerst dich doch, dass ich letztes Jahr meine Probleme mit Xaviers Lehrer hatte? Der Typ, der ihn für *absolute* Banalitäten zum Schulleiter geschickt hat.«

»Ah, Mr … wie hieß der Kerl gleich? Mr Doofbacke? Dummdödel? … Irgendwas mit D.«

»Donahue. Brandon Donahue. Genau in dieses Arschgesicht sind wir am Sonntagabend reingestolpert.«

Zachs Augen weiten sich, als er erkennt, worum es hier geht. »Fuck! Er kennt dich. Er kennt dich sogar recht gut und hasst dich.«

»Ich weiß.«

»Du bist so was von gefickt.«

»Ich weiß«, wiederhole ich mich. »Und nicht auf die gute Art und Weise.«

»Nach dem, was da in dem Fotoautomaten abging, könnte man das meinen.«

Der Tacker, den ich in seine Richtung werfe, verfehlt seinen Kopf nur knapp.

»Hey! Das ist ein schweres Ding! Du hättest mich richtig verletzen können, du Arsch.«

»Verdient, du Idiot.«

»Okay.« Er lehnt sich zur Seite und erwischt den Tacker mit den Fingerspitzen, dann legt er ihn auf den Schreibtisch. »Was wirst du jetzt machen?«

»Nun ja ...«, ich zögere.

»Dumme Frage. Was hast du angestellt?«

»Nichts ... noch nichts, aber was ich tun werde ... was ich tun *muss*, ist ... Ich kann sie nicht wiedersehen. Nicht nach gestern Abend. Wir wären fast aufgeflogen. Nicht, nachdem dieser Obertrottel über uns Bescheid weiß.«

»Ihr könnt euch doch einfach weiterhin im Geheimen daten?«

»Das war unser ursprünglicher Plan. Aber das würde bedeuten, dass wir noch nicht einmal für verfickte Tacos das Haus verlassen können.« Ich seufze frustriert. »Unterm Strich heißt das, dass wir aus Angst, jemand könnte uns zusammen sehen, in unseren Wohnungen festsitzen.«

»Ihr wisst schon, dass ihr eigentlich nichts Verbotenes macht«, wendet er ein. »Es ist nicht illegal und auch nicht unmoralisch ... es ist nur eines dieser Dinge, die man nicht unbedingt gutheißt.«

»*Nicht gutheißen* ist genug für Monty, um kurz vorm Ausrasten zu stehen. *Nicht gutheißen* ist genug, um einer Lehrerin in ihrem ersten Jahr echte Probleme zu bereiten.«

»Mir war nicht bewusst, dass das ihr erstes Lehrjahr ist.«

»Ja. Ich will nicht der Grund sein, dass ihr erstes Jahr scheiße läuft oder dass ihr Ruf ruiniert wird oder dass sie in irgendein Drama verstrickt wird. Das bin ich nicht wert.«

»Monty würde das anders sehen, denke ich. Aber hey,

letzten Endes musst du das entscheiden, Robbie.« Er tippt sich mit einem Finger ans Kinn. »Wenn du mich fragst, glaube ich, wofür du dich letztlich entscheidest, es wird das Richtige sein. Das ist eine schwierige Situation. Ich werde nicht über dich urteilen. Ob du mit der besten Braut, die dir jemals über den Weg gelaufen ist, Schluss machst oder ob du weiterhin die Lehrerin deines Sohnes vögelst. Du wirst das Richtige tun, Mann.«

»Mensch, bist du eloquent.«

Er dreht sich in seinem Bürostuhl im Kreis und grinst dabei idiotisch. »Das hat man mir schon öfter gesagt.«

Er dreht sich weiter, während ich über seine Worte nachdenke.

Monty ist es wert, um sie zu kämpfen. Da habe ich keine Zweifel. Aber dieser Kampf könnte nicht nur uns, sondern auch ihre Karriere belasten. Und dann bin ich mir nicht mehr so sicher, ob wir es riskieren sollten.

»Was wirst du machen?«, fragt er, während er sich weiter dreht.

»Keine Ahnung.«

»Ich weiß auch nicht weiter. Den Scheiß musst du allein klären.«

Ich richte mich auf und schaue zu ihm herunter. Er dreht sich immer noch. »Ich hoffe, dir wird gleich übel.«

»Meinst du, wenn ich kotze, könnte ich meinen Boss dazu bringen, mir den Tag freizugeben?«

Ich schüttele den Kopf und gehe zur Tür. Ich rufe ihm zu: »Du machst mich fertig.«

»Du liebst es!«

VIERUNDZWANZIG

ROBBIE

MONTY: Hey. Hab den ganzen Tag noch nichts von dir gehört. Ist ein bisschen ungewöhnlich, weil du mich sonst so gerne nervst.

MONTY: Ich mache nur Spaß. Ich mag es, wenn du mich nervst.

MONTY: Robbie?

MONTY: Hm. Ich nehme an, du bist beschäftigt. Oder du schläfst. Ich lass dich dann mal lieber. Melde dich einfach, wenn du Zeit hast. *Küsse*

• • •

MONTY: Guten Morgen ☺.

MONTY: Okay, es ist Dienstagnachmittag. Ich fange langsam an, mir Sorgen zu machen. Ich habe seit Sonntag nichts von dir gehört. Ist alles okay? Bitte antworte mir kurz.

MONTY: Vielleicht ist dein Handy kaputt und die Nachrichten werden nicht angezeigt? Ich versuche, anzurufen.

MONTY: Ich habe angerufen. Nichts. Das bedeutet wohl, dass du mich ignorierst. Verstanden.

• • •

MONTY: Dein Sohn ist heute mit einem DMX-T-Shirt in die Schule gekommen, worauf »X Gon' Give it to Ya« steht. Das ist wirklich nichts für die Schule. Lustig, von mir aus, aber nicht angebracht. Er musste dafür zum Schulleiter geschickt werden.

MONTY: Ich habe ihn natürlich nicht zum Direktor geschickt. Das war eine der Assistentinnen.

MONTY: Ich dachte nur, du solltest Bescheid wissen.

MONTY: Okay. Das hier war eindeutig ein fehlgeschlagener Versuch, dich dazu zu bringen, mit mir zu sprechen. Das bringt nichts. Du schweigst weiterhin. Robbie, es ist jetzt fast eine Woche ohne Kontakt. Bitte, sag mir einfach, was ich falsch gemacht habe.

• • •

MONTY: Mehr Schweigen. Ich gehe davon aus, dass dein Handy kaputt ist. Dann kann ich wenigstens schlafen.

• • •

MONTY: Ich habe heute Abend bei dir vorbeigeschaut. Erst war ich sauer, weil du die Tür nicht geöffnet hast. Dann hat dein netter Nachbar mich freundlicherweise informiert, dass du mit einer »supersexy Brünetten« unterwegs bist.

MONTY: Also ja … Viel Spaß. Ich lasse dich nun in Ruhe.

• • •

MONTY: DOWNLOAD ATTACHMENT

MONTY: RUF MICH AN ASAP

ICH: Oh fuck.

ICH: Hör zu, ich sitze gerade in einem wichtigen Meeting. Kann ich dich danach anrufen?

MONTY: Wehe, wenn nicht.

MONTY: Du bist mir EINIGE Erklärungen schuldig.

ICH: Ich weiß. Es tut mir leid.

MONTY: Wage es nicht, dich bei mir zu entschuldigen, und schon gar nicht per SMS.

ICH: Du hast recht.

ICH: Gib mir dreißig Minuten.

MONTY. Du hast zehn.

ICH: Verstanden. Ich beeile mich.

FÜNFUNDZWANZIG

MONTY

Neun Minuten später leuchtet mein Handy auf.

Kurz überlege ich, nicht ranzugehen.

Zu viel Wut strömt durch meinen Körper. Anfangs war dieser Zorn ganz auf Robbie gerichtet. Nun darf er sich ihn mit Brandon teilen.

Dieser treulose, rücksichtslose, idiotische ... Trottel!

»Erklärung.«

»Das ist eine höllische Begrüßung, Monts.«

»Nichts da. Nein. Du darfst mich nicht ›Monts‹ nennen. Weil es dieses dumme flaue Gefühl in mir entstehen lässt. Du bist mir eine Erklärung schuldig, Robbie. Und zwar *jetzt*.«

»Ich möchte das wirklich nicht übers Telefon machen.« Er lacht kurz und trocken. »Wenn ich ehrlich bin, will ich das gar nicht machen. Ich wollte es nie wirklich. Deshalb habe ich irgendwie ...«

»Mich ignoriert? Im Stich gelassen?«

»So wie du das sagst, hört es sich richtig fies an.«

Ich gebe ein spöttisches Geräusch von mir. »Es ist fies,

Robbie. Und wie. Du hast mich in dein Zuhause gelassen, mit mir Liebe gemacht. Und mich dann einfach so links liegen lassen und mich für fast eine Woche ignoriert.«

»Monty … da steckt noch viel mehr dahinter. Ich wollte mich der ganzen Sache entziehen und habe mich verdrückt wie ein feiger Obertrottel. Dabei hätte ich mich zusammenreißen und mich wie ein Mann benehmen sollen. Ich hätte die Situation bei den Hörnern packen müssen. Aber das konnte ich nicht. Wir waren so glücklich. Und an das Gefühl wollte ich mich, so lang es geht, klammern.«

»Meine Nachrichten zu ignorieren und einfach aus meinem Leben zu verschwinden, das war ›an das Gefühl klammern‹?«

»Das klingt ganz schön hart«, lacht er trocken. »Ich bin eindeutig ein Vollidiot und offensichtlich richtig fucking scheiße, wenn es um Beziehungen geht.«

»Milde ausgedrückt.«

Er lacht wieder und ich kann hören, wie enttäuscht er von sich selbst ist.

Ich bin auch von ihm enttäuscht. Gleichzeitig kann ich irgendwie verstehen, warum er so reagiert hat. Als ich in Montana meine Probleme hatte, habe ich sie auch nicht konfrontiert, sondern habe ihnen den Rücken zugekehrt. Ich weiß also, wie es sich anfühlt.

Jetzt fühle ich mich auch wie ein Idiot.

»War das Brandon?«, frage ich ihn.

»Das? … Ja.« Er räuspert sich. »Ja. Er war Xavies Lehrer im letzten Schuljahr. Daher kennen wir uns. Er hat mich letzten Sonntagabend erkannt. Ich wusste, dass er seine

Klappe nicht halten wird. Ich habe mir gedacht, wenn wir uns für eine Weile trennen, dann hätte er nichts gegen uns in der Hand.«

»Aber die Fotos.«

»Ja, die Fotos.«

Als Brandon heute Morgen in mein Büro kam und mir einen kleinen weißen Umschlag hinlegte, war ich erst irritiert.

»Ich dachte, dass du die hier haben möchtest. Was immer du mit ihm treibst, es muss ein sofortiges Ende finden. Diese Art von … Fehltritt wird an unserer Schule nicht toleriert. Mach Schluss mit ihm oder du wirst am Montag im Büro von Direktor Gladden dafür geradestehen müssen.«

Das war alles, was er sagte. Er starrte mich siegessicher an, während meine Hände zitterten, als ich den Umschlag öffnete.

In dem Umschlag waren Bilder von Robbie und mir aus dem Fotoautomaten.

Man kann unschwer erkennen, dass ich kein Oberteil trage. Robbies Gesicht ist tief zwischen meinen Brüsten verschwunden und ich habe meinen Kopf nach hinten geworfen, offensichtlich inmitten meines Orgasmus.

Ich sah wieder zu dem Verräter und sein Grinsen wurde breiter. Dann verließ er einfach das Klassenzimmer, als hätte er nicht soeben meine ganze Welt zerstört.

»Robbie, wie konnte das passieren? Wieso existieren diese Bilder?«

»Ich … oh fuck! Erinnerst du dich? Ich habe das Geld eingeworfen. Daran habe ich nicht mehr gedacht. Da muss ein Timer in dem Automaten gewesen sein, der die Kamera ausgelöst hat.«

»Das Feuerwerk«, flüstere ich ins Telefon.

Das war kein Feuerwerk, das ich vor meinem inneren Auge sah, als ich kam. Es war das Blitzlicht der Kamera.

Ich bin so ein Dummkopf.

»Was?«

»Ich … ich …« Auch wenn er mich in diesem Moment nicht sehen kann, ich spüre, wie eine Welle der Scham mich überrollt. »Nichts, es ist nichts.«

»Nachdem du dich auf meinen Schoß gesetzt hattest, hab ich nicht mehr daran gedacht.«

»Ich auch nicht.«

»Die Fotos brauchten Zeit zum Ausdrucken, und dann hat das Arschloch sie eingesteckt.« Er lässt eine Tirade an Schimpfwörtern los. »Verdammte Scheiße, Monty. Ich würde ihm am liebsten den Kopf abreißen. Allein, dass er dich so zu sehen bekommen hat … es bringt mein Blut zum Kochen.«

»Glaub mir, mich macht das auch fertig. Ich kann … ich kann es nicht fassen, dass er so etwas tun würde. Ich kann mir nicht vorstellen, dass er so … *gemein* sein kann.«

»Gemein ist eine Untertreibung.«

»Wahrscheinlich.«

Ich kann hören, wie er sich bewegt, und ich möchte ihn fragen, was er gerade macht. Gleichzeitig habe ich das Gefühl, kein Recht mehr auf diese Frage zu haben. Nicht, wenn wir seit fast einer Woche nicht mehr miteinander gesprochen haben.

Dass er mich ignoriert hat, tut weh. Es tut *richtig* weh. Immerhin habe ich ihm mehr oder weniger letzten Sonntag meine Liebe gestanden.

»Monty, es tut mir so leid, dass das passiert ist.«

»Mir auch. Es ist furchtbar.«

»Nein«, antwortet er und ich kann es hören, bevor er die Worte ausspricht.

Das war es.

Das hier ist Auf Wiedersehen.

»Es tut mir leid, dass wir es so weit haben kommen lassen. Das hätte nicht passieren dürfen. Wir hätten es leicht und locker halten sollen. Als wir gemerkt haben, dass du Xaviers Lehrerin bist, da hätten wir uns von dieser ... Sache verabschieden sollen. Was wir hier machen, das ist nicht gut. Du kannst deine Karriere nicht für guten Sex aufs Spiel setzen, Monty. Das werde ich nicht zulassen.«

Ich konnte die Tränen während des Telefonats gut im Zaum halten. Bis jetzt. Es wundert mich nicht, dass sie bei seinen Worten zu fließen beginnen.

Er verabschiedet sich und es schmerzt genau so, wie ich es mir vorgestellt habe.

Das Schlimmste an der Sache? Er liegt falsch, er liegt so was von falsch.

Was hier geschehen ist, ist mehr als guter Sex. Es ist mehr ... so viel mehr und ich dachte, dass er das auch weiß.

Vielleicht habe ich mich vertan.

Vielleicht ist Robbie nicht der Mann, für den ich ihn gehalten habe, vielleicht ist er doch nicht mein neues Abenteuer. Vielleicht ist er nur der nächste Schritt dahin.

Aber warum tut es dann so weh?

Ich bemühe mich, mein Schluchzen zu überspielen, aber ich glaube, er hört es trotzdem.

»Ist alles okay?«, fragt er.

So gut es geht, reiße ich mich zusammen und wische mir die Tränen vom Gesicht. »Ja. Ja, mir geht es gut. Alles ist okay.«

»Gut. Das ist gut. Ich glaube, es ist besser so«, sagt er und versucht, uns beide davon zu überzeugen.

Ein weiterer unsicherer Seufzer von ihm.

Ein weiteres unterdrücktes Schluchzen von mir.

»Tschüss, Monty.«

Er legt auf und ich zerbreche.

SECHSUNDZWANZIG

ROBBIE

Eine Person zu vermissen, bei der man nicht sicher ist, ob man sie jemals wirklich in seinem Leben hatte, ist eine skurrile Situation.

Als Erstes kann man nichts essen. Du hast auf nichts Lust – nicht einmal auf ein Stück fettige leckere Pizza –, das ohnehin nicht auf den Speiseplan gehört.

Als Nächstes kannst du nicht mehr schlafen.

Und zu guter Letzt kommt die Kälte.

Es ist diese Leere, wie ein Loch, und du bist dir wirklich nicht sicher, ob es sich jemals wieder füllen lässt.

Es sind gerade mal etwas mehr als sechsunddreißig Stunden vergangen, seit ich mich von Monty verabschiedet habe, aber es fühlt sich wie eine Ewigkeit an. Es scheint, dass es gar keine Sekunden oder Minuten gibt, nur Dekaden und Jahrtausende.

Ich vermisse ihr Lachen, ihr Lächeln, ihre seidigen roten Locken … ihren Sinn für Humor und ihr Unvermögen, auch nur ein braves Schimpfwort auszusprechen. Ich vermisse, wie sie aussieht, wenn sie kommt und wie sie rot anläuft.

Ich vermisse sie.

Es ist so einfach.

Ich biege mit dem Auto in Hollys Einfahrt und parke.

Ich bin hier, um Xavier abzuholen, und muss mich am Riemen reißen. Ich kann nicht so vor ihm leiden, besonders, weil ich ihm den Grund dafür nicht erklären kann.

Es ist Zeit, mich zusammenzureißen und nach vorne zu schauen.

Nach vorne schauen.

Als ob das so leicht wäre.

Ich fahre mir mit einer Hand übers Gesicht und kratze mir den Bart, der in den letzten Tagen gewachsen ist. Ein weiteres Zeichen für meinen Liebeskummer.

Fuck, ich hätte mich rasieren sollen.

Die Haustür öffnet sich, und mein Sohn rennt raus. Er grinst übers ganze Gesicht und streckt mir die Arme entgegen.

»Papa! Du bist hier!«

Showtime.

Ich steige aus dem Auto, und er knallt in mich rein. »Hey, Kiddo. Was geht? Hast du mich vermisst?«

»Ein bisschen. Können wir los und Thumbelina sehen?«

»Ich verstehe, was hier los ist. Du willst nur mit deinem alten Vater Zeit verbringen, weil du mit dem Kaninchen abhängen willst.«

»Und mit den Krebsen. Vergiss nicht, du hast auch Krebse.«

Ich bemühe mich, nicht zu laut zu lachen. »Ja, wie konnte ich das nur vergessen? Hast du deine auch mitgebracht?«

»Mama hat sie.« Er drückt sich an mir vorbei, öffnet die hintere Autotür und krabbelt rein. »Ich warte hier auf dich. Beeil dich! Thumbelina vermisst ihren Bruder.«

Ich kann über diesen kleinen ungeduldigen Schelm nur den Kopf schütteln. Ich gehe zum Haus, wo seine Mutter in der offenen Tür steht.

Es entgeht mir nicht, wie unterschiedlich sie und Monty sind. Sie sind komplett gegensätzlich, von ihrem Aussehen bis hin zu ihren Persönlichkeiten.

Monty ist zurückhaltend. Und das Wort gibt es in Hollys Welt nicht.

Monty hat meilenlange Beine, während Holly nur knapp eins sechzig erreicht.

Und Monty würde mit ihrem blassen Teint neben Holly unsichtbar wirken, die, dank ihrer lateinamerikanischen Wurzeln, eine strahlende natürliche Bräune hat. Sie sind unterschiedlich wie Tag und Nacht.

Xavie hat die meisten Gene von seiner Mutter geerbt. Bis auf die Augen sieht er mir nicht ähnlich.

»Hey, Holly«, begrüße ich sie. »Höre, bei dir ist auch das große Krabbeln los.«

Sie lacht und reicht mir den Transportbehälter mit den Tierchen. »Hier sind sie. Du darfst sie gerne zurückhaben. Ganz schön ekelig, diese Dinger. Konnte es zuerst nicht glauben, dass du sie ihm erlaubt hast.«

»Er ist auch dein Kind. Den Geschmack in Sachen Haustiere hat er nicht von mir.«

»Zum tausendsten Mal, nur weil ich haarlose Katzen mag, heißt das nicht, dass ich verrückt bin.«

»Na klar, wer es glaubt«, ärgere ich sie. »Wie geht es dir?«

Sie verschränkt die Arme vor der Brust und mustert mich von oben bis unten. »Anscheinend besser als dir. Wer hat dir das angetan?«

»Ich mir selbst.«

»Wie?«

Ich schüttele den Kopf. »Nichts.«

»Robbie Cross, komm mir nicht so. Wir haben zwar unsere Meinungsverschiedenheiten, aber wir sind Freunde. Sprich mit mir. Vielleicht kann ich ja helfen.«

Ich werfe einen Blick zum Auto, um zu sehen, dass es Xavie gut geht. Dann lehne ich mich näher zu Holly und spreche so leise, dass es fast ein Flüstern ist.

»Du bist Mrs Andrews begegnet, oder?«

Ihre dunklen Augenbrauen ziehen sich zusammen. »Die Lehrerin von unserem Sohn? Natürlich habe ich sie kennengelernt. Was ist mit ihr?«

»Sie … ähm …« Ich kratze mich am Bart. »Wir waren, na ja, irgendwie am Daten.«

»Fuck, Robbie, das glaub ich nicht. Du verarschst mich, oder?«, reagiert sie ungläubig auf mein Geständnis.

»Doch, Holly. Es wäre fast was Ernstes draus geworden.«

»Wie? Wäre? Was ist passiert?«

»Wir haben rausgefunden, dass sie Xavies Lehrerin ist, und dachten, wir könnten unsere Affäre für das laufende

Schuljahr geheim halten. Dann waren wir am Sonntagabend zusammen aus und – was soll ich sagen – es ist nicht alles nach Plan verlaufen. Wir sind Mr Donahue über den Weg gelaufen.«

Holly stöhnt auf. »Nein! Von allen Menschen musstet ihr genau dieses Arschgesicht treffen. Ich *hasse* den Kerl. Er war so fies zu Xavie.«

»Ich weiß. Natürlich hat er sich an mich erinnert.«

»Vielleicht weil du ihm ein oder zwei Mal mit Schmerzen gedroht hast?«

»Du übertreibst.«

Sie kneift die Augen zusammen und neigt den Kopf zur Seite. »Wirklich?«

»Wie dem auch sei, wir haben versucht, so zu tun, als wären wir nicht zusammen dort.«

»Aber das Arschgesicht hat trotzdem mitbekommen, was los war.«

»Genau.« Ich nicke. »Sagen wir mal so, er ist nicht überaus erfreut, dass Monty und ich was am Laufen haben und hat ihr gedroht ... Material über uns öffentlich zu machen.«

»Du wählst deine Worte sehr genau. Das ist sonst nicht deine Art. Das bedeutet, es gibt etwas, was du nicht erzählst.«

Ich öffne den Mund, um etwas zu erwidern. Aber sie hält die Hand hoch und bremst mich.

»Ist okay«, sagt sie. »Wenn du sagst, es wäre was Ernstes draus geworden, was meinst du damit?«

»Wir waren am Daten. Wir waren zusammen. Ein Paar, *boyfriend* und *girlfriend*.«

»Ich verstehe.«

»Ist das komisch? Ist das komisch für dich, mit mir darüber zu sprechen?«

»Das war mal, Robbie. Aber das ist wirklich lange her. Ich will nur, dass du glücklich bist. Und wenn das mit Mrs Andrews ist, dann soll es so sein.«

»Monty. Sie heißt Monty.«

»Das ... ist ein ungewöhnlicher Name, aber er passt zu ihr. Sie passt nicht in dein typisches Beuteschema, oder?«

»Überhaupt nicht. Wenn ich ehrlich bin, gefällt mir das an ihr. Sie ist einzigartig und sehr lustig.«

»Und unverschämt hübsch«, wirft Holly ein.

Als ich einen Anflug von Eifersucht in ihren Worten höre, zucke ich kurz zusammen. Sie bemerkt es und winkt ab.

»Sorry, bitte ignoriere mich.«

»Sie hat übrigens genau das Gleiche über dich gesagt. Falls es dir damit besser geht. Wir wussten außerdem nicht, dass sie Xavies Lehrerin ist, bis ich zum zweiten Elternabend in die Schule ging.«

Hollys Augen werden größer. »Wie kann das denn sein? Habt ihr euch denn über ... gar nichts unterhalten?«

»Wir wollten es anfangs unverbindlich halten.«

»Ich verstehe, keine Verbindlichkeit. Deine übliche Masche.«

»Es ist nicht leicht, Verbindlichkeit und ein Kind unter einen Hut zu bringen.«

Sie hebt die Hände. »Glaub mir, ich weiß, wovon du sprichst. Das war auch der Grund, warum ich mich in der

Vergangenheit immer wieder auf dich eingelassen habe. Es war die leichtere Option und leicht ist schön.« Sie schnauft. »Hör zu, ich werde jetzt etwas sagen und ich bitte dich, nicht sauer zu werden. Okay?«

Ich merke, wie ich die Brust anspanne und mich für alles bereit mache, was sie mir an den Kopf werfen will. Holly war schon immer sehr direkt, eine meiner Lieblingsqualitäten an ihr.

»Okay, ich höre.«

»Erstens, ich finde, du bist ein Vollidiot, dass du mit ihr Schluss gemacht hast.«

Ich lache über ihre Ehrlichkeit. So ist Holly eben.

»Zweitens, du rennst hier vor etwas weg, weil du Angst hast. Weil du das ›Leichte und Lockere‹ gewohnt bist. Das wurde irgendwann zu einem Verhaltensmuster und es ist schwer, Muster zu durchbrechen. Diese Frau fordert dich heraus. Das gefällt dir. Du hast Angst, dass es dir zu sehr gefallen könnte.« Sie schenkt mir ein trauriges Lächeln. »So wie du aussiehst, scheint es bereits zu spät. Kämpf um sie.«

»Kämpf um sie?«, wiederhole ich.

»Oh ja. Frauen lieben es, wenn Männer sich ins Zeug legen. Das wirst du irgendwann noch lernen.«

»Ihr Weiber seid kompliziert.«

»Wir halten euch einfach gern auf Trab.«

»Das macht ihr super. Richtig super.«

»Ernsthaft, Robbie. Solange ich dich kenne, hast du nie eine Sache aufgegeben. Gib sie nicht auf, nur weil es jetzt etwas schwieriger wird. Als ich schwanger wurde, bist du nicht weggerannt. Selbst in den ersten fünf Jahren nicht, als ich dir das Leben alles andere als leicht gemacht habe. Schau doch, wie weit wir gekommen sind.«

Auch diesmal hat sie recht. Ich habe weder sie noch Xavie im Stich gelassen. Das hätte ich niemals tun können.

Genauso wenig kann ich Monty aufgeben. Nicht wirklich.

Ich muss um sie kämpfen. Für uns.

Ich nicke und stimme ihr zu. »Ja, wir drei haben es weit gebracht.«

»Und wie! Schau, wie gut wir auskommen. Verdammt, ich habe uns sogar als *Freunde* bezeichnet.«

»Das klingt fast frivol!«

»Viele Menschen wären da ganz deiner Meinung. Jetzt schnapp dir deine Brut und macht euch vom Acker. Drinnen warten ein Glas Wein und die aktuelle Folge vom *Bachelor* auf mich.«

Ich rolle die Augen. »Manche Dinge ändern sich nie.«

»Gute Dinge sollte man auch nicht ändern«, zwinkert sie mir zu. »Sieh zu, dass mein Sohn mich vorm Schlafengehen anruft. Wir sehen uns nächsten Sonntag.«

»Bis Sonntag. Und Holly – danke. Es hat gutgetan, mit dir zu quatschen.«

Sie winkt ab. »Schon gut. Los mit euch. Ciao!«

Die Tür knallt mir vor der Nase zu, und ich kann nicht anders, als zu lachen.

Sie ist immer noch die gleiche Frau wie damals, als ich sie kennengelernt habe: verrückt nach Wein, selbst als sie noch nicht alt genug dafür war. Und genauso verrückt nach trashy Reality-TV.

Ich steige ins Auto und reiche Xavie seine Krebse.

»Hier. Pass du bitte auf dieses Krabbelvolk auf und vergiss nicht, dich anzuschnallen.«

»Geht klar, Paps.«

»Paps? Das ist neu.«

»Ja, will es mal ausprobieren.«

Ich schmunzele und fahre los.

»Und? Wie war dein Tag, Kleiner? Hast du etwas Lustiges erlebt?«

»Ich durfte nicht nur einen, sondern zwei Donuts zum Frühstück haben. Mama hat es erlaubt. Und einen Kakao.«

Mir zieht es den Magen zusammen bei dem Gedanken an so viel Zucker, aber dann erinnere ich mich, dass Xavier ein Kind ist und ab und an solche Ausreißer haben darf. Überhaupt, ich kann auch einen Donut gebrauchen.

»Seid ihr zu *Magic Holes* gegangen?« Schlimmster Donut-Laden-Name, den ich kenne.

»Ja genau. Und sie waren so lecker wie immer. Du, Papa!«, ruft er ganz aufgeregt. »Darf ich morgen einen Donut mit in die Schule nehmen?«

»Morgen? Donut zur Schule? Da bin ich mir nicht sicher. Du weißt, dass es Donuts nur am Wochenende gibt.« *Und nur wenn du bei deiner Mutter bist*, füge ich fast hinzu.

»Aber er ist ja nicht für mich.«

»Für wen denn?«

»Für Mrs Andrews.«

Die Leere in meinem Bauch wird doppelt so groß, als ich ihren Namen höre.

»Du möchtest deiner Lehrerin einen Donut mitbringen? Warum?«

»Weil sie traurig ist. Sie ist schon die ganze Woche traurig gewesen. Sie lächelt zwar, als wäre alles okay, aber ich sehe es trotzdem. Ich kann das sehen.«

»Wie denn?«

»Das weiß man einfach, wenn man es weiß«, antwortet er, als wäre er ein kleiner Yoda.

Und dann sagen Leute, Kinder würden nichts mitbekommen. Unsinn. Kinder sind manchmal kleine intuitive Scheißerchen.

»Weißt du denn, warum sie traurig ist?«

»Keine Ahnung. Ich weiß nur, dass sie es ist. Wenn du willst, kann ich sie fragen.«

»Nicht nötig, Kleiner. Besser nicht. Du willst nicht unhöflich sein.«

»Ist es auch unhöflich, wenn ich ihr einen Donut mitbringe?«, fragt er hoffnungsvoll.

»Nein, das ist sehr nett.«

»Darf ich?«

»Wenn es für Mon– Mrs Andrews ist, dann können wir etwas früher aufstehen und ihr einen Donut kaufen.«

»Vielleicht auch einen für mich?«

»Mal schauen.«

Wir biegen in die Einfahrt vor meiner Wohnung ein, und ich spüre, wie es mir eng im Hals wird, wenn ich an das letzte Mal denke, als ich Monty gesehen habe.

Es tut weh, wenn ich höre, dass es ihr schlecht geht. So

schlecht, dass selbst die Kinder es merken. Und ich bin an alldem schuld.

Mir ist zum Heulen zumute, was wirklich verdammt blöd ist, weil ich nicht weine, verdammt.

Ich will aber. Ich will schreien und ich will zu Montys Wohnung fahren und durch die Tür preschen und ihr sagen, was für ein Vollidiot ich war und dass wir zusammen sein sollten.

Ich sollte für sie und für uns kämpfen.

Ich will eine Zukunft mit ihr. Ich will sie nicht aufgeben.

Ich liebe sie, verdammt.

Ich will ihr das sagen, denn es ist die fucking Wahrheit.

Ich liebe Montana Andrews und ich werde alles dafür geben, dass sie es verflucht noch mal weiß.

SIEBENUNDZWANZIG

MONTY

»Monty!« Dennys schrille Stimme reißt mich aus dem Tiefschlaf. »Schwing deinen kleinen blassen Hintern aus den Federn. Du wirst dich sonst krass verspäten!«

»Lass mich. Ich habe noch zehn Minuten.«

»Du hast zehn Minuten, bis du losmusst.«

Ich springe aus dem Bett und werfe einen Blick auf mein Handy, das auf dem Nachttisch liegt. *Verflixt!* »Ich bin zu spät!«

»Das sag ich doch. Los!«

»Ich mach ja schon, ich mach ja schon.«

Ich renne durchs Zimmer, ziehe mir rasch was über und versuche, halbwegs meine Haare unter Kontrolle zu bekommen.

Ich war noch nie für irgendetwas zu spät.

Allerdings war auch vorher mein Herz noch nie so gebrochen.

Heute scheint beides zuzutreffen.

Wenn ich behaupten würde, die letzten Tage seien

schwer für mich gewesen, dann ist das eine Untertreibung. Mir war klar, mit Robbie Schluss zu machen, würde wehtun. Aber ich hatte nicht die schlaflosen Nächte erwartet und dass ich auf gar nichts mehr Lust habe.

Ich dachte, ich würde mich ein paar Tage in Selbstmitleid suhlen und damit wäre es getan.

Ich dachte nicht, dass ich morgens Schwierigkeiten haben würde, aus dem Bett und zur Arbeit zu kommen, nur weil ich die ganze Nacht auf mein Handy gestarrt hatte und mich immer wieder aufs Neue überreden musste, ihm nicht zu schreiben oder anzurufen. Ich musste mich furchtbar zusammenreißen, mich nicht auf jeder möglichen Social-Media-Plattform anzumelden, um ihn zu stalken.

Es ist amtlich. Ich habe meinen Verstand verloren.

Ich bin verrückt.

Verrückt nach ihm.

Wütend auf ihn.

Wütend auf mich. Auf uns.

Und auf alle Gefühle, die dazwischenliegen.

Ich bin komplett durcheinander.

Nachdem ich gerade noch so die Kurve gekriegt habe, mich nicht in den Untiefen der Social-Media-Plattformen zu verlieren, habe ich einen Plan geschmiedet.

Heute werde ich in das Büro von Direktor Gladden gehen und ihm alles über Robbie und mich erzählen. Einfach alles. Okay, vielleicht nicht unbedingt die verrückten Sexspielchen, aber den Rest, von Anfang an. Ich werde ihm erklären, dass diese Beziehung keinerlei Einfluss auf die Qualität meiner Arbeit haben wird. Ich werde Xavier *nicht* bevorzugt behandeln und wir werden ihm ohnehin nichts von der Beziehung erzählen, bis er in die nächste Stufe versetzt wird. Sollte all das dem Direktor nicht reichen, dann schlage ich vor, dass ich die Klasse wechsle oder den Bezirk oder was immer nötig sein mag. Ich bin sogar bereit, zu *betteln*, falls es hilft.

Es hört sich etwas verrückt an, aber ich denke, es kann funktionieren.

Es lohnt sich, für Robbie zu kämpfen, auch wenn er das anders sehen mag.

Denny steht in der Tür mit meinem Pausenbrot in der Hand, das sie mir entgegenhält. Ihre Stirn ist vor Sorge in Falten gelegt, während ich hastig durch die Wohnung laufe.

»Ich bringe den Kerl um«, sagt sie. »Wirklich. Ich habe kein Problem damit, für meine Schwester im Knast zu landen. Ich wette, ich komme da gut zurecht, ich schnitze mir ein Messer –«

»Du hast noch nie im Leben was geschnitzt.« Ich nehme ihr das Brot aus der Hand. »Danke für deine Unterstützung. Ich weiß das zu schätzen. Wir sehen uns heute Abend. Hab dich lieb.«

Sie packt mich am Ellenbogen, als ich an ihr vorbei zur Tür möchte.

»Denny, komm schon. Ich bin spät dran.«

In ihren Augen sehe ich, wie besorgt sie ist. »Monty, es wird besser. Ich verspreche es.«

»Ich weiß.«

Sie scheint verwundert über meine Antwort zu sein. Ich

gebe ihr keine Möglichkeit, nachzufragen, sondern eile zu meinem Auto, so schnell meine Füße mich tragen.

Die Fahrt geht schnell – besser gesagt, mein Fahrstil ist heute rasant –, denn ich will nicht zu spät sein.

Knapp fünf Minuten vor Unterrichtsbeginn parke ich das Auto, greife mir meine Tasche und laufe hastig zum Haupteingang. Ich stolpere in mein Klassenzimmer, werfe meine Sachen auf das Lehrerpult, bevor der erste Schüler in den Raum trudelt.

Geschafft!

Zufälligerweise ist dieser Schüler Xavier.

»Morgen, Mrs Andrews.«

»Guten Morgen, Xavie.« Seine kleinen Augenbrauen ziehen sich zusammen, weil ich ihn sonst immer Xavier nenne. »Tut mir leid, Xavier«, verbessere ich mich schnell. »Wie war dein Wochenende?«

»Gut. Gestern habe ich mit meiner Mama Donuts gegessen. Und als Papa mich abgeholt hat, habe ich gefragt, ob wir noch mehr Donuts holen können. Er hat Ja gesagt. Deshalb habe ich Ihnen auch einen mitgebracht.«

»Du hast mir einen Donut geholt?«, frage ich ihn.

»Ja, hab ich!« Er hebt einen kleinen Finger in die Luft. »Warten Sie kurz.«

Er stellt seinen Rucksack auf den Boden und kramt darin herum.

»Bitte!« Er hält mir eine eingedrückte Box entgegen und runzelt die Stirn, als er bemerkt, in welchem Zustand der Karton ist. »Oh nein. Es ist zerdrückt. Papa hat mich gewarnt, dass das passieren kann.«

Ich nehme ihm die Box ab. »Danke dir, Xavier. Das ist lieb von dir.« Es passt perfekt, weil ich noch nicht gefrühstückt habe und mir der Magen *brummt*.

»Gibt es einen besonderen Anlass? Warum habe ich diesen Donut verdient?«

Er zuckt mit den Schultern. »Einfach so.«

»Weißt du was, das ist wohl der beste *einfach so*-Donut, den ich je bekommen habe. Wenn es dir nichts ausmacht, werde ich ihn gleich essen.«

Verschwörerisch beugt er sich zu mir. »Darf ich eine Hälfte haben?«

Ich muss laut lachen und öffne die Box. Dann teile ich den Donut und ohne zu zögern, reiche ich ihm die Hälfte.

»Hier, kleiner Mann. Lass es dir schmecken.«

Er stopft sich das Zuckergebäck in den Mund und gibt mir ein Daumen-hoch-Zeichen. Mit vollem Mund nuschelt er »Danke« und geht zu seinem Platz.

Ich hebe die andere Hälfte an, um reinzubeißen. Dann fällt mein Blick auf etwas in der Box. Ein hellblaues Post-it klebt am Deckel des Kartons. *Was zum …?*

Ich lehne mich vor und lese.

Donut give up on us.

Gib uns nicht auf.

Robbie.

Mein Herz rast. Ich wühle in meiner Handtasche nach meinem Handy und vergesse dabei meinen Hunger und den leckeren Donut vor mir.

ICH: Hatte ich nicht vor.

PYTHON: Gut, ich auch nicht.

ICH: Das sah vor ein paar Tagen noch anders aus.

PYTHON: Lass uns einfach sagen, ich hatte vorübergehend meinen Verstand verloren und war ein fucking Vollidiot.

PYTHON: Jetzt bin ich krass viel schlauer als noch vor ein paar Tagen. 😉

ICH: Immer noch anstrengend, wie ich sehe.

PYTHON: Du weißt, dass du mich vermisst hast, oder?

ICH: Das habe ich tatsächlich. Aber wir sind noch nicht aus dem Gröbsten raus.

PYTHON: Das ist nur eine Frage der Zeit.

PYTHON: Hör zu. Ich habe gleich ein Meeting. Lass uns heute Abend reden. Wie wäre es um 19 Uhr im Lola's?

ICH: Ich werde da sein.

ICH: Bis dahin keine neuen Fehler ... *donut do stupid stuff.*

PYTHON: Ich bin mir zu neunundsechzig Prozent sicher, dass das kein gutes Englisch war. Also wirklich, Mrs Lehrerin. 😉

PYTHON: Und keine Angst, habe ich nicht vor.

Das erste Mal seit Tagen fühle ich mich wieder gut und habe wieder Hoffnung in mir.

Es ist nicht vorbei.

Das hier ist nicht das Ende.

• • •

Gleich nachdem der letzte Schüler den Klassenraum verlassen hat, springe ich auf und mache mich auf den Weg zum Büro von Direktor Gladden.

Die Sache zwischen Robbie und mir ist nicht zu Ende. Ich werde es nicht zulassen.

Als ich um die nächste Ecke biege, sehe ich Brandon zum ersten Mal an diesem Tag. Und er biegt ebenfalls in den nächsten Flur ab, in Richtung Büro des Schulleiters.

Oh nein ...

Ich laufe im Stechschritt vor und ohne auf Anstand oder Etikette zu achten, stolpere ich in das Vorzimmer des Direktors.

»Mrs Andrews, wie kann ich Ihnen helfen?«, fragt mich die Sekretärin.

Auch wenn ich mich darum bemühe, dass meine Stimme ruhig klingt, weiß ich, dass es zwecklos ist. »Ich möchte mit Schulleiter Gladden sprechen. Es geht um eine persönliche Angelegenheit.«

Als sie das Zittern in meiner Stimme hört, hebt sie unmerklich die Augenbrauen. Aber sie bleibt höflich und professionell. »Natürlich. Im Moment ist allerdings schon jemand im Büro mit dem Direktor. Wenn Sie also einen Moment warten würden?«

Ich bin zu spät!

»Nein!«, rufe ich.

»Wie bitte?«

»Nein, nein. Das hier kann nicht warten. Es hat mit dem Jemand da drinnen zu tun.«

»Sind Sie sich da sicher? Ich kann mir nicht vorstellen, wie das sein kann, wenn es bei Ihnen um eine persönliche Angelegenheit geht.«

»So ist es nun mal. Vertrauen Sie mir. Bitte. Lassen Sie mich da rein.«

Sie legt die Stirn in Falten. »Es tut mir leid, aber das kann ich nicht zulassen.«

»Ich ... ich ...«

Ich werde hierfür so was von gefeuert.

Ich warte keine Sekunde länger und stürme an der Sekretärin vorbei in das Büro des Schulleiters.

»Mrs Andrews!«, ruft sie mir hinterher, offenkundig erbost.

»Mr Gladden! Ich muss *auf der Stelle* mit Ihnen sprechen.«

Ich höre ihre Schritte hinter mir. »Mr Gladden, Sir, es tut mir unfassbar leid. Verzeihen Sie mir. Sie ist einfach an mir vorbeigerannt.«

Ein Mann mit Halbglatze sitzt hinter dem großen Schreibtisch und hebt abwehrend eine Hand hoch. »Ist schon in Ordnung, Mary Ann. Ich kümmere mich drum.«

Ich spüre ihren stechenden Blick, während ich steif wie eine Säule dastehe und den Augenkontakt mit dem Schulleiter halte.

Ich höre, wie sich hinter mir die Tür schließt. Dann lächelt Mr Gladden mich an.

Ich bemühe mich, sein Lächeln zu erwidern, merke aber, wie meine Nerven blank liegen.

Raymond Gladden ist einer der Hauptgründe, warum ich diesen Job angenommen habe. Er ist einerseits ein gradliniger Direktor, andererseits ist er sehr offenherzig und einladend.

Ich mochte ihn von der ersten Sekunde.

»Mrs Andrews, wie komme ich zu dem Vergnügen?«

»Sir, ich ... ich ... ähm ... ich ...«

Sein Mund formt sich zu einem breiten Lächeln. »Ja?«

»Es tut mir leid, Sir. Ich bin sehr nervös.«

»Ja, Mrs Andrews, das sehe ich.« Er lehnt sich auf seinem Schreibtisch etwas vor und faltet die Hände väterlich zusammen. »Was ist los, Montana?«

»Sir, ich ... ich bin diesen Sommer eine Beziehung mit dem Vater einer meiner Schüler eingegangen. Aber wir waren uns der ... Situation nicht bewusst. Erst beim zweiten Elternsprechtag kam das Ganze ans Licht. Wir hatten vorher *keine* Ahnung. Ich schwöre es, Mr Gladden.«

Er nickt und reibt sich mit der Hand übers Kinn. »Ich verstehe. Und nachdem Sie herausgefunden haben, was die Sachlage ist? Was dann?«

»Wir ... ähm ... « Innerlich zucke ich zusammen. »Wir haben uns weiterhin gesehen, Sir. Aber ich schwöre hoch und heilig, ich habe Xavier nicht anders behandelt. Ich ...«

»Xavier?«, fragt er. »Wir sprechen von Xavier Levy, ja?«

»Ja.«

»Ein guter Schüler.«

»Das ist er. Sehr klug und freundlich.«

»Dem stimme ich zu.« Er nickt wieder. »Bitte, fahren Sie fort.«

»Ich ... Nun ja, ich habe im Leitfaden nachgelesen und da habe ich nichts zu dieser, wie soll ich sagen, *besonderen* Situation gefunden. Wie dem auch sei, ich wollte Ihnen gegenüber offen sein und Ihnen meine ... Beziehung mit Mr Cross nicht verheimlichen.«

Gladden fängt an, zu lachen.

Ich stehe etwas verdutzt da, weil ich keine Ahnung habe, was gerade passiert. Ich spüre, wie sich Brandons Blick in meinen Rücken bohrt, und ich wundere mich, dass er bis jetzt noch kein Wort verloren hat. Aber ich traue mich nicht, mich zu ihm umzudrehen. Ich werde ihm diese Genugtuung nicht geben. Mir ist die Situation schon peinlich genug.

»Entschuldigen Sie, Sir?«, sage ich, weil er noch immer lacht.

Der Schulleiter schüttelt den Kopf. »Bitte verzeihen Sie

meine Reaktion. Es ist nur, diese ganze Sache ist für mich höchst amüsant.«

»Wie kann das sein?«

»Montana, es gibt keine offiziellen Regeln oder Verbote bezüglich romantischer Beziehungen zu den Eltern unserer Schüler. Dazu steht nichts im Leitfaden, weil eine derartige Situation individuell und einzigartig ist. Wäre es mir lieber, solche Situationen kämen nicht vor? Ja, schon. Es kann zu unangenehmen Szenen kommen, wenn eine solche Beziehung zerbricht. Doch wir sind uns bewusst, dass es Dinge gibt, die wir nicht kontrollieren können. Zum Beispiel, dass Sie jemanden kennenlernen und diese Person daten, *bevor* Sie Xaviers Lehrerin geworden sind. Wissen Sie, Ihnen ist durchaus erlaubt, ein Leben außerhalb der Schule zu haben.«

Und mit diesen Worten löst sich der schwere Stein, der mir seit Wochen auf dem Herzen lag.

»Nichtsdestotrotz gibt es ein paar Vorsichtsmaßnahmen, die wir treffen sollten.«

So schnell, wie sich der Stein löste, ist er zurück.

Er gestikuliert zum Sofa, das hinter mir steht.

»Sie hatten doch eine wunderbare Idee ... würden Sie die bitte mit uns teilen, Mr Cross?«

Mr Cross ... Robbie!

Ich drehe mich schnell um, und da sitzt er. Es ist Robbie, und nicht Brandon, wie ich dachte.

Er schenkt mir dieses schiefe Lächeln, das ich so liebe. »Hey, Monty.«

»*Hey, Monty* … Das ist das Beste, was dir einfällt?«, grinse ich ihn an.

Robbie zuckt mit den Schultern. »Wir sind nicht allein.«

Gladden räuspert sich, und wir versuchen, nicht zu lachen.

»Wie Sie vorhin schon erzählten, Mr Cross«, versucht er, uns zurück zum Thema zu bringen, der Humor in seiner Stimme schwingt kaum kaschiert mit.

»Ich hatte vorgeschlagen, da es ohnehin noch Anfang des Schuljahres ist, könnten wir Xavier in eine andere Klasse stecken.«

»Eine andere Klasse? Ich … ich will nicht, dass er seine Freunde vermisst, Robbie. Das kann hart sein für ein Kind.«

»Das ist mir klar. Aber hör mir zu. Was wäre, wenn wir ihn in die zweite Klasse versetzen? Letztes Jahr hat Direktor Gladden Holly und mich bereits angesprochen und uns vorgeschlagen, dass Xavier gut eine Klasse überspringen könnte. Wir hatten es nicht weiter besprochen, aber heute Morgen rief er an und fragte, ob wir uns dazu weitere Gedanken gemacht haben. Wenn, wäre jetzt ein geeigneter Moment, bevor das Schuljahr weiter fortschreitet. So kam es, dass wir uns zum Gespräch getroffen haben.« Robbie rutscht auf dem Sofa etwas vor. »Xavie ist schlau. Er ist begabt. Warum nicht eine Klasse überspringen?«

Ich lasse mir das, was er gesagt hat, durch den Kopf gehen.

Xavier ist klug, vielleicht sogar das klügste Kind in meiner Klasse. Es gibt eigentlich keinen guten Grund, warum er nicht in der zweiten Klasse sein könnte. Wenn er eine Klasse überspringen sollte, dann am Anfang des Schuljahres.

»Was sagt Xavier dazu?«, frage ich Robbie.

»Er steht dem offen gegenüber. Er sagte zwar, dass er seine Freunde und die Lehrerin vermissen wird«, grinst Robbie. »Aber ich denke, er wird sich schnell eingewöhnen. Außerdem findet er die Vorstellung großartig, wie sein Onkel Zach eine Klasse zu überspringen.«

»Du hast mir nie erzählt, dass Zach ein Überflieger ist.«

»Hab ich wohl vergessen, zu erwähnen«, neckt er mich.

»Das hört sich alles sehr gut an«, wirft Direktor Gladden ein. »Mrs Andrews, wäre es für Sie in Ordnung, wenn wir unser Gespräch morgen fortführen, falls Sie es für nötig halten? Ich würde gerne mit Mr Cross alles Weitere besprechen, bevor ich hier für den Tag Schluss mache.«

»Ich ... ähm, nein, natürlich, Sir. Ich denke, es gibt für uns nichts Weiteres zu besprechen.«

»Wunderbar«, er steht auf und umrundet seinen Schreibtisch. Dann ergreift er meine Hand, nimmt sie zwischen seine und schüttelt sie. »Atmen Sie, liebe Montana. Das ist gut für die Seele. Wir bekommen das hier hin. Sie haben nichts falsch gemacht.«

Am liebsten würde ich ihm um den Hals fallen und ihn fest drücken. Doch das wäre wirklich nicht angebracht.

Stattdessen erwidere ich nur seinen Handschlag. »Ich danke Ihnen vielmals, Mr Gladden.«

»Selbstverständlich. Und die andere Geschichte? Darum werden wir uns natürlich kümmern.«

Ich schaue ihn mit einem großen Fragezeichen im Gesicht an.

»Ihr Kollege und seine Spielchen. So etwas wird an dieser Schule nicht toleriert. Sehr dreist, wenn Sie mich fragen, nach dem Drama letztes Jahr, als er seine Verlobte mit einer anderen Lehrkraft betrogen hatte.«

Mir steht der Mund vor Schock offen. Ich schließe ihn schnellstmöglich wieder. Ich bin überrascht, aber ich versuche, professionell zu bleiben.

»Das ist … das ist eine interessante Version der Geschichte, die mir zu Ohren kam.«

»Ich werde mit ihm sprechen«, beruhigt er mich erneut. »Ihnen wünsche ich einen guten Feierabend. Wir sehen uns morgen.«

»Ja, raus mit dir. Ich habe eine Verabredung um sieben und habe noch einiges zu besprechen«, sagt Robbie, als ich mich zum Gehen umdrehe.

Ich werfe ihm ein breites Grinsen zu, während die pure Erleichterung durch mich fließt.

Ich habe ein Date um sieben.

ACHTUNDZWANZIG

ROBBIE

Bisher hatte ich nur ein einziges Mal dieses krasse Gefühl, dass mir das Herz aus der Brust springen wollte, und das war, als ich im Kreißsaal stand und Xavier geboren wurde.

Aber das hier, auf Monty warten, das kommt knapp danach an zweiter Stelle.

Mein Treffen mit dem Schulleiter endete ungefähr dreißig Minuten, nachdem Monty gegangen war. Danach bin ich mit Xavier rüber zu Holly geflitzt.

Wir haben etwas Zeit damit verbracht, alles gut zu besprechen und die nötigen Papiere auszufüllen und zu unterschreiben, damit unser Sohn ab morgen in die zweite Klasse gehen kann.

Wer hätte gedacht, dass der schnellste Schwimmer sich zu so einem kleinen Genie entwickeln würde.

Ich schaue mich in der fast leeren Bar um. Es ist Montag und es sind nur wenige Menschen hier. Ich nippe an dem Wasserglas, das vor mir steht, und warte.

Jemand rutscht auf den Barhocker neben mich und ich muss mich nicht umdrehen, um zu wissen, wer es ist.

»Ich werde dir etwas sehr Direktes sagen und ich bitte dich jetzt schon um Verzeihung – aus mir spricht der Alkohol, das bin nicht ich.«

Ich muss grinsen, als sie die Worte wiederholt, die sie bei unserem ersten Kennenlernen sagte, die Worte, die uns direkt in die Frauentoilette brachten.

Ich drehe mich zu ihr um. Sie trägt genau das gleiche Outfit, das sie damals anhatte. Mein Schwanz wird sofort hart.

»Ich habe noch nie in meinem Leben solche Kusslippen gesehen wie deine und ich muss sie einfach schmecken.«

Ich schnappe sie mir, hebe sie vom Barhocker und führe sie, ohne anzuhalten, direkt zur Frauentoilette. Dort hebe ich sie auf den Waschtisch und dränge mich zwischen ihre Beine.

Sie grinst mich frech an. »Hey, Python.«

»Fuck«, lache ich und dann halte ich es nicht länger aus und küsse sie.

Ich bin zu Hause.

Auch wenn wir nur eine Woche getrennt waren, fühlt es sich an wie eine Ewigkeit. Vielleicht liegt es daran, dass mein Herz vor Liebe für diese zugeknüpfte Sexbombe schier überläuft.

Als ich mich von ihren Lippen löse, sage ich: »Ich habe dich verdammt vermisst, Montana.«

»Ich habe dich noch viel mehr vermisst. Wie wäre es, wenn du mir so was nicht noch mal antust? Ja?«

»Das verspreche ich. Es kommt nicht wieder vor. Ich hatte für den Moment meinen Verstand verloren. Ich bin nicht immer so ein Vollidiot.«

»Hoffentlich nicht. Ich bin mir nicht sicher, ob ich so eine Situation ein zweites Mal überleben würde.«

»Mir geht es ähnlich. Ich habe das Gefühl, dass wir das Schlimmste hinter uns haben ... Hoffe, du siehst das ähnlich?«

»Ich bin ganz deiner Meinung.«

Ich lehne meinen Kopf an ihren. »Es tut mir leid, dass ich so wenig Vertrauen in uns hatte. Ich habe mir viel zu viele Sorgen gemacht. Ich wollte nicht, dass du wegen mir den Job verlierst oder in Schwierigkeiten kommst. Ich wollte dir einfach diesen Druck nehmen, weil ... ich bin es nicht wert.«

Sie umfasst mein Gesicht mit beiden Händen und zieht mich so nah an sich, dass ich tief in ihre Augen blicke.

»Robbie, du bist es wert. Und noch viel mehr.«

Ihre Worte treffen direkt ins Herz und verschlagen mir den Atem.

»Wie kannst du das sagen?«

»Weil ich dich liebe, du Idiot.«

Bei dem letzten Wort schrecke ich zurück. Mein braves Mädchen von nebenan, meine kleine Miss Perfect ... hat geflucht.

Es klingt so absurd, wie ich es mir vorgestellt hatte.

Lachend lehne ich wieder meine Stirn an ihre.

»Ach ja?«

»Ja ... so was von.«

»Gut, denn ich liebe dich auch.«

Meine Lippen nehmen ihre und dieses Mal höre ich nicht mehr auf.

EPILOG

MONTY

Ein Jahr später.

»Mrs Andrews, kann ich noch einen Donut haben?«

»Hey Kiddo, nenn sie doch Monty. Wie oft soll ich dir das noch sagen?«

Xavier lächelt verlegen von seinem Hocker am Küchentresen. »Sorry. Monty, kann ich noch einen Donut haben?«

»Darf ich«, korrigiere ich ihn.

»Ja, ich darf«, und mit diesen Worten greift er sich den letzten Donut aus der Box auf dem Tisch, nimmt einen großen Bissen und reibt sich den Bauch. »Mmh, so lecker.«

Wir haben es geschafft.

Wir haben das Schuljahr hinter uns gebracht, ohne Xavier in Kenntnis darüber zu setzen, dass wir zusammen sind. Wir hatten uns zwar ausgiebig darüber unterhalten, ihm von uns zu erzählen, insbesondere, da es keinen Interessenkonflikt innerhalb der Schule gab, nachdem er in die zweite Klasse versetzt wurde. Letztlich entschieden wir aber, dass es besser wäre, ihm erst einmal nichts zu erzählen, da ich immerhin zu Beginn des Schuljahres seine Lehrerin war. Es fühlte sich so besser an.

Am letzten Schultag, nach Unterrichtsende, sind wir alle drei zusammen das erste Mal gemeinsam Eis essen gegangen.

Es war der schönste Nachmittag, den ich seit Langem hatte.

»Wenn du mit dem Donut fertig bist, wärst du bitte so lieb und holst Thumbelina?«

Xavier richtet sich gerade im Sitz auf und verzieht verwirrt den Mund. »Wieso denn? Es ist doch gar nicht ihre Zeit für Auslauf.«

Robbie hebt eine Augenbraue und schaut streng zu seinem Sohn. »Erstens, weil ich es dir gesagt habe. Zweitens, weil ich es dir gesagt habe. Und solltest du noch einen Grund brauchen, dann wäre da, drittens, weil …«

»Weil du es mir gesagt hast«, unterbricht Xavier ihn. »Ja, ja, ist ja gut. Verstanden.«

Ich reiße mich zusammen, um nicht laut zu lachen. Ich habe in letzter Zeit viel gelacht.

Xavier mag rein äußerlich ganz nach Holly geraten sein, aber der Rest, sein Charakter, Mundwerk bis hin zu seinem Sarkasmus, das ist Robbie *pur*.

Er verschlingt den Donut, hüpft vom Stuhl und schnippt mit den Fingern. »Ich erinnere mich!«

Ich blicke ihm nach, wie er den Flur entlangrennt, und habe keinen blassen Schimmer, wovon er spricht.

»Dein Kind benimmt sich seltsam«, sage ich zu Robbie, als Xavier uns nicht mehr hören kann.

»Das hat er von dir.«

»Von mir? Ich verbringe gar nicht so viel Zeit mit ihm!«

»Da wäre ich mir nicht sicher. Überhaupt, Kinder können so schnell beeinflusst werden … dafür reichen fünf Minuten am Tag und schon laufen und quatschen sie wie du.«

Ich starre Robbie über den Küchentresen an. »Ach ja? Und was, wenn man, sagen wir, acht Jahre mit einem Kind verbringt?«

Er grinst und murmelt: »Verdammt.«

»Monty 2243 zu Robbie 4.«

Er zeigt mit einem Finger auf mich. »Immerhin habe ich vier!«

»Viel besser als die null Punkte, die du noch vor Kurzem hattest.«

»Genau.«

»Papa! Papa! Schnell, komm schnell! Du wirst nicht glauben, was Thumbelina gemacht hat!«

Ich renne den Flur entlang, voller Sorge, was Xavier und dem Kaninchen widerfahren ist. Ich rutsche ins Zimmer und komme zu einem abrupten Halt.

»Im Ernst? Du hast mich fast zu Tode erschreckt, du Frechdachs!«

Xavier hält sich vor Kichern den Bauch. Robbie erscheint hinter mir, schlingt die Arme um meine Taille und legt das Kinn auf meine Schulter.

»Und? Was hat das Kaninchen wieder angestellt?«

»Du hältst dich wohl für clever, was?«

Er nickt. »Der Cleverste.«

Ich blicke zum Kaninchen und mich durchflutet eine

große Welle der Wärme und Liebe. Thumbelina ist unversehrt in ihrem Käfig. An dem Käfig lehnt ein Pappschild. Auf dem Schild steht in Krakelschrift, die ohne Zweifel von Xavier ist, eine Frage, die an mich gerichtet ist.

Willst du bei uns einziehen?

Robbies Lippen streifen mein Ohr und ein Schauer läuft mir die Wirbelsäule entlang. »Was sagst du, Monts?«

»Du sagst mir, ich soll hier mit *zwei* Jungs wohnen? Zwei Jungs, die den lieben langen Tag nur furzen und ihre Socken liegen lassen? Der eine kann immerhin gut kochen, aber der andere, na ja, da ist noch Raum nach oben.« Ich schiele rüber nach links. »Nimm es mir nicht übel, Xavier.«

Er hebt die Hände in die Luft. »Alles easy.«

»Ist das also, was du mir anbietest?«

»Das ist mein Angebot.«

»Nein, das wäre unser Angebot«, korrigiert ihn Xavier und seine Augen strahlen voller Hoffnung und Spannung.

Ich drehe den Kopf und sehe in Robbies Gesicht genau den gleichen Ausdruck.

»Monty, sag Ja«, flüstert er. »Sag ja.«

»Ja!«

Er grinst triumphierend und gibt mir einen feuchten Kuss auf die Wange.

»Hurra!«, ruft Xavier und macht ein kleines Freudentänzchen. »Das kannst du nicht mehr zurücknehmen. Wiederholen ist gestohlen!«

»Yeah, girlfriend. Wiederholen ist gestohlen.«

Das würde mir im Traum nicht einfallen.

DANKSAGUNG

Danke an meinen Marinesoldaten. Du bedeutest mir die Welt. Danke, dass Du DU bist. Danke, dass Du mich verstehst. Danke, dass Du immer für mich da bist. Ich kann gar nicht in Worte fassen, wie sehr ich Dich liebe. Und ein großes Dankeschön, dass ich Deine Anekdoten in meinem Roman verarbeiten darf. Du bist der absolut beste Spieler in dieser Mannschaft.

Mom, danke, dass Du, egal was ist und egal wo es ist, immer für mich da bist. Ich liebe Dich.

Ein großes, nein, ein RIESIGES Dankeschön geht an meine Leser und Leserinnen. Ihr wisst gar nicht, wie viel mir Eure Unterstützung bedeutet. Ihr seid der Grund, warum ich immer weiterschreibe, Ihr seid es, weshalb so viele Dinge in meinem Leben möglich sind. Ich sehe Euch und ich schätze Euch.

Teagan's Tidbits, Ihr habt endlich ein Buch bekommen, das Euch gewidmet ist. Juhu! Ohne Euch wunderbare Menschen wäre ich verloren. Danke, dass Ihr mir einen sicheren Raum gebt, wo ich einfach abhängen kann. Ich liebe Euch alle ... sogar Aubrey.

Laurie, ich schwöre, ohne Dich wäre ich verdammt verloren. Danke, dass Du meine Verrücktheit erträgst.

Christine, ich mag Dich immer noch nicht. Aber dann doch irgendwie. Das fühlt sich schon fast ekelig an, das zu schreiben, aber egal. Danke für all Deine Hilfe … schätze ich.

Kristann, mein #soulmate, ich liebe Dich. So, so, so sehr. Diann liebe ich auch. Aber sag es ihr nicht.

Caitlin, meine wunderbare Lektorin (Leute, meine Lektorin ist C. Marie! Schaut Euch ihre tolle Arbeit an). Du schaffst es mit Deinen Zauberkräften, mein wirres Zeug lesbar zu machen. Danke Dir. Ich weiß gar nicht, wie ich arbeiten konnte, bevor ich Dich kannte. Du bist meine Heldin!

Danke an meine zwei Korrekturleserinnen, Julie Deaton und Jennifer Van Wyk. Ihr beide habt diesem Manuskript den nötigen Feinschliff gegeben. Danke, dass Ihr die kleinsten Fehler auch in der letzten Minute noch entdeckt habt. Ihr seid die Besten!

Sara Ney, Du bist die beste und schlimmste Dance Mom, die ich je hatte. Danke Dir.

Jessica Estep, meine grandiose Presseagentin … DANKE DIR! Danke, dass Du mich durch diese verrückte Verlagswelt lotst, und das, während ich rumschwafle und zu oft keine Entscheidung fällen kann. Ich verehre Dich.

Und dem Rest der InkSlinger Familie, Ihr seid die Besten und ich muss mich jedes Mal erneut kneifen, wenn mir bewusst wird, dass Ihr mich in Eure kleine Familie gelassen habt. Es fühlt sich jetzt schon wie mein Zuhause an.

Ich komme mir vor wie Oprah, all diese Dankeschöns

zu verteilen. Deshalb ziehe ich hier auch den Schlussstrich. Falls ich jemanden vergessen haben sollte … sorry, das tut mir leid. Aber Ihr wisst, was für ein Schussel ich meistens bin. Ich liebe Euch über alles und ich fühle Eure Liebe und Unterstützung. Versprochen.

Liebe Grüße und ein riesiges Dankeschön
Teagan